東京旅行記

嵐山光三郎

知恵の森文庫

光文社

まえがき・散歩のあとさき

散歩をしているとき、そのままどこか見知らぬ町へ行って住みついてしまいたくなるときがある。路地へ入ってかどの二階屋へ下宿したくなる。下宿屋の奥さんがいろっぽいと、「もしかしたら、この女と一緒になっていたかもしれない」と妄想し、とすると自分は玄関の鉢に水をやっていたその亭主かもしれず、妄想は時間の迷路に入りこむ。

蒸発者は、妄想の迷路へ現実に足をふみこんでしまった人たちである。

ぼくは東京の町を歩きながら、ぼんやりとした蒸発の誘惑に身をまかせていた。これが散歩の快楽である。散歩が旅行になり、さらに蒸発となる。未知へむかう散歩。身をひそめる場所はすぐそこに

ある。行方不明になっていたお父さんが、じつは五軒隣りの洋服仕立屋に居候してたなんてことが実際におこるのである。

そのことは、ぼくと東京旅行を一緒にまわった専太郎やヒロ坊も同じだったはずだ。一人だと本当に蒸発しかねないから、三人で互いに見張っていた。

東京を散歩するまえに三人でとりきめたのはつぎの五点だ。

①ガイドブックみたいに順番に行かない。②料理店、飲み屋へは予約をとらない。③文学散歩、歴史散歩をきどらない。④気に入らない店については書かない。⑤行きさきはその日の気分による。

これはわがままな散歩をする条件で、ようするにフツーに歩く。その日の午前中の天候をみて行き先を考え、待ちあわせ場所をきめる。店の予約をとってないから、店まで行ったのに満員で断られることもたびたびだ。

文学散歩は文献主義の本が多く、本を片手に持って出かけても、めざす碑や墓はなかなか見あたらない。この散歩は、文学碑めぐりや史跡めぐりではなく、東京の町に吹いている風そのものを捜すことだ。風をすくいとって記録した。

そのため、料理屋の値段はこまかく書きとめた。ぼくが行ったのは、どの店も値が安く、おいしく、良心的な店ばかりである。散歩の途中、たちよって食べても、ぼられたりする心配はない。取材するときに予約をとらないのは、店のサービスや料金を正確に伝えるためであった。いきなり入って、好きなものを食べ、すべて現金で払った。こんなことは当然のことだけれど、いまどきは、取材と知ると急に料金を安くし（あるいはタダにして）、それをうのみにしてチョーチン記事を書く手あいがふえた。それでは記事がウソになる。

東京はやさしい町である。

怪異都市の一面を持ちつつ、その細部に入りこめばじっくりと人情がある。東京の人情はさらっとして乾いた合理性がある。抒情がべたつかない。つきはなしたあたたかさである。その人情は町によって微妙に違い、吹く風、温度にも差がある。それがどのようにちょっとずつ違うかを書いておきたかった。

この散歩は「ダカーポ」に連載したが、連載が始まってから三カ月目、日比谷公園を三人で歩いていたら、通りすがりの人に、

「ダカーポでしょ」

と言われたのにはびっくりした。テレビならともかく、ぼくらの散歩は、一見すると「失業者の職さがし」といった感じだ。昼間から公園をぶらぶら歩いているのはロクなもんじゃない。

そのうち投書がきて、ぼくらが歩いたコースをそのままなぞって散歩する人がいること

がわかった。ありがたいことで、ぼくは路地案内人の任務をはたすべく、書くのにますます力が入った。

また、友人の作家や商店主や料理屋主人や医者が、散歩コースで寄った店のくわしい地図を訊ねてきた。記事のコピーを切りとって持ち歩く友人もいて、連載中からこんなに反響があるのもめずらしい。「早く本にしてくれ」といろいろの人から言われた。

東京を歩いて気がついたことは、お年寄りが多いことである。昼間は、どこへ行ってもお年寄りが目立つ。隠居の身となって、元気もりもり興味しんしんで東京見物をしている。ひまだからこうなるのだが、そのとき、ふと気がついたことがある。

江戸の余熱が、うっすらとある。

東京は、江戸の風物はほとんどなくなってしまったが、ひまなお年寄りが多いのは江戸時代からの伝統じゃあるまいか。放蕩しつくした人、商売に熱心な人、律義で通した人、財を残した道楽者、と、お年寄りの風体はさまざまだが、いずれもしぶとくガンコである。町を仕切っているのはそういったお年寄りである。老人が威張っているのは政財界だけじゃないのね。それがわかった。

これはいいことで、経験豊富だから当然のことなのだ。うるさそうな爺様や、お婆ちゃんは町の宝だ。仕切ってあたりまえ。早く年をとって、性格のイコジな老人となりたいと思う。

東京は祭りと市が多い。

ひときわ盛んになっている。入谷の朝顔市なんか歩けないほどの人混みで、ここにも江戸の余韻がある。ワイワイ、ガヤガヤ、ソワソワし、なにがなんだかわからぬうちに市が終る。市や祭へのエネルギーと、終わった翌朝のやるせない虚脱の両面が東京なのだ。

ぼくは年がら年じゅう旅をしている。東京旅行をした一年半はほとんど国外へ出ず、東京の町の魅力にとりつかれてしまった。東京旅行は時間をさかのぼる探険である。出会う風景は記憶のなかのムカシである。出来たての近代ビルも、完成したとたんにムカシになる。風景がムカシへ向けて朽ちていく。日々過ぎ去っていく時間がいいのだ。時間見物の旅である。

……と書いたのは一九九〇年で、ぼくは四十八歳であった。ここからは、その後の話になる。

ぼくは、気取った高級店が嫌いで、ちかごろ人気のカタカナ料理店も苦手だ。東京にはつぎからつぎに新しい店ができて、パリやニューヨークばりのシャレた造りで客を呼ぶが、行ってみると失望させられることばかり。主人が威張っている店もいやだよねえ。

となると、裏道へ入り、天井の低いすすけた店へ入ることになる。人の行く道の一本裏に本当の東京がある。名所・旧跡へ行ったらその裏に廻ると、はっとする発見があり、それが散歩の妙味なのだ。自分が住んでいる家から、もよりの駅までの道だって、気がつかないいい路地がある。

この本が読まれたのは、そういった、へそ曲りの散歩者の支持があったためであろう。散歩につきあってくれたのは友人の専太郎とヒロ坊である。専太郎は画号であって、本名は坂崎重盛という。坂崎氏は出版社を経営する社長で、いまや東京案内本の第一人者となって東京本の著書が多い。ヒロ坊は、当時の「ダカーポ」副編集長で、のち「鳩よ!」名編集長としてその名声を天下にとどろかせた。

この本はよく売れたが、あえて、文庫本にはしなかった。それは店や物の値段が、どんどん変わっていくためであった。値を書きこむことは、散歩をする人に役に立つが、それが仇《あだ》となって、時間がたてば、実用書としては古くなる。かくして、この本はいまの東京案内本のさきがけとして評価をうけつつも、その役を終えさせた。

ところが、十四年の月日がたつと、古典化して、それがかえって面白いという側面が出てきた。十年余の歳月は、東京の栄枯盛衰を物語るのである。この本を書いたときでさえ、思い出の名店のいくつかが姿を消していた。いまは、この本に書いた名店がさらに姿を消している。

そのため、二〇〇四年現在は、それらの店がどうなっているかを再調査する必要があった。なくなった店を記し、値段も現在のものに改めることにした。料理屋は平均して二〇パーセントぐらい値があがっている。五〇パーセント値上げした図々しい店もある。それを各章のうしろに記した。いまどうなっているかの再調査は編集部の檀將治氏と助手の石山千絵さんの手をわずらわせた。値段の変遷もまた東京という町を知る手がかりとなる。

東京は日々新しく変化していくが、その骨盤はびくとも動いていない。古いビルがこわされても、そこに暮らす人々の不逞の精神はそのままだ。値が安くて、庶民に愛された居酒屋や食堂は、いまなお元気に営業している。

月島の酒房岸田屋は客がひきもきらず、湯島天神のシンスケは、東京一の名居酒屋店としての風格を確立した。浅草の小料理店さくまは、行くたびに牛すじ煮込みの味が深まり、吉祥寺の焼き鳥屋いせやは、同級生であった店の主人は亡くなられたが、焼き鳥の煙は井の頭公園一帯まで包みこむほどの盛況である。

築地場内の食堂豊ちゃんは、数年前にテレビ番組に紹介されて三〇〇メートルもの客の行列ができて常連客のひんしゅくをかった。いまはもとの妖術卍固めの店に戻っている。日本橋たいめいけんの名物一皿五〇円のボルシチは、いまなお五〇円のままである。日比谷公園内にある松本楼のカレーライスは、散歩する紳士淑女の食欲をぐつぐつと刺激しつづける。

淡路町のそば屋まつやへ行けば、主人の小高さんと池波正太郎氏の思い出話に話がはずむし、新宿ゴールデン街で店を閉めたこう路は、また開店してママのモモ子さんがいっそう艶っぽくなった。神田のビヤホール・ランチョンは、いまも古本買いの帰りに寄る。室町のそば屋砂場で出すアサリ煮で菊正宗をキューッと飲むの、たまんないねえ。みんな元気だ。

この本に書いた老舗のほとんどは、いまも私が通いつづけている店ばかりだ。店は人間が作っていく。意地っぱりで、人情家で、粋でお人好しで、初めての客を大切にする店が、東京の力というものだ。

東京旅行記　目次

挿絵・地図　嵐山光三郎（扉／両国・柳橋・浅草橋）
蔦内専太郎（右記以外のすべて）

東京旅行記

嵐山光三郎

両国・柳橋・浅草橋

『東京旅行記』を文庫本にするにあたって、ひさしぶりに専太郎、ヒロ坊、千絵ボオと両国へ行くことにした。

両国駅前にある江戸東京博物館は、コンクリート製のエド航空円盤を思わせる巨大な建て物だ。ちょうど円山応挙展を開催中で、行ってみるとバーゲンセールみたいに中高年客で混みあっていた。人並をかきわけて、幽霊の絵一枚だけ見て出てきた。

両国には幽霊が住んでいる。応挙が描く幽霊画は、病気がちだった妻のお雪がモデ

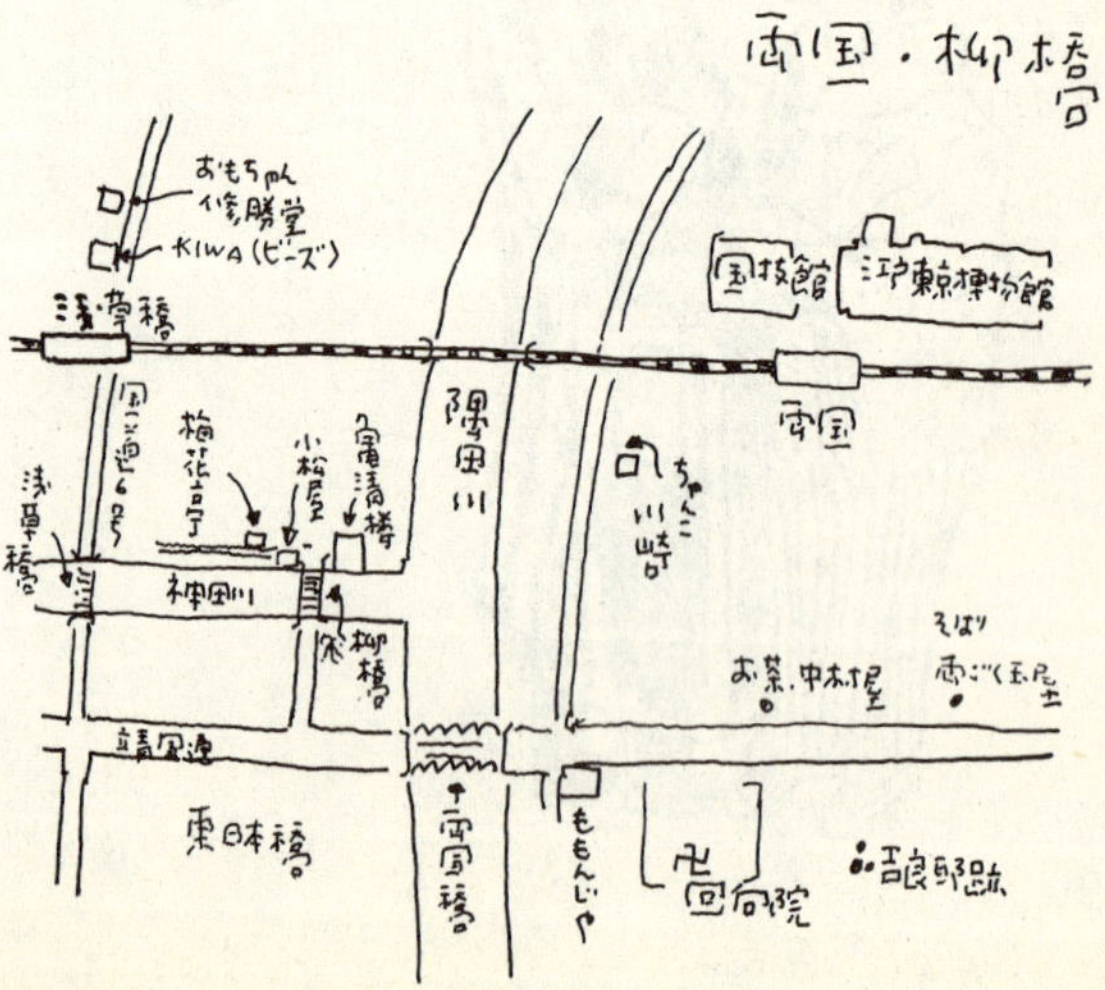

ルだから、やたらと美人で色っぽい。口説きたくなってしまう幽霊だ。

「妻は生きてるほうが怖いよな」

とヒロ坊とヒソヒソ話をした。怖い妻ほど死んでしまえばいい女になるらしい。江戸はそこらじゅうに幽霊がいて、桜が咲く季節は墓の下から出てきてフーラフラと花見をする。だから東京の花見は、霊界と現世の合同園遊会と化すのである。

江戸東京博物館七階には、江戸時代からつづく江戸料理の老舗八百善《やおぜん》がある。文政五年(一八二二)に四代目が『江戸流行料理通』という料理本を出した。山谷の八百善、橋場の柳屋、向島の平島、柳下の橋本などの有名な料理茶屋が隅田川沿いにあった。それらのなかで一番有名なのが、八百善である。八百善で幕の内弁当を食べようと思ったが、あんまりに客が多いので外へ出た。

隣りの国技館では、まだ五月場所は興行していない。大相撲の人気は落ちめで、いまは当日券(二一〇〇円)で、けっこう入ることができるし、チケットぴあやローソンでも簡単に切符を手に入れることができる。本場所は朝九時から前相撲が始まるのである。相撲興行はなくても、国技館の相撲博物館は無料で見学できる。

延喜時代の相撲人形、元禄相撲絵図、稲妻雷五郎の化粧廻しなんてのもあるが、度胆をぬかれたのは元横綱曙関の足形だ。でかいのなんの、アマゾンの半魚人もかくやと思われるほどだ。

駅前の通りを渡ると回向院《えこういん》がある。

回向院は明暦三年（一六五七）の大火の死者を弔うために建てられ、寄附相撲、つまり勧進相撲は回向院境内で開かれていた。旧国技館ができるまでの七十六年間、回向院境内が大相撲の開催地であった。境内には歴代の力士の霊を祀る力塚が建っている。そのほか山東京伝はじめ、盗賊の鼠小僧次郎吉の墓がある。鼠小僧の墓は、けずられて、そこらじゅうが欠けている。回向院には猫塚もあり、力士から猫までいろんな幽霊が昼間から宴会をしているのだ。

私の父と祖父は本所（両国）の生まれだから父や祖父もこのあたりで冥土の宴会をしているはずで、「や、ごぶさたしています」と裏通りの暗がりに声をかけた。

両国には相撲部屋が多い。回向院の近くには春日野部屋、井筒部屋、出羽海部屋。赤穂浪士に斬り込まれた吉良邸近くには大島部屋、二所ノ関部屋があり、ちゃんこ料理屋もある。

ちゃんこの老舗は両国駅から両国橋へむかう道ぞいにある川崎だ。黒い看板に白く「川崎」と屋号が書かれている。昭和十二年に開店された日本で最初のちゃんこ屋で、肉は鶏肉しか使わない。

「牛や豚など四本足の動物は、土俵に手がつくんで、縁起をかついで食べなかったんだ」

と専太郎が説明した。

店の窓に「小城錦引退襲名大相撲」のポスターが貼ってある。店さきには山淑の木があって、わずかに芽をふき出してある。

「この山淑の芽をつまんでいる板前を見たことあるよ」

とヒロ坊。

「ぼくは、この店のちゃんこ食べたことあるもんね。一人前二七〇〇円だった。醬油味。焼きとりやつくねも食べた」

と、ぼくは自慢しておいた。

両国一丁目の交差点を隅田川方向へ曲ると富士ハトメ株式会社の古びたビルがある。ハトメは「鳩目」で、靴や服の穴に通す金具である。その隣りは民間車検場で、みんな律義に働いている。

道路をはさんだ向いには猪鍋屋のもゝんじやで、享保三年（一七一八）創業の老舗である。玄関にイノシシの絵の看板がついている。

「私だって、もゝんじやの猪鍋を二年前の忘年会で食ったぞ。一人前

鳥ちゃんこが名物の川崎

エド航空円盤を思わせる江戸東京博物館

四〇〇〇円で川崎のちゃんこより高い。食べ終ると、走り出したくなる味だった」と専太郎が言う。

やだねえ。

『東京旅行記』を書いてたころは、みんなで一緒に店に入ったけれど、還暦を過ぎると「食べた」という自慢話だけで終る。

両国橋を渡りかけると、崖っぷちのナショナルの広告看板に、十七度Cと温度が記してあった。隅田川の向こう側とこちら側では、微妙に温度が変るらしい。

川風がびゅうっと吹きつけて、帽子が飛ばされそうになった。隅田川の川面はしわくちゃに波うち、目の下を兄弟丸というダルマ船が波しぶきをあげて通りぬけていった。

両国橋ができたのは明暦の大火後で、日本橋から本所（両国）へ橋がかけられた。武蔵国と下総国をつなぐから両国橋だ。その後、火災や水害で流され、明治三十七年（一九〇四）に鉄橋に架けかえられた。橋の欄干の部分だけが木製になっている。

ゆりかもめの群れが飛んでいく。そのさきにJR総武線の鉄橋がかかり、黄色い電車がトコトコ走っていく。自動車が通るため、橋がぶるんぶるんと小きざみに揺れた。川の奥にアサヒビールの黄金雲のビルが霞んでいる。

川沿いのマンションの三階には「新内小唄お稽古所」の看板がかかり、江戸の名残りがある。隅田川の淵《ふち》には、帰りそこねた鴨のつがいが身をひそめている。

つがい鴨帰りそこねて隅田川

と同行の千絵ボオが詠んだ。

大学四年生の千絵ボオが、ぼくの事務所へアルバイト学生としてやってきたのは十四年前のことで、ちょうど「東京旅行記」を書きはじめたときであった。千絵ボオは、その後、わが社の学芸部員となり、石田千《いしだせん》という筆名で、デビュー作『月と菓子パン』（晶文社）を出版したばかりだ。

橋を渡りながら、いろんなことを思い出す。人間が生きていくといくつかの橋を渡る。橋の向こう側には「なにか新らしい世界」があるように思うけれど、渡ってみれば、さしたることはおこらない。だけど少しだけ変わる。その連続だった。

とかなんとか、しみじみと橋を渡ると柳の新芽がぶらさがっている。

「新芽がネックレスみたい」

簪のレリーフがある柳橋は神田川最下流の橋

両国橋が揺れると、思い出も揺れていく

と千絵ボオが言うから、

「どこがネックレスなんだ。ありゃ、どうみても萎びたワカメだ」

と言い返すと、ヒロ坊が
「なに、もめてんの」

と割って入った。

両国橋を渡って右へ曲ると神田川に出て、緑色の鉄橋柳橋がかかっている。川っぷちに柳橋のいわれを記した看板があり、元禄十一年にできたが、明治二〇年には鉄橋にかわった、とある。その後、大正十二年の震災で焼け落ち、昭和四年にいまの橋となった。ドイツ・ライン川の橋を参考にした永代橋のデザインをとりいれた。子規の句が二つ書いてある。

春の夜や女見返る柳橋
贅沢な人の涼みや柳橋
「春の夜や、の句がステキですね」

と千絵ボオがほめ、ぼくは、

「い〜や、贅沢な人の、句のほうがいい」

と、また意見が分かれた。

柳橋は花柳界が盛んだったところで、橋の欄干に簪《かんざし》のレリーフがはめこんである。橋を渡ると江戸料理の亀清楼《かめせいろう》。いまは赤いレンガの柳橋リバーサイドマンションの一階になっているが、もとは小粋な一軒屋だった。横綱審議会はこの亀清楼で開かれる。

もうかなり昔のことだが、ドイツ文学者の高橋義孝先生が横綱審議委員だったころ、亀清楼に来たことがある。酒の肴のつきだしに、梅干と大根おろしとかつおぶしをまぜたのを出され、舌がチロチロと踊り出したことを覚えている。その他の料理も舌がよろけるほど上等だった。いまはコース一万五〇〇〇円の懐石料理を出している。入口には平山郁夫の書で「柳橋亀清楼」の看板がある。

亀清楼の向かいは佃煮の小松屋で、ひとくちあ

なごの佃煮を買った。小松屋は船宿も経営しており、小さい店ながら、店先に白い雪やなぎの花が咲き、紫陽花《あじさい》の新らしい葉がもりもりと出ている。

神田川沿いには、赤い提灯をぶらさげた屋形船が、ずらりと並んでいる。

屋形船貸し切りは一番安いコースは、天ぷら、刺身、御飯、みそ汁、お新香がついて二時間半で一人一万円。十五名から予約を受付ける。一番高いのは一人一万五〇〇〇円だから亀清楼と同じ料金となる。カラオケは無料。一コース一名につき一万六〇〇〇円でコンパニオンがつく。

「すると、コンパニオンつきで一人三万一〇〇〇円ということになるな」

とヒロ坊が計算した。コンパニオンつきの貸し切り尾形船は、いまふうの「動く芸者船」ということになる。

カレイ釣りの釣り船は船代が一日八〇〇〇円（エサ付き）で出船は七時三〇分から。さて、カレイを釣るか、コンパニオンと遊ぶか、そこが思案のしどころで、遊ぶことに関しては、さすが柳橋の伝統はしぶとい。

専太郎は小松屋のはすむかいにある和菓子の梅花亭で、二四〇円の三笠山を買った。

神田川には、柳橋のさきに浅草橋がかかっている。浅草橋沿いに古いビルがあり、専太郎が、

「このビルもそのうち壊されてしまうんだろうなあ。もったいない」

と溜息をついた。

十四年前の「東京旅行記」では、壊されそうな時代物のビルばかり見て歩き、浅草の常盤座もそのひとつだった。だから、なくなっていることを予知していたことになる。神楽坂の洋食店田原屋にもそういう印象があり、予想通り店を閉めてしまった。

神楽坂にはすたれゆく気配があったけれど、逆に、古い町並みを生かして、いまは東京で一番のしゃれた町になった。ぼくも、そのうち神楽坂へ住もうと思っている。古い建物や裏道を新しくするのは簡単だが、新しくしてしまった町をアンティークにするには百年はかかる。古いものを壊すのではなく、生かしていくことがこれからの町づくりだ。

浅草橋駅近くで出版社「一季出版」を経営する木谷壮作氏を訪ね、缶ビールで乾杯した。じつは、両国国技館へ行ったあと、両国駅構内にあるロンドンパブでビールを飲んで、ほろ酔いで歩いてきた。バスペールエール(四七〇円)のビールを注文したが、外国産は、胃がちり

浅草橋のKIWAは女性客で賑うビーズの店

柳橋たもとの小松屋は時代を感じさせる店構え

ちりとして、すっきりしない。

木谷氏差し入れの缶ビールで胃を洗い流して、隣りのビーズ店KIWAへ行き、てんとう虫のキーホルダー（三三〇〇円）セットを買った。これは紫色や濃緑色のビーズにテグス糸やチェーンがついていて、自分でキーホルダーを作るセットである。一つ一五〇〇円のダイヤモンドや、二〇〇〇円のネックレスセットもある。

浅草橋駅の江戸通り（国道六号線）には、この手のビーズ店がふえた。ビーズセットには、「ドストエフスキー」という商品名がついている。

「ロシア文学だな」

と言ったら、千絵ボオが、

「スワロフスキーです」

と訂正した。

ひと昔前は、このあたりは、駄菓子屋用のチープな玩具卸し商が多かったけれど、ほとんど姿を消した。一軒だけ、小さな修勝堂があったから、入りこんで、かたっぱしから買った。

二〇個入りベーゴマセット二一六〇円。時代物めんこセット七八〇円。スーパーボールくじ一六五〇円。くだものクリップ一八〇〇円。うつし絵くじ八〇〇円。ケシゴムくじ一九〇〇円。

いずれも一回二〇円か三〇円でくじをひき、番号があったものを手にいれる。子どものころ、何回くじをひいても、お目あての品が手に入らなかった。そのとき、「いつの日か金を稼いで、くじの賞品ごとすべて買いしめてやる。おぼえておけ」と心に誓った。それも、還暦をすぎて、ようやくはたすことができた。ダンボールいっぱい山ほど買って宅急便で自宅へ送ると、「少年時代の無念をはたした」という思いがせりあがる。

優雅な生活が最大の復讐であるけれど、こんな玩具が山ほど家に届いたら、あとはどうなるんだろうか。あいにくと近所の子らにタダで配るというほどのゴーギな気はない。牛小屋のような書斎が、さらに散らかるばかりである。

・

と思案しつつ、鳥越本通り商店街をブラブラ歩き、おかず横丁へ入った。この日はサービスデイで松屋商店で名物焼豚三〇〇グラムのブロックを九〇〇円で買った。魚屋では鮭のアラが一皿一〇〇円か。この通りは、野菜、そば、揚げ物、肉、漬物屋が軒をならべていて、み

老舗の貫禄を見せる都寿司

おかず横丁の郡司は漬け物がいっぱい

んなほしくなった。

夕暮れの横丁には歌謡曲が流れている。このあたりは町が昔のままだから、歩きながら気分がやすまるのである。東京がどんなに近代化されようが、こういった下町商店街にだけ、あったかい活気がみちている。

郡司味噌つけもの店で、ザーサイのげんこつ漬け（五〇〇円）を買い、老舗の都寿司へ行った。この店の、最初のつき出しで出てくる小さなづけ丼が旨いのなんの、脳天に稲妻がピカッと落ちたもんね。小さな椀にシャリを盛り、トロ、赤貝、タイ、ウニ、イカ、ノリが乗っている。つづいて出てくる酒の肴が、ことごとく江戸前でさすが老舗の貫禄だ。握り寿司はピカイチ。都寿司でたらふく食べたところで、ひさしぶりの東京旅行記はめでたくおひらきとなった。

さて、ここからさきは、一九九〇年の東京にさかのぼる。時間のスイッチをカチッと入れかえてくれたまえ。

東京タワー周辺

夜の高速道路から東京タワーは炎のように見える。

ガスバーナーを思わせる人工の炎だ。鉄骨都市の地底から、そのエネルギーを天に吐き出しているかに見える。雨の夜は、東京タワーは霞み、ほおずき色の鉄骨が照明のなかに浮かびあがる。

東京タワーが出来たのは昭和三十三年で、自立鉄塔としては世界一の高さを誇る三三三メートルだ。

出来たときは、東京のシンボルであり、景観破壊と批難され、怪獣ゴジラの攻撃目標となった東京タワーだが、長い歳月は東京タワーを風景になじませた。いつの日かその役目を終り撤去されることになろうが、時間が東京タワーを「懐かしの建造物」に変えつつあ

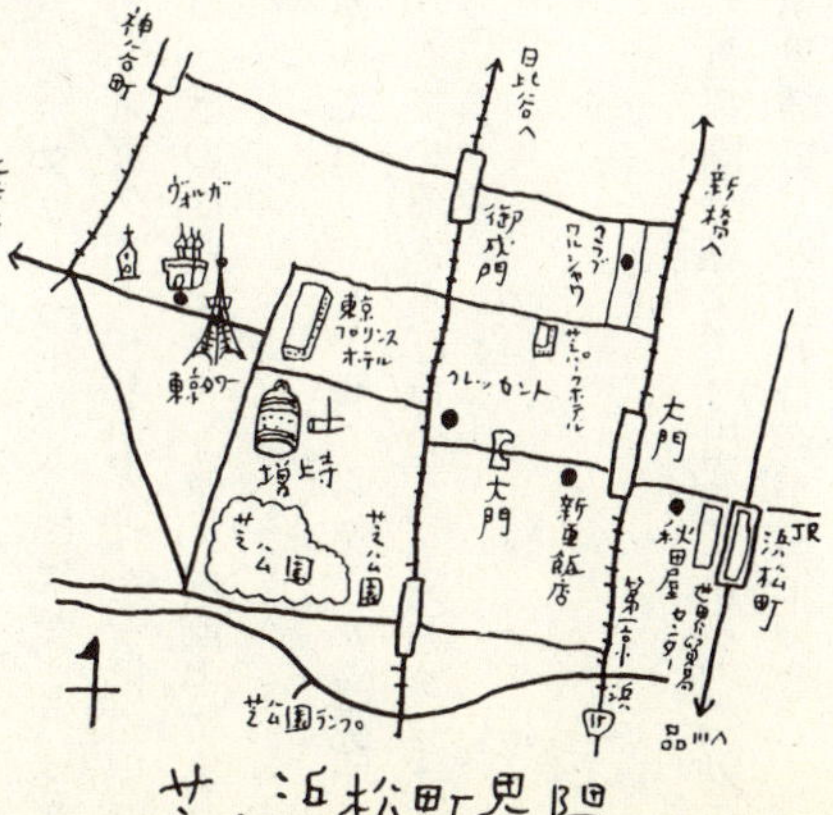

芝・浜松町界隈

る。

東京タワーの展望台は二つある。地上一五〇メートルの大展望台と、さらに上の二五〇メートルの特別展望台だ。大展望台までのエレベーター代金は大人七二〇円。大展望台から特別展望台までは五二〇円だ。

高層ビルのエレベーターは無料であるから、代金をとられるのは損した気分だが、東京タワーは名所であり観光地であるから仕方がないのだ。タワーの下の入口に立つと、「楽しい広場」「不思議な散歩道」といった看板があり、「東京タワー」と記された看板の周囲をブルーのラメ・紫色・緑色のヌラヌラとしたウロコ状のイルミネーションで飾ってあり、タワーが怪しい異空ゾーンであることが暗示されている。

ほおずき色の鉄骨が足を広げてズーンと立ちあがっており、女の股ぐらを下から見上げる気分だ。東京のテレビ局は、それぞれ電波塔を持っているから、はたして東京タワーが何の役に立っているのかをガイド嬢に尋ねると、

「いちおう全部のテレビ局です」

と言われた。

総合電波塔として在京八波のテレビとＦＭ四波を首都圏全域に送り出している。一階入口に、吉田茂元首相のロウ人形が飾られているのが異様で、外国旅行客が白足袋とステッ

キ姿を熱心に観察していた。

大展望台には天照皇大神を祀った小神殿があり「御神徳を朝夕に拝し隆昌繁盛を祈願」している。そこより特別展望台へは別のエレベーターに乗り換えるが、平日だというのに予想していたより客が多い。その日は秋田皇居奉仕団のおばさんの団体客がいた。エレベーターに乗ると、「途中ゴトンと音がしますが大丈夫です」というアナウンスがあり、アナウンス直後に本当にゴトンときたので、おばさんたちがキャアと声をあげた。

東京タワーは天へ向かう路地なのだ。ここまで昇るのに、ほんの数分しかたっていないのに、客はたちまち迷宮へ連れこまれ、天空への旅人となる。

二五〇メートルの特別展望台からは、スモッグにつつまれた東京が一望のもとに見渡せる。晴れた日には筑波山、三浦半島、房総半島まで見渡せる。あんまり高いため、東京の市街は霜柱のように見える。ビルは上から見られることを計算していない。霜柱の町は部分的に崩れて、溶けかかっている。ぼくは、溶けかかった部分を、これから探

まるで、女の股ぐらを見上げる気分

二五〇メートルから見下ろす街は霜柱のよう

険しようとしている。コンクリートで固められてしまった部分は、新都市としての機能を得た代償に、都《みやこ》の風を封じこめてしまった。

都市はもともと人工の産物である。

緑の公園も街路樹も川も花壇も人工の産物である。

霜柱がたつ泥の道も人工である。都市の自然は、人々の吐気も温度までも人工であり、それら人工物が一定の時間の洗練を受けると、百年前から生えている自然と化す。したがって、ビルや高速道路は都市の自然であるというパラドックスが成り立つわけだが、重要なことは、そういった都市の自然がいかにして住む人間にとけこめるか、だ。

ぼくが町に求めるのは、人間の息だ。

人間の息を求めて、ぼくは〈町たらし〉になろう、と二五〇メートルの展望台で考えた。暮らしたり住むのは人間なのだから、町の息を吸わなきゃわりがあわない。不便でけっこう、狭くて十分。汚くたってかまわない。ざわついた息のある町がほしいのだ。

東京タワーもまた東京の自然である。芝公園ににょっきりと生えた鉄骨キノコである。外から見る東京タワーは、炎のように見えたり、ほおずき色の浴衣を着た美人に見えたりするが、その体内に入りこめば、正体は鉄骨の細道であることがわかる。

東京タワーのなかで目立つのは、俗悪巧緻の土産品である。それらはあまりに金色で時代遅れで精密なため、時代が逆戻りした錯覚にとらわれる。輝く東京ペンダント、水色のキーホルダー、黄金の東京タワー、虹色のお守り。ジグソーパズルの風景だ。金があれば全部買い占めて玄関に飾っておきたい品ばかりだ。

三階にはロウ人形館がある。入場料七五〇円だがチケットに料金が印刷されていない。チケットからして不気味である。入口に「ブッシュ新登場」の貼紙があり、新製品陳列にも配慮している様子がうかがえるが、なかにある約百二十体のロウ人形はいずれも古い。リンカーン、チャーチル、毛沢東、ホーチミンは歴史上の人物だからいいとして、水原弘、ピンク・レディー、黛《まゆずみ》ジュン、ちあきなおみ、尾崎紀世彦、佐良直美。

ここもまた、時代にとりのこされた路地であることがわかる。東京タワーを出ての正直な感想は、

「出て、ほっとした」

だった。

東京タワーと道をはさんでロシア料理店のヴォルガがある。帝政ロシア時代のパゴタで、尖塔のついた異様な建物だから、すぐ目につく。不気味な建造物で、

VOLGA
帝政ロシア風
建物とバラライカ
の音色に
万感こもごも
東京タワー向いのロシア料理店
『ヴォルガ』

二十年前から一度入ってみようと思いつつ、まだ一度も入ったことがない。入口まで行くが、やはり入りにくいので、あきらめ、増上寺のほうへ歩いていく。徳川家の廟所として隆盛を極めた江戸の大寺である。増上寺境内にある大鐘は一五トンの重さだ。

「さてさても諸国へ響く芝の鐘」

として知られる大梵鐘は木更津まで響く。

この鐘は、上野寛永寺の鐘とともに江戸ッ子の自慢の種だった。江戸時代は芝から鐘を鳴らし、いまは芝から電波を飛ばす。

広い境内はひんやりとして、白梅がぽちっと固いつぼみをつけていた。この境内を利用した野外演劇が行われたが、なるほど、境内は興行にはぴったりだ。

境内の茶店は休みだった。東京にも、こういっただだっ広い寺があるのが嬉しい。

昼食は、増上寺から大門を通りぬけて、通り沿いの右側にある新亜飯店。一二〇〇円の小籠包(肉マンジュウ・八コ)。噛むと、肉汁のエキスがスープ状となってじゅわりと出てくる本格的な味だ。一〇〇〇円の排骨メンもいける。

東京タワーから、増上寺を散歩して大門をぬけると、ムカシへ向かって歩いていく気配。これが東京旅行のダイゴミである。

赤い大門は、JR浜松町駅と増上寺のほぼ真中に位置しており、江戸のころは増上寺参道の門であった。いまは門だけが残っている。いつもはタクシーで通りぬけていたが、歩いてみると門がコンクリート製であることがわかった。

新亜飯店から浜松町駅へ向かうと、すぐ右側に立ち食い焼き鳥の秋田屋。坊主頭にハチマキ巻いて焼き鳥をパタパタ焼いている。ケムリがもうもうと道路に漂い、タダでおいしい匂いを嗅げるから、これも散歩の得である。紺地ののれんに「秋田屋」と白く染めぬいてあるのれんの奥で、男たちが酒を飲んでいる。酒は高清水で五〇〇円だ。店内には椅子席もあり、魚のタタキといった肴も出ている。立ち飲み客に、「一杯飲んでけよお」と声をかけられた。客筋は気さくで飾りっ気がない。旅行で羽田空港についてから、モノレールで浜松町まで来て、秋田屋で一杯ひっかけてからタクシーで帰るのがいいなあ、と思う。

浜松町を通り過ぎてまっすぐ歩くと、海岸通りにぶつかる。

海岸通りを渡ってまっすぐ行けば東京湾だ。東京湾にぶつかったところ、産業会館の前に、玉屋食堂がある。この店の磯揚げ定食は定評

徳川家の廟所として隆盛を極めた増上寺

ピンク・レディーもいるロウ人形館

がある。このあたりは、ちょっと食べてみたい店がぽつん、ぽつんとある。海の風にあたって行きかう船を見る。

海沿いに住んでいる人の話を聞くと、毎日水平線を見ていると気が変になるらしい。水平線は変化がないから、風景が画一的だ。つまり海は自然だが水平線は人工的なのだ。たまに海を見る人が、「いいなあ」と感動するのだそうだ。

なるほどそういうものか、と思ったが、一カ月に一度ぐらいは海を見たい。海の風景にふと出会ったとき、人はまぶしくて目を細め無言になる。あれは、海が根源的に持っている力が、人をひきずりこむのだ。

海沿いをぶらぶら歩いてから、歩いてきた道をひっかえして東京タワーへ向かう。東京タワーは、夜になると、妖婉な度合いをまして、ますます美しくなる。

全体はほおずき色だが上部は白く霞んでいる。タワーのなかが鉄骨の迷宮であったことと思いあわせると、外から見るのと内部はまるで違う。また、東京タワーから見下した町と、実際に歩く道とはまるで違う。東京という町は、互いに相手を見つめあうことによって成立している。

ロシア料理店ヴォルガに入る。地上に建てられている建物は入口の部分であり、そこから地下室へ下りていく。地下二階へ出ると、薄暗い部屋のなかでローソクの火がゆらめいている。目がなれると、かなり広い地下室で、古いロシア映画を観ているようだ。

太い柱、周囲をとりまいて赤いベルベットがたれ下り、白いテーブルクロスがオレンジ色ににじんでいる。一瞬にして異国の果てへ来たようで、ここもまたトワイライトゾーンの妖気がある。秘密の地下道があって近くのソ連大使館につづいているのではないか、と疑った。

レバーペースト、肉ゼリー、酢づけニシンか。ではボルシチにいくか。いずれも量がたっぷり。ピロシキ二つ食べロシアワインを注文した。キャビアは六〇〇〇円だったが、他のものは予想していたより安かった。

広い店内はガランとしてすいており、つきあたりでバラライカの演奏をしている。

バラライカの音は軽やかにはじけ、川のせせらぎのように速くなったかと思うと哀しくやるせなく、せつなく変化していく。

ここにあるものはすべてが古く時代遅れである。いまどきロシア民謡に赤いベルベットというとりあわせ。こういう店が、まだあったのだ。

バラライカを演奏しているのは「アンサンブル・ウクライナ」で、その日誕生日だという女性の横へ行って「黒い瞳」を演奏していた。ロシア民謡は、歌声喫茶と学生運動によって汚されてしまった。しかし、こうやってバラライカの演奏を聴くと、甘く情熱的なメロディにあらためて気づくのであった。ロシアの白ワインは喉ごしがよくふっくらした滋味がある。

◎東京タワー周辺……その後のこと

東京タワーは大展望台までのエレベーター代金八二〇円。大展望台から特別展望台までは六〇〇円である。土産物屋は相変わらず時代遅れで、かえって周回遅れのランナーみたいに先方を走っているようにみえる。ロウ人形館は二〇〇一年にリニューアルとなった。入場料は八七〇円。水原弘や佐良直美は消えて、ジュリア・ロバーツ、シャロン・ストーン、アーノルド・シュワルツネガー、ブラッド・ピットと外国のスターが幅を利かしている。新亜飯店の小龍包は一四七〇円。排骨メン一二六〇円。昼の定食は一〇五〇円。秋田屋は繁盛店で午後三時半の開店になると、待ちかねたように客が入ってくる。もつやき二本三二〇円。牛煮込み四〇〇円は国産牛使用。たたき二二〇円はつくねにした肉串で一人一本の限定品。酒（小）が五五〇円だが、こちらはふつうの店の（大）ぐらいはある。産業会館前の玉屋はもうない。一画ごと立ち退きになったそうだ。いまはその地にハンバーガー・ショップがある。ロシア料理店ヴォルガは工事用のフェンスが入り口に建てつけられてあった。ショーケースにワインのボトルがコトンと一本転がっていた。

月島・佃島

月島に、べらぼうに江戸前の店が多いから行こうよ、とまえまえから専太郎に言われていた。しかし、自分の町のなじみの店も捨てがたく、カウンターに坐れば何を言わなくても旬の肴がとーんと出る、というんじゃなきゃ、気分が出ない。不粋なる行為は、隣りの町の居酒屋へ出かけることなのだ。

行く行くと言いつつ行きそびれていたのはそのためで、そこに別天地があるのは予測できるのだが、行くと田舎者扱いされるんじゃないか、と願望は半分めくれてしまう。

とかぶつぶつ考えながら、雨の勝鬨《かちどき》橋を渡った。緑色の鉄橋が雨に濡れて、雨の隅田川

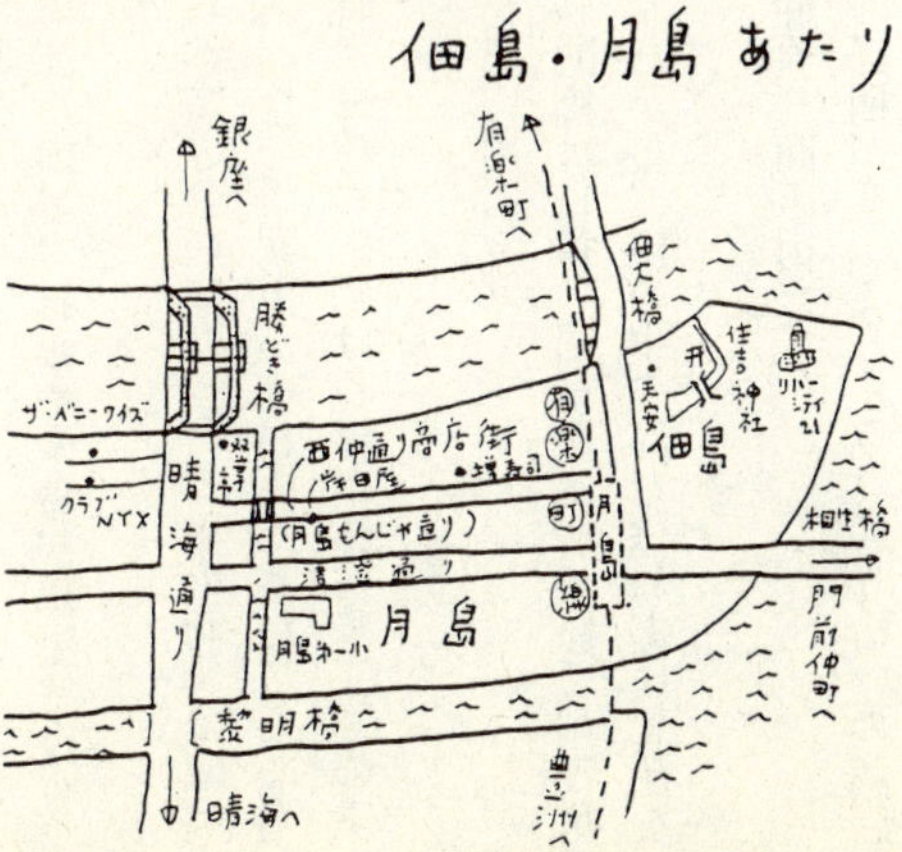

が見える。水面に白波がたち、ダルマ船が鈍い音をたてて橋をくぐっていく。茶色のIBMのビルの下に木造長屋や倉庫があり、護岸工事のクレーンがあり、その彼方に雨にけぶる佃大橋が見える。反対側をふり返れば東京タワー。

なんだか平成浮世絵のなかを傘さして歩いていく風情だ。

夕暮れどきの橋からのながめも、とろけるように江戸前で、ビルや家屋が黒影となり、窓の灯が川面に映っている。

隅田川は幅が二五〇メートル。水質が一時にくらべてきれいになった。橋の両側は幅四メートルほどの歩道があり、橋の中央に信号機があった。勝鬨橋がはね橋だったころの名残りである。勝鬨橋が出来たころは、九時、十二時、三時の三回はね橋があがり、その下を船が通過した。

小学生のころ、父に連れられて見物に来たことを思い出した。

その後、はね橋があがるのが昼一回となった。勝鬨橋は11番の都電が走っていて、都電の線路ごと橋があがった。大型船はマストが高かったから、橋の中央部をはねあげて船を通した。東京名物のひとつだった。

勝鬨橋を渡って最初の信号を左に入ると月島西仲通り商店街だ。

紙芝居の絵をひきぬいたみたいにがらっと景色の図柄が変ってしまう。通り沿いの商店街は揃いの三角屋根があり、それは幽霊の頭についている三角巾のようで、いつかこの町を夢のなかでさまよった気がする。

商店街から横丁の路地へ入ると、木造棟割り長屋が並んでいる。路地には白粉花や千両、万両の鉢植えがあり、土が雨で黒く濡れていた。二階の窓には木造の手すりがつき、その朽ちかたに人の未練がたっぷりとしみついている。時代物の路地で、ちょっと見た目は新派劇の書割《かきわり》だが、これは時間をかけた棟割りだ。銀座までタクシーで十五分という土地なのに、このこだわりは尋常ではない。

町じゅうが反骨の筋金入りだ。

商店街を歩くと、魚屋、飲み屋、八百屋、肉屋、せんべい屋、天ぷら屋が並んでおり、どの店も一筋縄ではいかないしたたかさがあり、片っぱしから入ってみたくなる。

もんじゃ焼きの店がやたらと目立つ。

右に酒房岸田屋、勝鬨せんべい屋、魚仁を見、しばらく行くと左の路地のつきあたりに月島観音。観音様の横にもんじゃ焼きのいろは。

そこからさらに商店街を進むと増寿司があり、「準備中」の札がかか

月島の商店街。揃いの三角屋根が目をひく

江戸前の増寿司。月島西仲通り商店街にある

っていた。時計を見ると五時三分前だ。増寿司の隣りはラーメン屋かんちゃんの赤い看板で、そこからもいい匂いが漂ってくる。立って待っている間、専太郎が、「この店のネタはずばぬけたピカ一で、並、上、なんてものはなく一人前一四〇〇円だ」と咳こんで説明する。五時ぴったりに店が開いた。籐椅子のカウンター席が五つ、テーブルが二つ、畳敷きの席が一つ。十五人で満員になる。

こはだとあなごを注文する。ピカッと光ったこはだで、律義な酢のしめかただ。シャリもネタも大ぶりの握りで、あなごの汁のしみかたが深い。羽田沖のあなご。江戸前とくればはまぐりと煮いかを食べたくなり、これも注文する。はまぐりの握りは暮春の味がする。

「しらめはもう終りだね」と話す主人は、月島の店の三代目である。

月島は明治二十五年に工業用埋立地として出来た。月島と佃島を地図で見れば、なるほど三日月の形をしている。すぐ隣りの佃島には四十階建ての高級マンション、リバーシティ21が建ち、地盤は大丈夫なのかと気にかかるが、ここはもともと三角州があったところを造成したから、いまどきの砂を埋め立てる工法と土地の骨格が違う。リバーシティ21は賃貸マンションで最上階の家賃が月一〇〇万円、一番安い1Kで一七万円だという。普通の部屋は月五〇万円前後だと聞いた。入居の倍率は六倍だったという。

木造棟割り長屋街のなかにスコーンと建てられた黄金に輝くマンションは土地柄にそぐ

わない。それが、夜宵のなかで奇妙な調和をかもし出しているのは、佃島・月島の古い家並が黄金マンションを呑みこんでしまっているからだろう。月島は、しぶとい。一軒一軒の家を訪ねて、「地上げ食ってもたちのくな」と声をかけたくなった。そうは言っても、こんな便利な場所を不動産屋が放っておくはずはなく、札束で街をまるごとひっぱたいているのが現状だ。月島見るなら今見ておけよ、月島そのうちビルと化す、といったところ。

増寿司でたらふく食べて、腹がいっぱいとなり、佃島の住吉神社まで散歩した。佃大橋の下をくぐりぬけてぶらぶら進むと佃小橋の朱色の欄干がある。

これも新派の舞台装置になりそうな小粋な橋だ。月夜の晩に恋人《いいひと》と橋のたもとで逢引する、といった風情で、造った人もそういう想定があったんじゃなかろうか。

大正から昭和初期にかけての江戸懐古趣味だ。堀割りは船溜《ふなだま》りで水面にはブルーや緑色のビニールをかけられた釣船が浮かんでいる。橋のわきに船宿折

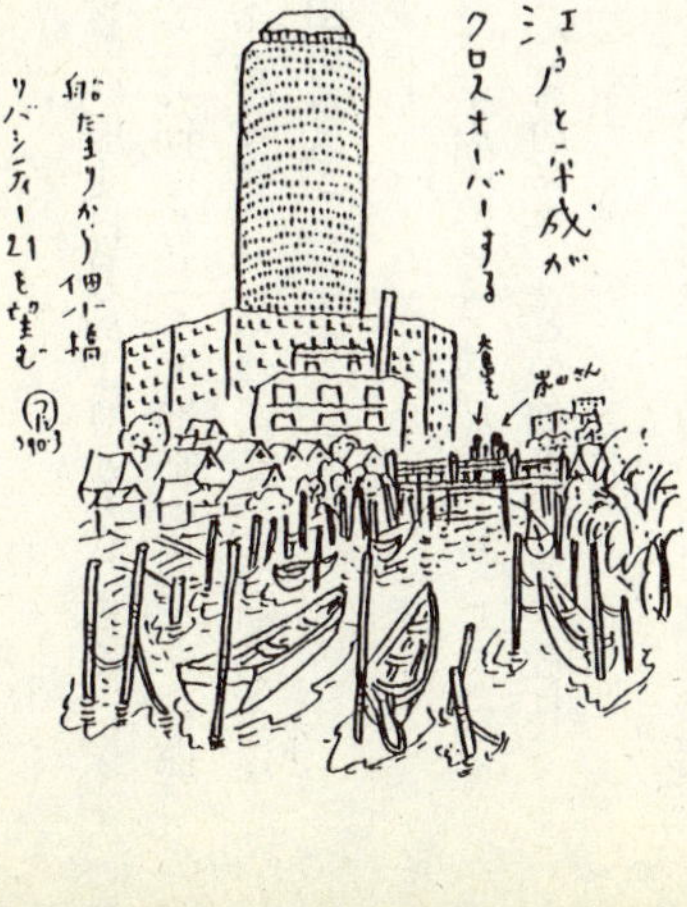

本があり、ひときわ大きいのが黄色い釣船折本丸。

折本屋の庭にみかんの実がたわわになっている。佃島の歴史は月島よりかなり古く、家康が大阪西成の漁民三十三名を呼びよせたのが始まりだ。佃はもともと漁師の島であり住吉神社はその守護神である。昭和三十九年に佃大橋が出来るまで、対岸の築地明石町とは「渡し」で結ばれていた。住吉神社に参詣する客は隅田川を船で渡ってきた。

堀割り沿いに波除《なみよけ》稲荷、「千社札お断り」の貼紙がある。

川っぷちに佃煮の老舗「天安」。木造の古い店構えで、玄関のガラス戸がピカピカにみがいてある。朱塗りの盆にはぜ、あみ、えび、あさり、葉唐辛子などの佃煮が並べられている。

鰻を煮る匂いがするほうへ行くと佃源《つくげん》田中屋。ピカピカのガラス戸に田中屋と金色の店名が書かれている。店内にはシクラメンの鉢植えがあり、有名な天安より二軒隣りの田中屋のほうが味がしぶとそうだ。全国的に有名な老舗（そば屋、牛肉屋、寿司屋）の五、六軒隣りにいい店がある。町の人はそちらの店へ行き、ガイドブック片手の観光客は有名店に入る。

神田のそば屋なら「やぶそば」の近くの「まつや」といった按配。佃煮はもう一軒あって丸久。こちらはガラス戸が格子模様だ。

三年に一度の住吉神社の大祭であった。堤防がないころは、神輿を担いだ若衆が神輿ごと隅田川へ突っこんでしまう威勢のよさだった。広重の浮世絵で知られる住吉本祭は、天保年間も行われていたが、三年に一度となったのは戦後のことである。八月に行われるのは漁閑期だからなのだという。

住吉神社の境内には紅梅が咲いている。梅の匂いと佃煮の匂いが半分ずつ漂って、なるほど鼻の穴が二つあるのは便利なものだ。粋なものと生活臭のごった煮がこの界隈の特色だ。

鳥居にかけられた住吉神社の扁額は陶製で、白地に呉須を染めつけたもの。境内入ってすぐ右に巨大な鰹塚の石碑があり、しだれ桜が咲き、苔むした二宮金次郎の石像。藤棚の横には川柳名匠水谷緑亭の句碑。小さい境内には『江戸名所図会』にある風景の断片がいっぱい散らばっているが、「写楽終焉の地」の碑があったのにはびっくりした。

写楽は謎の浮世絵師でその実像は不明である。思わず「嘘つけ」と声を出したが、まあ、どうでもよい。平成元年に建てられた新しい碑だ。

佃煮の老舗「天安」の店構え

佃島では古い井戸が今も使われている

境内を出ると銭湯日の出湯があり、男、女の入口があるが銭湯の上はマンションで大栄マンションの名がついている。

月島・佃島は、夢のなかで歩いていた追憶の町だった。入りこむと、くせになって町を去り難い。

帰りは、後ろ髪をひかれる思いでタクシーでエイッと帰ってしまったが、翌日また行ってしまった。

最初に入ったのは、「酔客お断り」の貼紙があった月島三番町露地裏の西村。ここは牛モツ煮込みを売っているが、酒類はいっさいなくお茶だけで串刺しのモツを食べた。鉄鍋のなかで一串六〇円のモツがことこと煮えている。

つづいて、もんじゃ焼きの杉の子。ここはタモリが行った店だというから入ってみた。タモリが食べたのは特製もんじゃだが、ぼくはやすいのを注文した。たぷたぷの水っぽい小麦粉水を入れた丼の上にキャベツと揚げ玉が載っている。

まず、キャベツと揚げ玉をいためて囲いを作り、そのなかへ小麦粉水をたらしこむ。あ、その前に、小麦粉水のなかへ好みの量のソースを入れておく。ソースが味のきめてだ。店のおばさんのすすめで一味唐辛子もちょっと入れる。小麦粉水を入れたら、ヘラで表面を押してのばし、底がきつね色に焦げついたところを、こそげ落として食べる。下品な品があって、やみつきになりそう。ソースの焦げ味に、しなだれかかる哀愁があるとは思ってもみなかった。はすっぱな女に惚れて下宿へ上りこんだような味がした。あんまりいとおしいので、ミックスというやつをもひとつ注文してしまった。

めあては西仲通り入ってすぐ右にある酒房岸田屋。五時から開くが、開く前にすでに客が行列している。ぼくも行列し、五時開店と同時に店へなだれこみ、コの字型の時代物のカウンターへ坐った。店は一瞬のうちに満員となったが男客ばかりだった。マグロなかおち、白子煮、サバ酢、アンキモ、牛煮込みと片っぱしから頼み、アツカン五本飲んで一人三〇〇〇円だった。はてしない遠くの町へ来たみたいで、嬉しくてヘヘヘヘへっとふくみ笑いが出た。

◎月島・佃島……その後のこと

この界隈は街並みの一部はビルとなってはいるが、昔ながらの家や路地のたたずまいが色濃く残っている。月島観音はその周りの一画が再開発され、平成十三年よりビルの一階奥に祀られている。そのビルの二階には、もんじゃ焼きのいろはと月島温泉。増寿司は主人が亡くなり、店を閉じた。そこはもんじゃ焼きの店となっている。月島西仲通り商店街を中心にやたらともんじゃ焼きの店が増えたのだが、杉の子はなくなっていた。天安、田中屋、丸久の佃煮屋三軒は俄然がんばっている。もつ煮の西村はなくなったが、一本裏筋の路地にまた新たにもつ屋ができるあたりが、この町のしぶとさ。さて、やはりなんといっても岸田屋である。何しろ居心地がいい。おかみさんの目くばりがほどよく、少し料理の出が遅いと感ずると、「いま、やってますからね」と声をかけてくれる。牛煮込み四五〇円は量たっぷり。あじ酢五〇〇円はしょうが、みょうが、海苔の薬味が利いている。子持ちカレイ煮付け（四五〇円）は味付けが濃いが、これがまたこの店にはしっくりと合う。れん草おひたし二〇〇円。にこごり二五〇円。酒がすすむ、すすむ。テレビのナイター中継が終わる頃、若い娘がそっと暖簾を店内に仕舞いこんだのであった。

湯島天神界隈

湯島天神の梅を見てから天神下の居酒屋シンスケで飲む。専太郎、ヒロ坊とは上野凮月堂で待ちあわせた。JR上野駅から凮月堂へ歩いていくと、成人映画封切館があり『美女のしたたり』『痴漢電車』二本立をオールナイトで上映中。「早くいってよ乳房が揺れる」のうまいコピーに感心しつつ、オピンク映画作ってる連中の意地の骨太さに感心した。成人映画作ってる連中は、いい根性していて、一枚まわしが違う。上野界隈には原色ギラギラの看板と一時代前の歌謡曲がよく似合う。「ア、ソレソレー」という陽気なメロディはそのさきのフランス座から。フランス座のわきで靴みがきをしているおっさ

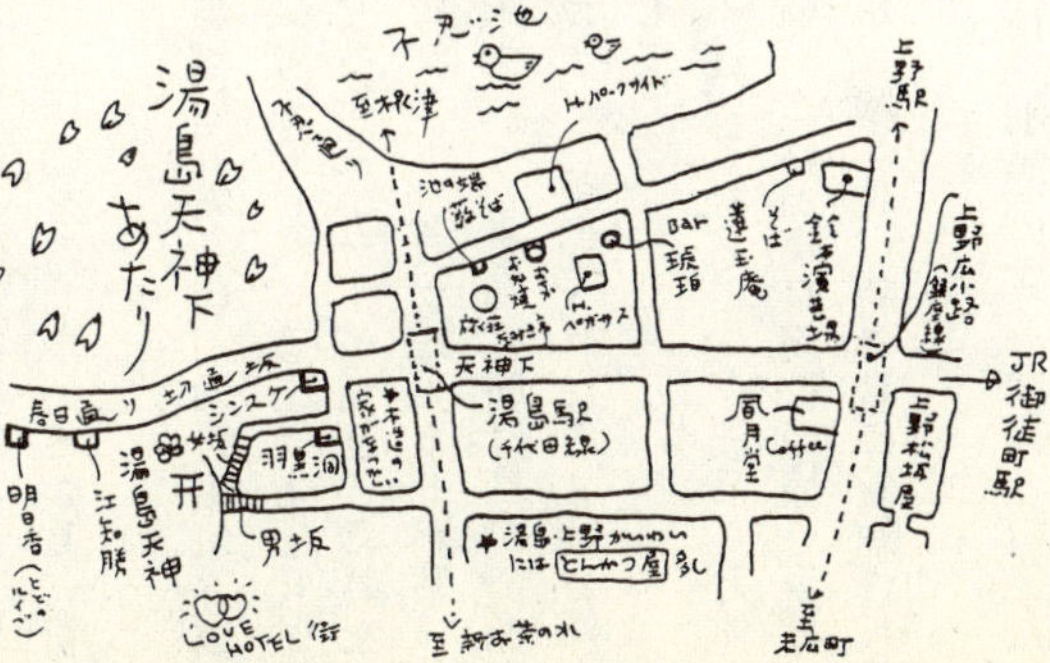

んはジャン・ギャバンのような男前だ。

上野凮月堂は改築したてのビルになっていた。向いの松坂屋には「確定申告は正しく早めに」と書いたブルーのたれ幕が下り、ブローカーらしき客が店内をのし歩いている。新築改装しても上野は上野なのね。

凮月堂がある上野広小路から湯島へ歩き始めると、中華料理店、喫茶店、お好み焼き屋が立ち並び、ウインドーに山菜ピラフの見本があって、ほこりだらけで、よしよしとほめてやった。こういうの食わなきゃ。道の向い側には俗悪極まる新装ホテルがあり、これを高貴上野派と言う。貼紙厳禁の表示がある公衆電話のドアにデートクラブのカードが貼られており、人妻・熟女・単身妻・清純派・素人娘・若妻・未亡人・女教師と顔写真が勢揃い。ぼくは下町熟女八十分二万円という人がいいなあ、とカードを定期入れにしまいこんだ。タモリのユンケルの看板がにやっと笑って町を見おろしている。

魚屋よろず屋の角を曲ると、ズドーンと明治時代の路地へ迷いこむ感じで、まるごと木村荘八や久保田万太郎の世界となり、その落差が小気味いい。これが東京旅行の愉しみで、ニューヨークではこうはいかないだろう。完成されたものが、壊され、新参者に侵蝕されていく朽ちかたの時差が見どころなのだ。

つきあたりの木造三階建てを右へ曲ると黒板張りの古美術「羽黒洞」。斎藤真一の美人ガラス絵が飾られている。ナマコ井戸があり、そのへんから泉鏡花が偏屈者の顔して出てきそうだ。

専太郎とヒロ坊は、靴音をメイジタイショオ・ソレカラ・ショーワ・トントントンとたてながら入っていく。つーんと梅の花の匂いがして、湯島天神梅まつりの梅鉢紋提灯が石垣に立ててある。竹垣に白梅、その上には目にしみる寒椿の花。あたりは新派の『婦系図』だ。

ユーシマ通レーバー、思イ出スー、と鼻歌が出た。つきあたりは女坂のゆるい石段で白梅に混ってほのかなピンクの梅がふんわりと咲いている。女坂の下にある古い木造家屋一帯は、鏡花、鷗外など文人ゆかりの地だ。鏡花はここらをかくれ里と呼び、そのころは待合、茶屋、芸妓屋が立ち並んで天神芸者がいた。久保田万太郎が住んでいた木造家屋もそのまま残っており二階の窓ですすけたよしずが風に揺れている。

女坂を上ると湯島天神の境内で、社の壁に合格祈願の絵馬がうずたかくくくりつけられている。受験の海を漂流した絵馬の大群が、湯島の浜に打ちあげられたといった趣。学問の神様菅原道真公を祀ったの

男坂の急な石段は三十八段ある

合格祈願の絵馬であふれていた湯島天神

が天神様だ。境内の売店は、入試突破のハチマキや、学業成就鉛筆まで売られ、「合格御礼参りの方はダルマに目を入れていただきますよう受付けております」という放送がテープで流されている。恋の名所は合格祈願の梅林となる。絵馬を見ていたヒロ坊が「折合格、中稲田」と書いてあるのを見つけ、「誤字が二つじゃ無理だろうねえ」と同情した。

境内には屋台が三、四十店出ていて、飴だのお好み焼きだのを売り、ビデオカメラを持った老人がやたらと多い。東京の連中は、みんな忙しく働き廻ってると思ったら大間違いで、ここらあたりは、暇老人が時間つぶしをする絶好の場所なのである。

三十八段ある男坂の石段を下りると、江戸三十三観音札所の天台宗心城院。江戸名水・柳の井があり文京区防災井戸となっている。この名水で女の髪を洗えば、「いかように結ばれた髪もはらはらとほぐれ垢落ちる」という。心城院の御本尊は十一面観音。男坂のあたりの路地が一番にぎわったのは明治のはずで、江戸情趣好みの明治の町衆が、わいのわいのとうかれて歩いたところだ。

そのころは、待合、料理屋が路地をはさみこみ、艶っぽい芸妓が客とふざけあったりしたんだろうな。ああ悔しい、と溜息をついたら、路地の風がひゅうっと背広の内ポケットに入って渦を巻いた。

湯島天神から春日通りに出る一帯は、ラブホテルがびっしりとある。もともと、出会い茶屋から蔭間《かげま》茶屋まであった一帯だから、色っぽい歴史があり、湯島天神へ来る男女は、みんな「お蔦《つた》・ちから」の二人連れになってしまう。恋の名所は男と女をフィクションへひきずりこむ。いいじゃないの、恋はフィクションなんだから。ホテル湯島といった大型ラブホテルにまざって、パティオ・Aという新手のホテルまであり、こちらは白タイル造りの美術ホールといった装いだ。御同伴御休憩と紫色のネオンがちらちら光る旅荘もあり「親切丁寧・入浴自由・料金低廉」をうたっている。男三人でラブホテルの玄関をのぞいて歩くのは、老後に残された密かな愉しみというものだ。

　春日通りを本郷方向へちょっと歩くと、骨董屋が数軒並んでいる。高そうな陶磁器の店は素通りして、プロペラが飾ってあるアンティーク店「ぱにぽうと」へ入った。ショーウインドーにはブリキのヒコーキが飾られている。原宿あたりにある今様の店ではなく、店じたいが時代物だ。ガラス戸を開けてなかに入ると内気な主人が下を向いているから、「売りたくないんでしょ」と言ってやったら、はっと顔をあげて「いや、売りますよ」と自分に言いき

かせる気配だ。ムカシの牛乳ビン、オーシャンウイスキーの空ビン(時代物)に混ってロンドンから仕入れてきた小物を並べていた。本当は売りたくないのがわかる。

好きで集めた品ばかりというのが、品揃えからすぐわかる。いまどき、こんな内気な店も珍しい。専太郎は、ショーケースの奥に隠すように置いてある銀のマネークリップを見つけて値を訊いた。主人は、さーっと顔を蒼ざめ、「五〇〇〇円です」と言ってから、「それは高校生のころからぼくが使ってたんですが、別のがあるからいいです」としょんぼりした。鈴木清順監督の『ツィゴイネルワイゼン』に出てくる小物は、この店のものを使ったという。

「ぱにぽうと」の隣りは市橋美術店で時計、ガラスを置いてあり、その隣りは朝鮮古美術の明日香。明日香は奥が喫茶店となっているから入っていくと、裸電球がぶらさがり倉庫の空気が漂っている。劇団民芸の舞台へ入りこんだみたい。店は常連客ばかりで、ふらふら入ってきた三人組は客にじろりと睨まれた。

すいませんと首をすくめて、こぶ茶を注文して黒いソファーに腰をおろすと五島美術館のポスターの横に鈴木信太郎と木村荘八の絵。音楽はなくシーンとした店のなかで一組の男女がひそひそ話をしていた。その奥では学者が原稿を書いている。このソファーもまた迷路の果てなのだ。ヒロ坊は、運ばれてきた熱いこぶ茶を飲んで「ウーッ」と息をついた。

五時近くなったので、天神下の居酒屋シンスケへ行く。この店は創業六十年余という古い居酒屋で、酒は両関のみ。客はシンから酒が好きでしょうがないという常連ばかりだ。ガラス戸にシンスケと店名が入り、店の前には柳の木が一本風にゆれている。「正一合の店」と書かれている。開店する五時までは、まだ三分あったので立って待っていると、自転車に乗って通りかかったおやじさんがにやりと目くばせをした。暗黙の視線に（その店はいいよ）という気持ちがこめられている。

五時きっかりに店へ一番乗りすると、木のカウンター席に、おちょこと割り箸が一直線に並べられていた。カウンターの壁に「風春酔」（春ノ風ニ酔ウ）の扁額がある。他に四人用テーブルが三つと六人用が一席。あとから入ってきた団体客は二階へ案内されたから二階もあるらしい。客席の壁に、横綱千代の富士、大乃国、北勝海らの手形。

こういう店は坐ったとたんに顔がほころんじまう。ホーレン草のおしたしと湯豆腐を注文した。運ばれてきた徳利は白磁にシンスケと文字が入っている。一口飲むと、ジーンとしびれた。舌のさきから喉を

居酒屋「シンスケ」。味も雰囲気も極上

朝鮮古美術の「明日香」は奥が喫茶店

つたって胃へ酒がしみこんでいき、その熱さのなかに、「いつの日か、こういう店で酒を飲みたいと思っていた」という記憶がよみがえり、「このままどこかへ蒸発しちゃいましょうよ」と目が真剣になった。

席は十分もたたないうちに満席となり、外で順番を待っている客がいる。待ち客を横目で見ながらつつく湯豆腐は格別だ。シンスケの湯豆腐は一度あたためた豆腐を、湯から出して皿に盛るという粋なものだ。いわしの岩石揚げ、深川豆腐(アサリ入り)、穴子白焼き、ほたてフライを注文し、ぐびぐびと秋田清酒両関を飲む。シンスケの肴はさっぱりしていて両関にあう。味に下町のさわやかな品格がある。

店は緊張感があり、威張っていない。はやる店は店員が乱暴になりがちだが、威張らず、そのくせ媚びもなく、元気がいい。こんな店、めったにありませんよ。客筋は、きしっとして、しかも悠々たるものだ。客が入れ替るたびにガラス戸からすーっと入ってくる風まで気分がいい。

うっとり上機嫌に酔い席を立った。料金は三人で一万五五〇円だった。夜風に吹かれてその近くを歩くと、「二人以上の客お断り」の貼紙がある飲み屋があった。入りたいけど入れない。

で、専太郎が惚れているママがいるというバー琥珀に入った。ドアを押すと、王宮の秘密の酒蔵へ迷いこんだようで、桃の実のようなママがカウンターの奥にいる。壁に並べられた洋酒は千五百種類という。なんで湯島にこんな店があるんだ、と酔ってからみたくなる迷宮だ。くらくらきて、ドイツのジンを色男っぽくスコンと飲んでやった。「こういう店は村松友視が似合う」と言ったら、「村松さんみえたわよ」と言われてシュンとなった。村松友視は、この店の端のカウンターに坐って、ゴルゴ13みたいな手つきで、ツマヨージをママに投げたんだって。

◎湯島天神界隈……その後のこと

湯島天神の梅は二月上旬から三月上旬が見ごろ。この時期に梅祭りが開かれ、週末には奉納演芸や各種イベントが行われる。魚屋よろずやには、専太郎（坂崎重盛）が朝日新聞で連載している「Ｔｏｋｙｏ老舗・古町・散歩」の記事が貼られてあった。よろずやの銀だら味噌漬六〇〇円。その場で味噌を塗った魚は、三日後が味のしみる頃。専太郎によると、このあたりは数年前に火事にあい、古くからあった木造家屋が焼けてしまった。「羽黒洞」は一部焼け残り、現在は類焼以前の姿に復元されている。本郷通りでは「ぱにぽうと」が喫茶店に、「明日香」がそば屋にそれぞれ変わっていた。その間にある市橋美術店は工事中であった。シンスケは改築されても、東京で一番人気の居酒屋であることに変わりはない。開店時間の五時になるとつぎつぎと客がやって来る。いわし岩石揚げ一〇五〇円、深川豆腐一〇五〇円。穴子白焼き一二五〇円。じんわりとしみる喉ごしに江戸ッ子のきっぷのよさがある。バー琥珀はいまだに王宮の空気が漂っている。そういえば、むかし三島由紀夫がよくこの店に来ていたんだって。彼の定席は真ん中のボックス。これもまた時代を感じさせる話である。

浅草

浅草と日の出桟橋を船で渡る〈隅田川ライン〉に乗ってみた。花のお江戸を隅田川から見物するという趣向で四十分間、一人五六〇円だ。ぼくは、日の出桟橋から乗船することにした。

ＪＲ浜松町駅から日の出桟橋へ向かって歩いていくと、「港めぐり」の看板があり、黄色い天幕小屋の上に「水上バス乗場」の文字が見える。潮風の匂いが鼻をくすぐり、たちまちムカシの日活映画の船乗り気分になるが、周囲を見渡せば親子連れと老人ばかりだ。いつもオフィス街で働いている人は、来てみなくちゃ、こういう現実は解らないだろう。

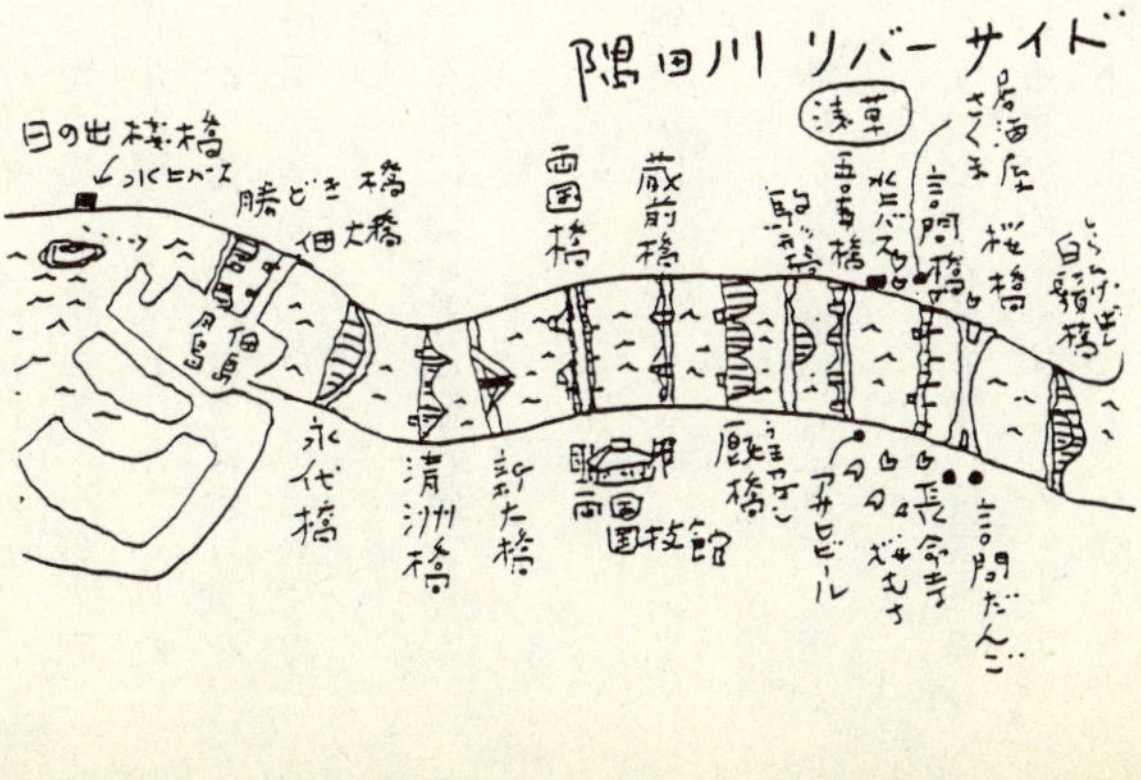

出船を待つあいだ、ベンチから東京市街を振り返れば、ピンクのペンキがはげかかった首都高速道路が見える。羽田空港から時速一〇〇キロで突っ走っていく地点で、上野方向と新宿方向に分かれる交差点がある。高速をはさんで東芝ビルと東京ガスビルがそそりたつ。空港から帰るときは、この交差点が混んでいる。いつもは、そっちのほうばかり気をとられているから、そのすぐ下に、こんなところがあるとは気がつかなった。地獄のすぐ隣りは極楽で、これは東京のからくりだ。地獄と極楽すじ向い。

船は最新式、ガラス張りの二階造りで、右手に㋩の倉庫、左手に白い鈴江組倉庫を見ながら、隅田川をさかのぼっていく。港のカモメが肩で風を切って飛ぶさまは、洒落ものの気取りがあり、さすがシティ・バードだ。

二階の天窓からは春の陽がぼんやりと射しこみ、船外の風景がにじんで見える。ハスキーな女性の声でアナウンスが始まった。

「右手が世界三大市場の一つ築地市場でございます。甲子園球場が五つも入る広さで、東京の台所として活況を呈しております」

そうかそうか。さっそく神戸の叔父に電話して自慢したくなった。ガイド嬢の低音鼻声は、掛布団かぶって布団のなかで女から秘密を打ちあけられる気分で、くすぐったくなる。席は二階より一階のほうがいい、とヒロ坊が気がついて階下へ下りて缶ビールを飲んだ。

階下はテーブルがあり、窓の外は隅田川の水面すれすれだ。橋の下をくぐるというのは顎の下をくすぐられる快感があり、橋によってその様相が違う。橋を設計する人は、橋下から眺められることを計算するのだろうか。

船は勝鬨橋、佃大橋、永代橋、大橋をくぐって清洲《きよす》橋にさしかかる。ライン川にかかるケルンの吊り橋を模したのが清洲橋だ。新大橋を過ぎて両国橋に来ると、そこは総武線の鉄橋で、ここも電車ではしょっちゅう通る地点である。目に馴れた風景を、見馴れた風景の裏側から見なおすと、こんなにも新鮮な万華鏡となるのを知った。鉄橋の上を黄色い電車が走り、乗客がおもちゃの人形に見える。ガイド嬢の説明は杉田玄白からダルマ船の由来まで縦横無尽で、両国橋とは武蔵と下総のふたつの国を結ぶからその名があるという。蔵前橋、厩《うまや》橋、駒形橋をくぐれば浅草吾妻橋で終点となる。

「浅草寺は善男善女がお参りしております」という甘い声で船内放送は終るが、缶ビール飲んでた専太郎が、「ふん、善男善女とは限らねえや。アホタレめ」と捨て台詞。なにか嫌な思い出でもあるのだろう

橋の下をくぐる快感。これは清洲橋

浅草の新しい名所、アサヒビール

か。

吾妻橋横のアサヒビールビヤホールで黒ビールを飲む。ここのビールは東京で一番上等のビールで、とくに黒生が抜群の味だ。昔からあったビヤホールは平成元年に新ビルとなり、フラムドールと名を変えた。ビヤホールの屋上に黄金のオブジェが載っている。設計したのはイタリアの設計家で、オブジェは黄金の炎だということをあとで知った。ビヤホールのなかはグレーのベルベットが下ったシックな造りだった。フランスハム盛りあわせとスモークサーモンを注文し一杯四三〇円の黒生ビールを飲む。

昼間のビールは軀を内側から洗ってくれる。ここの黒生は研ぎたての鋭さと、重厚さを共有しているから、浅草へ行ったら是非とも飲むことをおすすめする。

ほろ酔いで隅田川の土堤沿いを言問橋《こととい》へ歩いていく。川沿いに高速六号線が走り、桜が咲いている。高速道路の下に咲く桜だが、人間の目は要領がよく、高速をはぶいて桜だけ見る。

そうすると、隅田川のコンクリート壁をはぶいて流れだけ見え、現実の風景がムカシにさかのぼる。

言問橋の近くに、わが家の墓があり、吾妻橋から言問橋までの土堤は、ぼくの墓参り道であった。祖父の墓がある寺は萩花の咲くいい寺だったが、住職の代がかわってキンキラキンになってから足が遠のいた。六歳のとき、桜の花咲く土堤を眺めた記憶がある。父の本籍は本所区緑町一丁目だった。言問橋のたもとの団子屋で団子を食べた。ぼくは、その団子屋は言問団子だとばかり思っていたが、ぼくが買って貰った団子は別の店だった。言問団子はもひとつさきの桜橋のたもとにある。隅田公園を越えて言問橋にさしかかる右手に牛島神社。この神社は貞観二年（八六〇）の草創になる古社で、石の撫《なで》牛《うし》がある。自分の軀の悪い部分と同じところをさすると効能がある。神殿の側に椎の古木が繁り、濃く、緻密で黒光りする葉がさらさらと音をたてている。きしっとした固い幹だ。すぐ隣りの隅田公園の桜の下で花見客が酔ってぴんから兄弟の歌をやっている。花見客を横目で見ながら道路下のトンネルをくぐると、コンクリート壁にスプレーで「復讎」と書いてあった。

墨堤通りは生身の歌舞伎舞台だ。なまじ修復していないから、本場の凄みがごろんと横たわっている。その一つが三囲《みめぐり》神社だ。土堤から見ると、道の下に立つ鳥居の頭しか見えないが、歌舞伎舞台でも三囲神社の

鳥居は低いところにあり、どじな役者がうっかり腰を下ろしてしまう。

境内には其角《きかく》の句碑はじめ歌碑がやたら多い。川の対岸を見れば白亜の台東スポーツセンターが逆光のなかに建ち、唐十郎が木造下町唐座を建てたところだ。逆光の対岸は、江戸の余熱を持ち、影がドラマを含んでいる。影絵となった対岸のビルの下で隅田の流れがきらめく。記憶のなかにしまっておいた虚構の粒が、ぱちんとはぜて演じるのだ。はじける輝きを見る。

三囲神社からちょっと進むと弘福寺で、山門をくぐった石祠に咳《せき》の爺婆《じじばば》石彫り。爺さんと団子鼻の婆さんの石像で、口と咳の病に霊験がある。弘福寺の隣りが長命寺で、この寺の井戸水が将軍家光の病気を治したところからこの名がある。小粋な竹垣の門をくぐると、ここも句碑、歌碑だらけで、ざっと見渡すと四、五十はある。芭蕉の「いざさらば　雪見にころぶところまで」の句碑は小さな竹垣に囲まれている。その他明治実業家成島柳北《なるしまりゅうほく》の碑から、好色家の碑まであった。好色院道楽宝梅という戒名が彫ってあり、碑に向かって「ふん」と嫉妬するのも背中が痒い。この人は梅毒で死んだから宝梅というのか、そのあたりは詳しく知らぬが、吉原が近かったから、遊びを極めた粋人であることはわかる。三囲神社の其角の句だって、其角が吉原へ遊びに行く道すがら詠んだものだから、このあたりは艶っぽく、実と虚が混って風景と時間を織りあげている。

長命寺といえば桜もちの代名詞で、長命寺の前に桜もちの山本や。うっすらと塩味がしみた桜の若葉で包んだ桜もちは一人前三五〇円。山本やの桜もちは、さらりとした餡と、こしのあるもち皮のバランスが絶妙で、桜の葉の香りがほどよくしみこんでいる。人気があって、売り切れの貼紙があったが、物ほしげな視線ですがって六個入り九〇〇円の箱をわけて貰った。ついでに前から訊きたいと思っていた質問で、「桜もちを葉ごと食べるのは通人か」と問うたら「葉ごと食べたってうまかないでしょう」と教えられればぼくは大いに安心した。

桜橋を渡って、桜のトンネルをくぐり、白椿の並木と「隅田公園愛護会」と書かれたプラスチックの雪洞《ぼんぼり》の下を歩き、馬道交差点に出たら、二年前に入った酒屋があった。中古レコード屋、靴の革底専門店、人形屋、銭湯、ガラス屋、それらがごちゃ混ぜになって雑踏のなかに、吹きっさらしの吐息がある。めざすは、浅草寺裏、浅草二丁目の交差点にある小料理屋さくまだ。浅草の芸人たちが出入りした店だ。芸人で、浅草で修業した連中はほとんどこの店の世話になっている。

長命寺の前、桜もちの「山本や」

東京クラブの裏側。ジャバラ風ドームがすごい

紺地に白く「さくま」と染めぬかれたのれんをくぐって席へ坐ると、ぼくたちが最初の客だった。レンコン煮つけ、ぜんまい、ひじき、煮込み、とつぎつぎ食べた。味に時代がじっくりとしみこんでいて、旨みが濃い。いきおいあまってステーキまで注文した。

あとから来た常連の客が煮込みを注文し、「鍋の下のほう」と言った。大鍋でたっぷりと煮込まれた煮込みだが「下のほう」と注文する爺さんが素敵じゃありませんか。下のほうがうまそうな気がするものなあ。おかみさんが「あいよォ」と答えるきっぷもよく、客と店との呼吸はそう簡単に成立するものではなく、時間をかけて熟成させた居酒屋だ。客も店も料理も酒も時間をかけてコトコトと煮込まれ、ちょっと見は泥臭くて野暮だが、そのくせラインダンスのような花がある。奥行きのある花で、ああこれが浅草なのだなあと爺さんの顔を見た。値段は、専太郎とヒロ坊とぼくと三人で六五〇〇円だった。

東京旅行の取材はうかれちまっていけない。昼から飲み始めて夜中には正体不明となり、翌日は一日じゅう沈没する。こんな凄い都市はありませんぜ。

浅草ビューホテルへ向かうと、桜の花はほぼ散り終っていて、新芽の緑がぶちぶちっとふき出ており、葉の間にわずかに花が残っている。桜が白粉おとしてるのね。

八ツ目鰻の看板を見つつ、

「あんなもの、食べたら血がグッグッと沸騰しちまうぜ」

と言ってるうちに浅草ビューホテルへついた。浅草ビューホテルは、かつて浅草国際劇場があったところで、いまは三五〇室を持つ高層ホテルになっている。見た目は国連ビルに似ていて、あたりを睥睨《へいげい》している。浅草国際のころはＳＫＤの拠点で、ここのラインダンスは東京の名物だった。ＳＫＤのダンサーが一列に並んで「エイ、エイ、オウ」と太股を振りあげる声が鼓膜に残っている。前の席に坐ると白粉の匂いが漂ってきた。お正月の森進一ショーもここだった。

浅草国際は近代ホテルになり、ロビーへ入ろうとすると、専太郎とヒロ坊がグランドピアノの奥から侠客ふうに肩をいからせて歩いてきた。ロビーを見渡すと、現代の侠客の姿がちらほらと目についた。

レーザー光線みたいな視線が飛びかっている。昼の浅草は、六区を歩いていればどこでも同じで、街角でもこの垂直の視線にあう。三十年前の新宿がこうだった。

昼食をどこにするかでまず迷う。リスボンの洋食にするかヨシカミにするか。リスボンのオムライス、ロース上カツ、チャップスイ（野菜スープ）を横目で見つつ、ヨシカミのハヤシライスを食べることに

新仲見世、仲見世にはキッチュがいっぱい

浅草寺へお参りして飛天の像に会う

した。ヨシカミは昭和二十五年に出来た洋食屋で浅草ならではの味がある。看板に「うますぎて申し訳ないス」と書かれたヨシカミに入るとJ字型のカウンターの奥からどきどきする匂いがプーンと漂ってきた。カウンターは十五席ほどで六人のコックが飛び廻っている。ハヤシライスが売り切れだったのでカツサンド（八〇〇円）を注文する。ビール飲みつつ専太郎が一句、

「うとうとカツサンド食う春の午後」

と詠み、ヒロ坊が、

「桜散り浅草ビールカツサンド」

と万太郎流に添削した。

どちらもヘタな句だ。

エビフライ（一五〇〇円）、ドライカレー（八五〇円）、メンチカツ（八〇〇円）を注文。洋食を一皿ずつとって三人でわけてビールのつまみにする。揚げたてのメンチカツは箸でさくりと切れ、食べると肉汁がジュワッと音をたててしみていく。ア・サ・ク・サッとしてこっくりした味だ。ドライカレーは飯粒にカレーの香ばしさがからまり、舌の上ではぜ、体内でゆり戻す。カツサンドはミミを切ったトーストパンの間にぶ厚いカツ。カツにしみたソース味が春のけだるさで、いずれもビールにあう。これぞ浅草流洋食で、復興期の味

がする。つけあわせのジャガイモサラダはニンジンとパセリがまざり、とろりと口にしなだれかかり、つーんと胸をつつき、追憶にじわりとしみていく。こういう味にあうと、いまどきのフランス料理なんてなんだ、ありゃ、と言いたい。つまり、けんかっぱやい味なのだ。

店の客はハンチングの老人、赤ジャンパーのOL、大工、紺背広のセールスマンと、テネシー・ウィリアムズの舞台みたい。

ヨシカミを出ると、映画館東京クラブのジャバラ風の屋根が見える。カマボコ型というかセミの腹というか、音響効果を考えた独特の構造だ。怪人二十面相の秘密砦といった雰囲気の東京クラブは、活動写真館と呼んだほうが似合う。

前へ廻ると、赤文字に黄枠の入った「東京クラブ」の看板。星のマークがある。魚のエイのような窓がガウディ風だ。東京クラブの横に常盤座がありその右に松竹映画館。古色蒼然たるこの三館はつながっている。常盤座の屋根は

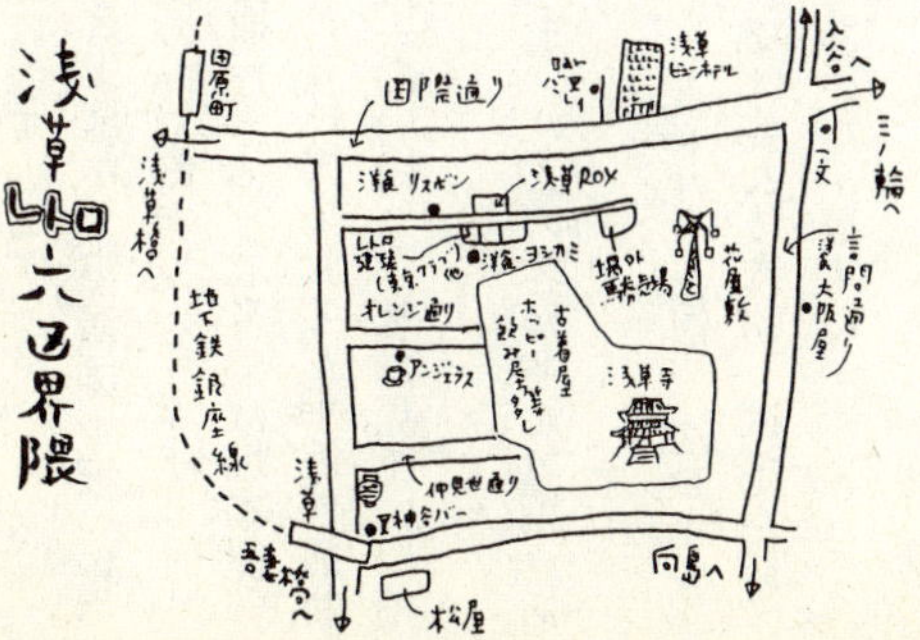

デボラ・カーの帽子のような曲線で、松竹はスペインの古城に似ている。

常盤座はミュージカル、「浅草バーボン・ストリート」を上演中。出演は小坂一也、佐々木功で演出滝大作、監修柳澤慎一といった面々。常盤座の前で磨赤児のマネージャーに会って、チラシを渡された。つぎは磨赤児の大駱駝艦の公演だという。音楽は坂本龍一、美術横尾忠則。磨さんが近くのソバ屋にいたから、「よお」と五秒挨拶して、手焼き煎餅浅草入山をのぞく。浅草は煎餅屋が多い。この店のは、一枚一〇〇円で、客の見ている前で焼いている。

煎餅は焼きたてを醤油につけ、その余熱で醤油を乾かす。七、八人の客が並んで焼きあがるのを待っている。

煎餅の香ばしい匂いが漂う新仲見世商店街は蛍光灯のアーケードだ。鍋屋、江戸小物、ブティック、提灯屋、羽子板屋といろいろある。高久人形店では美人装飾羽子板が二枚一五〇〇円。桐板のお得用で、店の奥には七万円の豪華品まであった。専太郎が、

「テニスのラケットに羽子板美人人形つけたらどうか」

と腕組みして真剣なまなざし。

その近くにやたらと混んでいる店があり、見ると入口に「消費税反対の店」とたれ幕があった。ここでニセダイヤ入りピアジェの金時計を三二〇〇円で買った。

雷門をくぐって、仲見世で人形焼きを買う。江戸小玩具助六でずぼんぼ虎人形を買う。昼のビールがきいている。

浅草寺へお参りして、本殿の天井を見上げると堂本印象作の飛天が描かれている。

この飛天に会いたかった。

前々から専太郎が、

「下品な女だよ」

と言っていた張本人だ。

この飛天は蓮の花を手に持って天を舞っている。顔はふっくらとした美人だが、サラ金会社社長の妻といった風情だ。ミンクのコート着てベンツ乗り廻している感じ。名門女子大出を詐称しているが、じつは中二で髪を赤くそめて退学し、そのまま家出して、ピンクサロンで現在の夫と知りあった、か。

「ゲスな女だなあ。性格が嫌味で、本なんか読んでないな」

と専太郎はけなすが、ヒロ坊は、

「好きだなあ、こういうタイプ」

花やしき。ひとムカシ前に戻ったよう

酒膳一文。お金がわりの木札は、一文一〇〇円

と目をうるませた。

さらに観察すると、この飛天の足の指は、太く無骨で淫乱の相がある。親指に赤ぎれのあとがある。ぼくも、どちらかというと好きなタイプです。

とまあ、そんなことを言いあいながら百円玉を賽銭箱へ入れて両手あわせるのが浅草気分というものだ。

本殿から外へ出ると、逆光の浅草ビューホテルが墓石のように見えた。

浅草寺より花やしきへ向かうとカルメ焼きの実演中。その隣りにはバナナにチョコレートをぬったバナナチョコ。

そこを進めば、映画弁士塚。徳川夢声、松井翠声といった活動弁士の功績をたたえた碑だ。碑を建てたのは城戸四郎、清水雅、永田雅一、大川博、堀久作、大蔵貢といったなつかしい映画人たちで、ここでポケット・ウイスキーを飲んで、碑にも一杯を捧げた。

木馬館は十五年前、ここで浪花節の実演を聴いた記憶がある。

花やしき（入場料四〇〇円）はレトロ遊園地の極で、ジェットコースターや時代物の回転木馬、もつれつつ廻る家に抱きしめたくなるムカシがある。すべてがムカシのアルバム帳の迷路で、ぼくも記憶をつんのめらせて歩いた。

刺青写真のカレンダーを売る店があり、貼紙に「黙って見る方は五百円いただきます。

ただし挨拶してから見る人は無料」とある。このさきの浅草ボウルのあたりは、かつてキャバレー新世界があり、42番ピンクちゃんというホステスをぼくはひいきしていた。ストリップのロック座は、ニューヨークのディスコ風に改築され、ＲＯＣＫＺＡとなっていた。一人四〇〇〇円の入場料を払って入ると満員で、ダンサーも若い娘ばかりで、踊りもステージもモダンになっていた。その日は豊丸ショーで、つぎは愛染恭子ショー。

さあ、それから飲んだぞ。

甘粕でハイボール、イマショウで水割り、正直ビヤホール分店でビール。

土蔵造りの酒膳一文で日本酒。酒膳一文は店へ入るとまず金を木札に換える。木札には一文・十文と焼き印が押してある。一文一〇〇円だから、地中海クラブの江戸版だ。つき出し十文、男山四文、ビール六文だ。田舎の土蔵造りだから、時代劇のセットに入ったようで、こういった店はバカな外国人を連れてくると喜ばれる。

この店はヒロ坊の好みの女将がいて、

「京マチ子のような美人だぞ」

と言う。

隣客がカモを焼く匂いを嗅ぎつつ暗がりのなかから女将の顔をのぞくと、艶のあるシャキッとした女将が見えた。なにぶん酔いすぎだから、せっかくの美人もぼやけちまう。

店を出てから、酔いをさまそうとして古い喫茶店へ入り梅酒入りコーヒーを飲む。アイリッシュコーヒーの浅草版で、しんみりと情のある味だったが、この店の名は忘れてしまった。

「ねぎとろ元祖」という看板の寿司屋があり、そこへ入ってビール。「ねぎとろなんか巻かねえや」と意地をはる江戸前寿司屋の逆の心意気が浅草らしく、ついでにバクダンというものも食べた。納豆、イクラ、ウニ、ヤマ芋、たくあんを混ぜあわした一品で、乱暴だが味にねばりがある。

バクダンで元気を盛り返して、バー・バーレイへ行く。本格のバーで、老練のバーテンに品格と緊張と快い微笑があった。リキュールのアマレットを一杯。

隣りの客がピュアモルトのシングルトンを飲んでいるのを見てびっくり。この極上のスコッチはぼくの秘密の愛飲スコッチで、店でこの銘柄を飲んでいる客に初めて出会った。

酔いの迷路はますます極上で、くらくらしながらジンをすすり、思いはムカシと今をかけめぐり、浅草の夜のなかへゆっくりと沈んでいった。

◎浅草……その後のこと

日の出桟橋から浅草まで行く〈隅田川ライン〉は六六〇円。この航路は、「東京旅行記」

の各地を水上から見ることができる。築地の河岸、佃島の天安、深川芭蕉庵……。追憶が風の中に散っていく。フラムドールの黒生（小）四八〇円。山本やの桜もち一人前四五〇円。川沿いは歩くだけで気持ちいいが、高速道路がやかましい。さくまの大鍋の煮込みはさらにどっしりと熟成された。ヨシカミはカツサンド九六〇円。エビフライ一六五〇円。ドライカレー一一〇〇円。メンチカツ一〇〇〇円。ハヤシライスは人気ですぐに売り切れる。ヨシカミは通信販売もやっており、たとえば、ハヤシライス小箱（六食分）三六〇〇円。浅草入山の手焼き煎餅一二〇円。花やしきは入場料九〇〇円とずいぶんあがったが、それでも他の遊園地に比べると安い。会社更生法を申請して再生にかけているのだ。がんばれよ。ロック座入場料六〇〇〇円。正直ビヤホール分店は世界最小のビヤホール。ドアを開けると、いきなりカウンター。ビール一杯五〇〇円。うすいグラスに注がれたビールはスルーッとつぎつぎに喉の奥に落ちていく。酒膳一文は地酒が四文（四〇〇円）から。浅草の夜はまだまだ続くのだが、いつも記憶が闇のなかに溶けていくのであった。

銀座

銀座は町じゅうが待ちあわせの場所だ。

人と待ちあわせる場所は、①わかりやすい場所②歴史的目印③待っている時間が楽しめる④文化的イメージ⑤華のある場所、といったところが要点だ。

銀座四丁目周辺の店はどこもかしこもこの条件にあてはまる。

改装なったカレーのナイルで待ちあわせた。八〇〇円のマトンカレー、キーマカレー、エビカレーを注文して専太郎とヒロ坊とわけて食べる。そのうち隣りの客が食べていたムルギー（一一〇〇円）も食べたくなり追加注文した。ナイルは創業四十年、客が店の外に並んで待っている。

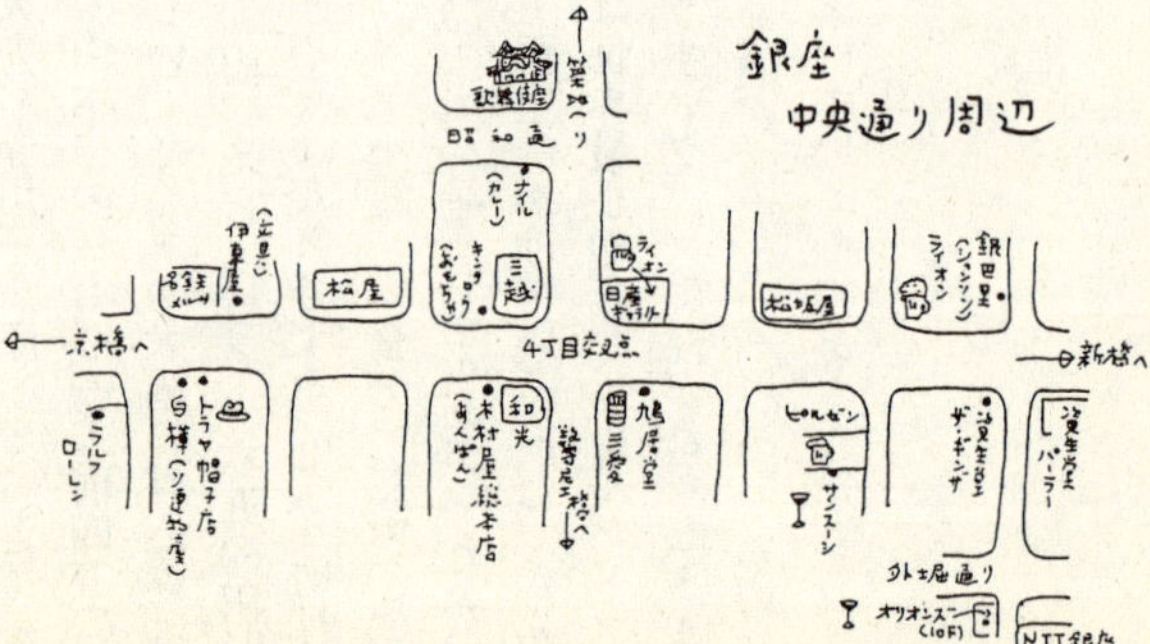

ナイルを出ると、雨上りの光がまぶしくてぐらりと足がもつれる。これをカレー効果という。

その足で歌舞伎座昼の部の一幕見へ行く。赤提灯に江戸大歌舞伎の文字があり、桜の造花が演題の上に差してある。歌舞伎座の建物をしげしげと観察すると、嬉しいくらい俗悪な造りであることがわかる。遊郭・色里の気配がある。歌舞伎は傾《かぶ》き（異様な傾《かた》むき）者の一団で、もともと不良や、遊び人の悪所だからこれでいいのだ。

これで煙突があれば銭湯で、うっかり洗面器と手ぬぐい（向いの大野屋の品）を持って入り、受付でセッケン貸してくれと頼んで叱られた客がいる。

四階までカレーくさい匂いをぜいぜい吐きながら登った。ヨーカン色の階段を登りつめて、一幕見席の切符を買った。『十種香』を上演中で、ベンベーンと上機嫌な三味線の音。客席はほぼ満員で、外国人の客も目立つ。舞台からは、ヒロイン八重垣姫の赤い衣裳が目にしみた。

「成駒屋！」

のかけ声がそこかしこからかかる。はち切れる声で「ナリコマヤ！」とかける人もいるし、力んで「ンー、ンナリコマヤーッ」と唸る人もいれば、遠慮がちに「ナーリコマヤー」と小声を出す人もいる。「神谷町！」と住んでる場所をかける人もおり、歌舞伎役者はひばりが丘団地には住めない。

四階の一幕見席はムカシから芝居通の席とされ、つまりは天井桟敷で、ここから見ていると演出家の気分だが、難点は席が狭すぎて、足が前席の背にぶつかる。ぼくでさえ、足を斜めに曲げなければならないから、外国人客はさらに苦痛だろう。二列あるが、前席のほうが幾分楽だ。

『十種香』が終ると富十郎と勘九郎の踊り『勢獅子』があったのでこれも見た。勘九郎の踊りはかろやかで、風がある。色っぽく、傾き者の花がある。二人のおどけたぼうふら踊りに、館内から笑い声がおこった。

歌舞伎座を出て銀座四丁目の交差点へ向かった。銀座四丁目は、日本の盛り場の中心だ。渋谷、新宿、六本木が新盛り場となっても、その伝統と格においては銀座四丁目にかなわない。

四ツ角には三越、和光、鳩居堂、ニッサンのビルがある。デパート、時計店、文房四宝、自動車、と現代日本を代表する会社がある。ニッサンの隣りはうなぎの竹葉亭で、銀座四丁目にはかば焼きの匂いが漂う。

和光のビルはクラシックな大理石造りで、ビルの屋上の時計は『ゆく年くる年』のレギュラーだ。大理石の装飾のなかに、黒く太い算用数字が刻まれている。大理石はやや黒ずみ、ショーウインドーのガラスはピカッとして、ウインドーのなかに薄紫色のデコレーションが見えた。

銀座を歩くのを銀ブラと言う。

ぼくが小学生時代の言い方だ。

小学生のころ銀座へ出るのは年に一、二回だった。有楽町に父が勤める新聞社があったので、たまに銀座へ呼んでもらった。中学生のころは年に四、五回だった。

銀ブラには晴れがましい緊張があり、一番いい服を着て出かけたものだ。学校を卒業して就職してからは、しょっちゅう銀ブラをするようになったが、ぴーんと張った晴れがましさはそのままだ。

銀座通りの並木の緑が新芽を吹いている。見上げるとビル四階ぐらいまでの高さだ。雨上りの銀座は、並木の葉が洗われて風景がおだやかになる。

有楽町方向の並木を見ると、葉の間に赤く熟した実がなっていた。目をこらすと、赤い実に見えたのは信号機で、赤い実はすぐ緑色になった。この町では信号機も一つの自然である。

クラシック調の、ポロ・ラルフローレン銀座店

キッチュな歌舞伎座の建物は銭湯のよう

銀座の色調は中間色が多く、それが町に落ちつきと品格を与えている。銀座通りを走る自動車は、タクシーもトラックも、気取って、低音でドゥルルルーンという響きだ。パトカーのサイレンもパカパカ・ウーウーとフルートのようで、それらが合体するとクラシック音楽会みたい。

信号を待っている人に余裕がある。

行きかう人々は、ビジネスマンから初老の品のいい婦人までさまざまだ。白髪でブルーの背広を着た紳士、黄色と黒の縞模様セーターのOL、デパートの手提げ袋をさげたおばちゃん、白シャツに蝶ネクタイ姿のレストランボーイ、金髪のアメリカ人、ライトブルースーツの女子大生。

バーバリーのコートを着た中年紳士が傘を持って歩いていく。じつに渋い。こういう渋さは銀座が一番よく似合う。

並木の下には、ピンク、赤、白のつつじの植込みがある。つつじは中央区の花だ。

三越デパートの下はアンスリューム・ストレッチャーといった蘭の花壇があり、鉄のライオンが蘭の花を物憂げに睨んでいる。

三越の隣りは洋服屋のモトキ。大学生のとき、この店でブルーのシャツを買った。その隣りはおもちゃの金太郎。おもちゃ屋は、外国人のパパたちであふれている。おもちゃ屋へ入ると、心がせつない。記憶が、つーんと内側から胸をついてくる。

ブルーの看板の松屋は大好きなデパートだ。松屋のエスカレーターはなだらかで、一階のアルマーニ店のウインドーを、中年のおばちゃんが見ている。水玉模様のワンピースに白ハンドバッグ、ブルーの靴で、その似合わないことは当人以外はみなわかるが、こういったせいいっぱいのおめかしも銀座ならではの風俗だ。

伊東屋文具店で海外用便箋を買う。伊東屋は九階建ての文具店で、ここを見るだけで一日じゅう楽しめる。月光荘の画材、伊東屋の文具、イエナ、近藤書店、旭屋書店、といった店は、無意識にすーっと入ってしまう。よそと同じ品でも、ここで買うと上等品で得をした気になる。これも銀座の晴れがましさだ。

セントラル美術館、名鉄メルサを左へ曲ると、ポロ・ラルフローレンの銀座店。三階までのクラシックな店舗のなかにロンドンのアンティークがびっしり。

旅行カバン、長革靴。探険帽。家具。旧式ベッド。旧式ゴルフパター。望遠鏡。椅子。ワニ皮ショルダー。古本。

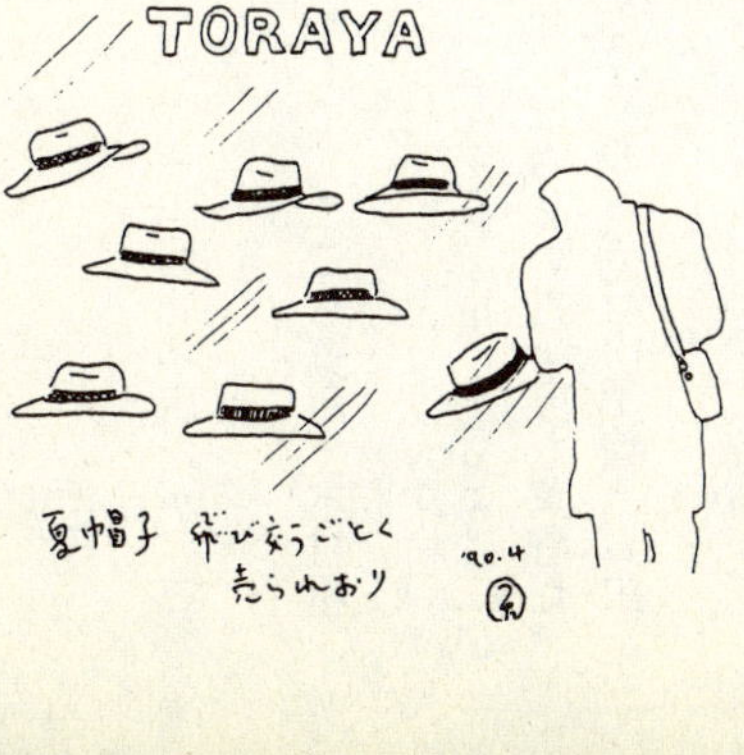

スプーン。ポロのグラスを見ながら、ヒロ坊が、

「こういうのを結婚式のおみやげにほしい」

と言っている。男なら、いつかはここの常連客になってみたい、と思わせる店だが、三人とも何も買わずに店を出た。

トラヤ帽子店でボルサリーノ（四万五〇〇〇円）を品さだめして、ここも買わず木村屋で一個一〇〇円の桜アンパンを買って立ち食い。

空がグレーになじんでいく銀座の夕方がいい。並木のベージュ色の幹が黒い影となり、揺れる葉の彼方にネオンの灯がついていく。宝石をグレーの皿にばらまいたような黄昏だ。

ライオンビヤホールへ入って、ビールを飲んで喉の乾きをうるおし、石山千絵（石田千）嬢を電話で資生堂パーラーへ呼び出した。

資生堂パーラーでは黒ビールにハヤシライス（一八〇〇円）。高級地の高級店で一番安いものを注文するのには訓練がいる。専太郎はビーフサンド（一八〇〇円）で、ヒロ坊はコロッケ（一五〇〇円）。あとから来た千絵嬢はチキンライス（一五〇〇円）。

周囲の客はワインを注文して、オードブルから本格に始めている。クラブホステス嬢御同伴の客もちらほら。専太郎は、注文品を、

「重心の低い注文」

と定義し、手帖に書きつけた。

銀座七丁目のニューギンザビル十階のバーオリオンズへ行く。古ぼけたビルのエレベーターをぎしぎし言わせて十階へ昇ると、ひとけのないゴルフ倶楽部があり、ビルの迷路に入りこむ。すすけた赤ジュウタンのつきあたりに三笠商会ドアがあり、そこを左折するとオリオンズがある。こういった江戸川乱歩風のレトロの店が銀座には残っている。

カウンターに坐ってカルヴァドスと白ワインのカクテル・スウィートラブを一杯。ここのバーテンダーはコンクールで賞をとったことがある女性で、夏にはポルトで開催されるマルディーン・グランプリに出場する予定だ。

オリオンズを出て、交詢社ビル横（といっても同じビル）のサンスーシ。バー・サンスーシという赤い文字が暗すぎて、やっているのかどうかわからない。サンスーシへ入るときはいつも、「休みかな」と思う。

カウンター六席。テーブル席は三つ。ひさしぶりですねえ、とバー

サンスーシの、ステンドグラスの扉

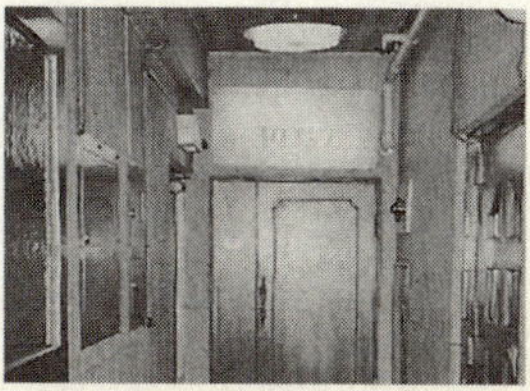
女性バーテンダーがいるオリオンズ

テンに挨拶して、ギムレットを注文。バーテンダー歴五十年のヴェテランは白シャツに蝶ネクタイがぴたりときまっている。ギムレットは、切れ味がシャープで、喉へ切りこんでくる。喉を内側から切られる快感があり、わずかに苦い。プロの味だ。

サンスーシは昭和四年に出来たから六十年以上になる。ぬるい暗がりとステンドグラスのなかに銀座の歴史が澱んでいる。ぬるい闇だまりだ。

サンスーシの隣りのピルゼンへ入って、ビールを飲み、さてそれからはさらに別の店へさまようのだが、記憶はここらあたりでうっすらときれている。

◎銀座……その後のこと

ナイルレストランはマトンカレー一一〇〇円、キーマカレー一一〇〇円、エビカレー一三〇〇円、ムルギーが一三〇〇円。辛さがドカーンと脳天に落ちてきて、店内に飾られた香辛料がいっそう汗を誘う。レトルトカレー（三五〇円）まで売り出す人気である。歌舞伎座の一幕見席は昼の部なら八〇〇円か九〇〇円。たとえば、昼の部三幕四時間ほど見ても二五〇〇円である。三越隣りの洋服屋モトキは変わらずだが、ならびのおもちゃ屋金太郎はなくなった。もうひとつなくなったのは、近藤書店と洋書のイエナ。銀座には大型書店がないが、一店一店がその規模なりに充実していた。銀座はやたらと海外ブランドの店が増えてしまった。ポロ・ラルフローレンがもはや落ち着いて見える。資生堂パーラーはビルが新装され、地下から四階・五階に移った。ハヤシライス三一五〇円。どっしりと大きな皿に、目の前でごはんを盛りつけてくれる。チキンライス二四一五円。ミートコロッケ二九四〇円。オリオンズはいっそう風格の冴えを見せた。店内に気取った雰囲気はなく、バーテンダーの明るい対応が気持ちいい。サンスーシ、ピルゼンは両方ともなくなってしまった。交詢社ビルは新築され、平成十六年秋には地上十階、地下二階の建物に生まれ変わる。

神楽坂

神楽坂は、ＪＲ飯田橋駅の牛込橋から、早稲田方面へ向かう四〇〇メートルほどの坂である。ここは花柳界で知られる一帯で、玄人好みの花町だが、ぼくは、日本出版クラブ会館がなじみである。春、出版クラブに隣接する書協（日本書籍協会）で出版七十社の新入社員に講義をした。ぼくが出版社に就職したのは二十五年前のことだが、そのときの二次面接試験もここだった。ぼくは二十五年前の自分に会ったようでズキンと血が騒いだ。

神楽坂上をさらに上に進むと音楽之友社がありそのさきに新潮社がある。

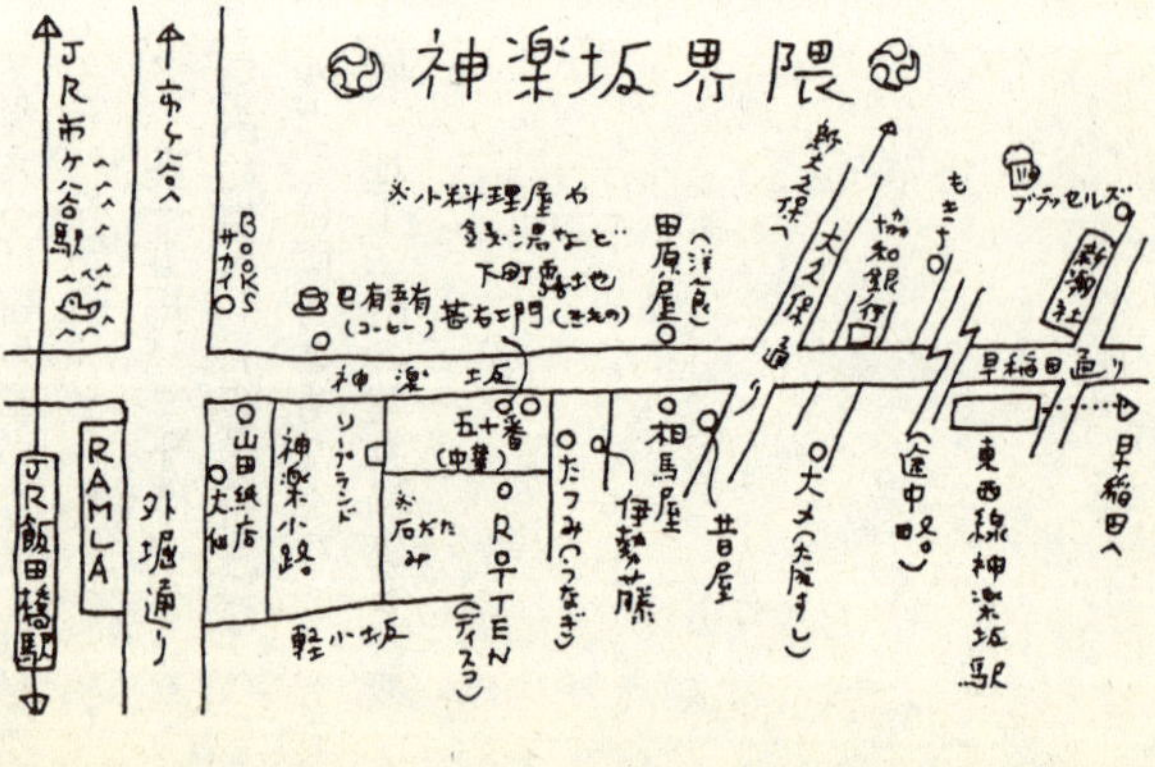

新潮社帰りの文豪が、帰りにちょっとイッパイやった店がこのあたりにある。聞いた話だが、稲垣足穂《たるほ》は神楽坂の酒屋で立ち飲みして、新潮社の知りあいが通りかかるのを待ち、金を払わせたという。

そういうの、やってみたい。

誰に払って貰うか、と新潮社の知人を指で数えたら七人ほどで、七人が全員気前よく払ってくれるかはわからず、とりあえず、もう少し偉くなる必要がある、と反省した。

檀一雄が鍋カマ持って下宿していたアパートもこのへんだったし、新潮クラブにいた開高健を尋ねたこともあったし、このあたりは文人との縁が深い地である。

坂の入口にある山田紙店で原稿用紙を買う。一〇〇枚つづりが五〇〇円だ。山田製は、吉行淳之介が使っている用紙だ。

神楽坂中ほどに相馬屋文具店があり、ここの原稿用紙は野坂昭如が使っている。相馬屋用箋は、古くは漱石が使っており、原稿用紙には相馬屋派と山田派がある。相馬屋は創業三百年で山田紙店は創業百年。

相馬屋も、もとは紙店で、断ち間違いの紙を店前に積んでおいたのが、原稿用紙として人気を得た。

相馬屋用箋はマスメの上に小さい空欄がある昔式でぼくは好きなのだが、ムカシの知りあいに相馬という名のバカがおり、この文字が嫌いだから、山田製を使う。集英社に山田という友人がいるから、山田がいい。

山田紙店の横のカレーショップの納豆カレー（七五〇円）は、以前から食べようと思いつつ、今回も食べない。食べてないのに気になるカレーは、デキそうでデキなかった女との関係のようで、おそらく一生デキないだろう。

山田紙店の奥は、地下鉄有楽町線飯田橋駅の神楽坂出口で、ぞくに角栄駅という。神楽坂に住んでいたお妾さんに、田中角栄がプレゼントしたという。そのとき、角栄は扇子をパタパタさせて、

「マ、コノー、あると便利ダカラ」

と言ったというオヒレがついている。見た人はいないが、いかにも角栄らしい伝説だ。こういうのも、やってみたい。

地下鉄の駅があったところは、以前は包茎手術で有名な白十字病院が建っていた。この四〇〇メートルほどの坂道の界隈には、ドラマがきっしりとつまっている。

道は狭いが、厚味がある。

坂を上っていくと右側に中華料理の五十番。

二十年前のぼくは、五十番を右手に入った路地にあるうなぎのたつみやへ行っていた。

なにげないごく普通の店だが、ここのうなぎの白焼きはピカ一だ。ジョン・レノンが来たというが、ジョン・レノンが来なくたって前々から井伏鱒二が行ってたんだ。

女連れで入ったら、奥の席で平凡社の下中邦彦社長がきれいな女性と二人で酒を飲んでいた。下中社長も白焼きをつついていて、片目つぶって挨拶したっけ。

洋食の田原屋は明治中期に牛鍋屋として店を始めた。一〇〇〇円のカレー焼きごはんが評判で客筋は夏目漱石、吉井勇、菊池寛、佐藤春夫、永井荷風。島村抱月が松井須磨子と二人でよく来たというから、そういうのもやってみたい。田原屋の洋食は、味に時代が夕焼けみたいににじんでいる。

五十番で、アゲシューマイ買って帰ろうとしたら五十番が休みで、隣りの和服店甚右衛門をのぞいた。

夏着の絽《ろ》の着物が飾ってあり、神楽坂ならではの粋なものだ。値を見ると、四万円。安すぎるから目を疑うと、主人が、

「古着ですから」

神楽坂。狭い道にドラマがつまっている

和服店甚右衛門の主人は話し上手だ

と説明した。

古着と言っても芸妓が一回だけ袖を通したものだから新品同様である。店の奥へ入ると、金蒔絵カンザシが一八〇〇円。

いずれも芸妓が何かの都合で手放したものばかりで、あるもの全部買いしめたくなった。帯も粋で、市価の十分の一。買おうとすると、ヒロ坊が、

「運命が乗り移るからやめな」

と小声で言う。

店の主人は、

「これを売っ払った人は、きれいな芸妓でねえ。結婚したので、芸妓時代のものをみんな売っちまった。勝負どころのいい女ですよ。眉が三日月でまぶしいくらい」

と溜息をついた。

嘘か本当か。

ぼくは、べっ甲縁の扇子（一八〇〇円）を一つ買って、嘘でもいいから、勝負どころのいい女の運を、ちょっと貰うことにした。

はす向いの毘沙門天から神楽の音が聞こえてくる。神楽が鳴るから神楽坂だ。若宮八幡からの神楽の音が聞こえ、夕暮れの神楽坂は、甘くせつない記憶が蒸し返す。いつの日か

神楽坂の住人になろうと決めた。

　記憶は大通りから裏通りへつんのめり、初夏の風が並木の葉をゆする。

　道を行きかう東京理科大の学生のジーパン姿のあいだを芸妓が歩いていく。だらしなく着くずした芸者の足どりに緑の若葉が舞い落ちる。

　うどんすきの鳥茶屋を右へ曲れば酒亭伊勢藤だ。頑固一徹の主人が芝居小屋のような店を開いている。昭和十二年に創業した酒好きのための店。

　店へ入る前に、専太郎が客の五ヶ条をぼくとヒロ坊に言う。

「一、大声禁止。二、笑い声は微笑まで。三、ビールの注文厳禁。四、感謝の気持ちで飲む。五、注文は鈴を鳴らす」

　入るのをやめよう、としたらヒロ坊にトーンと背を押されて店へ入れられ、主人に、

「中の戸を閉めなさい」

　と叱られた。

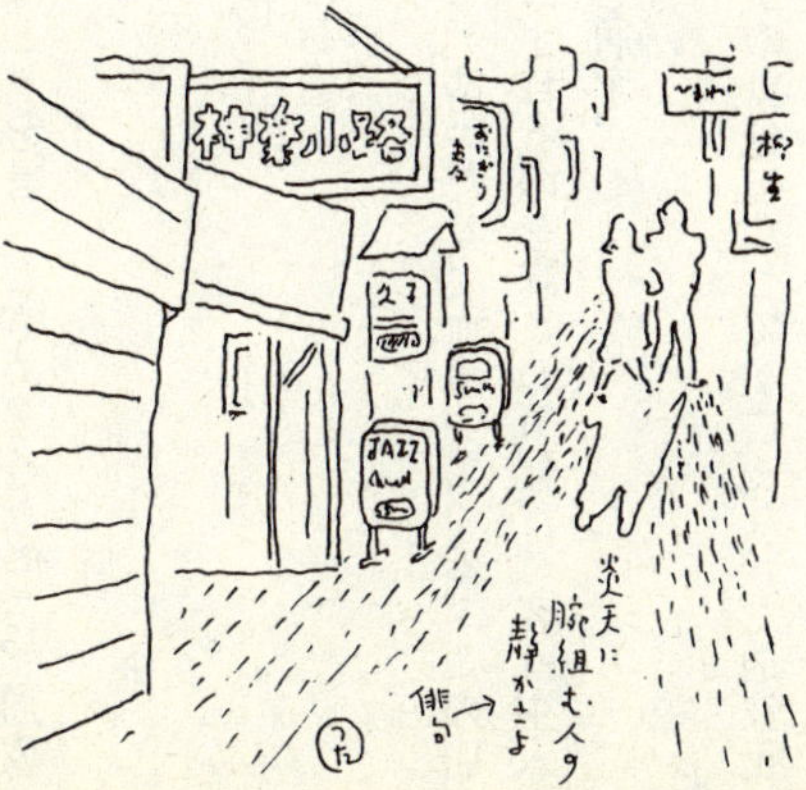

中の戸はぼくらが入る前から開いていたが、そんなことを言うともめそうなので、通夜客の表情で下を向いて奥の間に入る。

六畳和室にちゃぶ台が三つ。

ボンボン時計があり傘電球がぶら下がる。

ママカリ、カズノコ、タケノコ、おしたしに汁物のお通し。

作務衣坊主頭の給仕が酒を運んできた。

こちらは借金取り立てに来たみたいで肩に力が入る。ゆったりと血走ってくる。この店の主人は、きっちりと自分の美学を持ち、それからはずれるのを許さぬ気配だ。客は主人が演出する芝居の登場人物で、主人はその演出を押し通す。

酒三合を飲んで三人で六八〇〇円。

三人でむっつり酒を飲んでいたら、必殺仕掛人梅安の気分になって、亡くなった池波正太郎のことを思い出した。

外はいつのまにか雨だ。

神楽坂の楽しさは裏通りにある。

これが花町の色気である。

坂の裏道を迷路のように這っている路地へ入りこめば、この町の小骨にめぐりあう。

坂の上口近くの神楽小路を入ると、さらに右へ曲る袋小路のみちくさ横丁。みちくさ横丁というネオンの字体が、三十年前の漫画文字にあった赤銅鈴之助とか鉄人28号ふうだ。袋小路の横丁に、小料理雪むら、しら菊なんて店があり、つきあたりはモダンジャズの店コーナー・ポケット。

いずれも隠れ店で、雪の降った夜なんかいいだろうなあ。

坂上近くの仲通りを入ると、左へ折れる狭い石畳の路地がある。黒塀の料亭、モルタルアパート、旅荘が並んでいる。その奥に、コンクリートうちっぱなしのディスコ。ディスコの入口に「住宅地域につきお静かに願います」の注意書きがある。「お静かに願う」のならディスコなど作らぬほうがいい。このあたりも地上げ攻勢にあって、古い店がつぎつぎとコンクリートのビルに変っていく。

神楽坂の中央にあった万平酒場も、白い万平ビルとなり、万平酒場はビルの三階になった。ビルになる前は、店の前に柳の木が一本ある、いかにも神楽坂らしい店だった。

通りを左へ入るとお稲荷さんの祠。伏見火防稲荷神社と書かれた祠

坂の上にある神楽坂・毘沙門天、善国寺

主人の美学を頑固に押し通す「伊勢藤」

の前は、水が打たれて、きれいに掃除されている。祠の石に、料亭金松、㐂久川、置屋栄屋、新㐂楽、といった神楽坂組合の老舗の名が彫ってある。料亭の松ヶ枝はもとは小佐野賢治の店で、マスコミでその名をにぎわしたが、いまはなくなっている。店の栄枯盛衰が祠の石に刻まれて、時間がゆっくり流れていく。

銭湯の熱海湯へ下りる石段の途中に楓《かえで》の木が一本あり、葉の緑が目にしみる。そのさきの飲み屋街、小料理店の並びが粋で、いきなりどの店へ入ってもアタリという感じだ。

坂を上ると画廊があり、ホイックニー版画展をしていた。店へ入って、荷ほどき中のホイックニーのリトグラフを見せてもらった。

神楽坂上の山形料理もきちへ入ってエビスビールを注文。歩いているとビールを飲みたくなる。

焼納豆（四〇〇円）と、おしんぎょうざ（六五〇円）。焼納豆は、納豆を油揚げの袋に入れて焼いたもので、おしんぎょうざはぎょうざの皮が大根の薄切りだ。いずれもビールによくあう。

もきちは大衆居酒屋だが、テーブルが広い。いくら肴を注文して

テーブルが広い山形料理の店「もきち」

花街の石畳の路地

も、テーブルから落ちないのが嬉しい。畳二畳ぶんほどのテーブルの中央に塩、楊子、七味が載っていて、静物画を見るようだ。初ガツオの刺身とエンガワを追加し、エビスビールを六本飲んだ。

町の気配が濃い。

銀座ほど気どってなくて、浅草ほど庶民的ではなく、月島ほどレトロではない。裏町的で文化的で色っぽく、これぞ極めつきの東京である。

ビール飲みついでに新潮社のさきのビール専門店ブラッセルズへ足をのばし、ベルギービールのシメイ赤を飲んだ。

この店は、ノルウェイのスキイ、イタリアのモレッティなど世界のビールが揃っていて、どのビールも味わいが深いが、カウンター内の女性がつっけんどんで、なかなか客の注文をきかない。店員同士が話をして客の注文を無視するところもベルギーのカフェ流で、

「本当にブリュッセルみたいだ」

と専太郎は妙な感心をしている。

初めて行った店でつれなくされるのも東京旅行の味わいである。

「二度と来るものか」

と腹をたてつつ、その場へ来てしまった自分の好奇心にいらだっている。

◎神楽坂……その後のこと

石畳の舗道が残る町として、情緒のある地となった。上等な居酒屋・寿司屋、焼鳥屋がにぎわい、東京で一番好きな町である。山田紙店の原稿用紙は五〇〇円のまま。ぼくはいまなおこの店から買っている。黄色の罫と鼠色の罫の二種類がある。並びのカレーショップの納豆カレーは八〇〇円になっていた。毘沙門天横の田原屋はすでになくなっていた。明治から続く名のある店でも、なくなるときには手品のように消える。現在はふぐ屋になっている。伊勢藤は若主人が切り盛りしている。三人で大徳利二本飲んで、七七〇〇円といったところ。銭湯の熱海湯では入浴セットを売っていた。タオル・セッケン・シャンプー・カミソリが、ビニールの巾着に入って二二〇円。神楽坂上のもきちは閉店したが、支店として神楽小路に出していたもー吉がその後を引き継いでいる。焼納豆五〇〇円、おしんぎょうざは六五〇円のまま。もー吉は松井秀喜選手も常連で、巨人在籍時代は東京ドームでの試合後によく来ていたという。店の奥のウインドウにユニフォームが飾られている。神楽坂の坂道につまったドラマは今後も延々と続く。

吉祥寺

井の頭公園は、中央線中流族のスポットで、吉祥寺商店街は、中央線中高生のデートと散歩の恋の町である。

これはぼくが高校生だった三十年前からそうで、ぼくは、井の頭公園のボートにガールフレンドを乗せて恋を語るのが夢だった。

この夢はいまだ果たしておらず、ボートに乗っている若い二人連れを見ると、

「コンチキショオ」

とパンクズを投げる。

ぼくが高校生のときはボートは一時間三〇円だったが、いまは一時間三〇〇円。ずいぶ

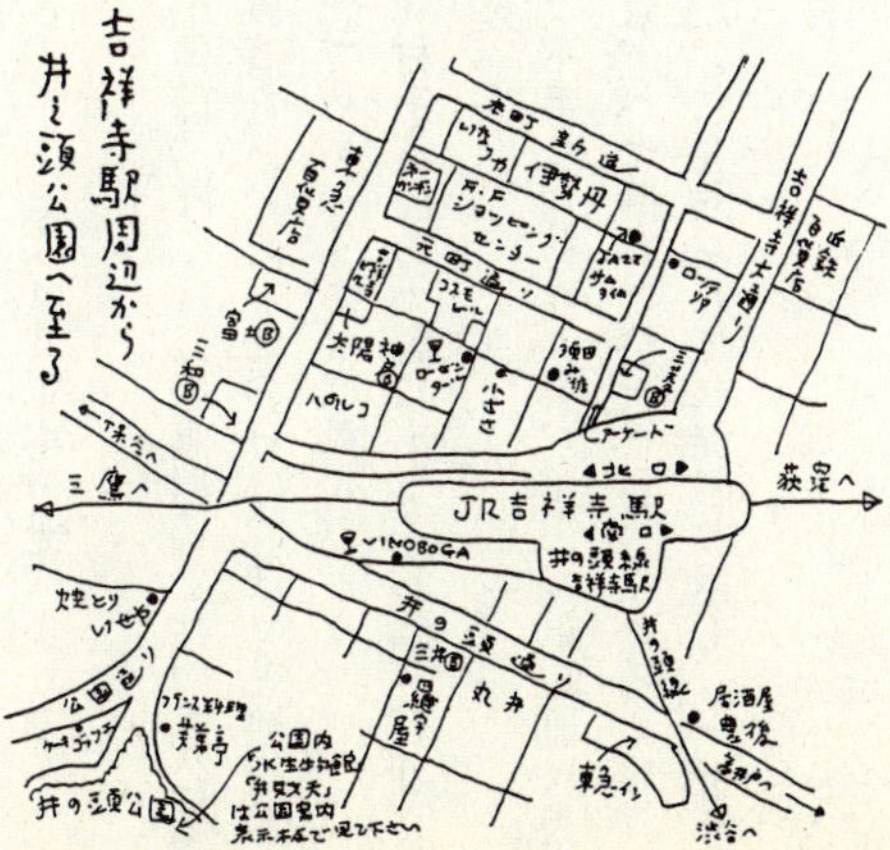

ん高くなった。井の頭公園のボートは値段が安いので有名だった。同級生と来て、ボートこぎ競争をやり、アベックの乗ったボートにわざとぶつけたりした。

文庫本を持ってボートに乗り、木陰へ入って読んだ記憶もある。それが十八歳のダンディズムだった。文庫本を読んだことから思い出すと、ボート代は文庫本一冊代より安かったことがわかる。

井の頭公園に行くのは、じつにひさしぶりで、十年前、ぼくは渡辺直樹氏と井の頭公園の池へ飛び込んだ。花見で酔ったためだが、別の事情もあった。その日は、ぼくと渡辺君がそれまで勤めていた会社をやめた日で、退職記念でめちゃくちゃに飲んだ。背広に池の泥水がしみて、ドブ臭い花見だった。村上春樹の小説に出てくる岡みどりさんも一緒だった。

その三年前は、社の同僚と梅見の句会をやった。下手な句を作って、ボール紙短冊に書き、梅の枝に結びつけた。そのときの同僚は、みな、べつべつの会社へ移っている。

その一年前は公園の闇でチンピラとケンカをした。三発殴られて二発殴り返し、一発ぶん損をした。

その一年前は、んーと、なんだっけ。

近所の連中と動物園めぐりだった。ムスコを連れてきた。

食パンのミミを大量に持ってやってきた。井の頭公園の鯉のエサ用だ。ビニール袋に一カ月ぶんのパンのミミを入れてきた。

ＪＲ吉祥寺駅南口から、井の頭公園へ入る細い道を歩くと、中学生のころからのグラフィティがつぎつぎと思い浮かぶ。

井の頭公園に下りる石段沿いに白いハゴロモジャスミンの花が咲き、道沿いのオデン屋からの匂いにジャスミンの芳りがまざる。

駅の横のパン屋で買った食パンを千切って鯉にまいた。

一メートル以上もある巨大な鯉がいる。沼の潜水艦みたいに泥水ごと盛りあがって食べにくる。ぼくが知る限り、この池の鯉が東京で一番デカイ。鯉と一緒にナマズもいて、ナマズの口が長方形に開く。ナマズに放ったパンを水鳥が横取りする。

動物にエサを与える、というのは妙にコーフンする。近くの売店で売っているエサではなくて自前のエサを用意するのが土地っ子の流儀だ。

井の頭池は、家康がこの水を神田上水として江戸へ給水した大もと

池に突き出た島に建つ井の頭弁財天

アベックの乗ったボートがいっぱい

の水源だ。池の水は七カ所から湧き出るので「七井の池」とも呼ばれていた。

この一帯は、縄文時代から村があった所で、つまりは水が豊富だった。江戸時代は鹿が放たれた狩猟地であり、皇室料地をへて東京市に下賜された、という歴史をもつ。

ぼくは、井の頭動物園の分園にある水生物館が好きで、日本の小川や沢にいる魚が見られる。

入ってすぐヤマメとイワナ。

カエル。サワガニ。ウグイ。フナ。メダカ。

と、まあ、どこにでもいる魚で、とくに珍しくはないのだが、こういった水生物を水槽ごしにじっくり見る機会はそうあるものではない。

ここの水生物館は、魚の手入れ、というのも妙な言い方だが、飼いかたがよく、観察しやすい。

ウグイがきらきらと輝いている。

オイカワが涼しそうに泳いで、その下にタニシとイモリ。

岩が揺れているので目をこらすと、じつはサンショウウオでエサのドジョウがサンショウウオの頭上で昼寝している。エサと共存している。短編小説になりそう。

ガムシ、ヤゴの水槽もある。

モロコ、ムギック、カマツカ、天然記念物ミヤコタナゴ。

文豪のM先生に似たハクレン、文芸評論家K先生に似たカムルチー、女優のT嬢に似たヒメマス、テレビ司会者O氏に似たタニシ、ぼくに似たハゼ、と、いろいろ観察すると、じつにあきない。

水生物館を出ると、職員がアヒルの重量を計っていた。アヒルのメカタは、どうやって計ると思いますか。

答はカンタン。職員がアヒルをかかえてハカリの上に乗ればいい。あとで職員のメカタをひく。あたりまえだけど、実際に見るまでは知らなかった。

水生物館を出て、井の頭弁財天にお参りした。十年ぶりだから、思い切って五百円玉を二コ放っちまった。

井の頭弁財天は、美術、工芸、文学方面にヨーク効く一粒万倍の福神である。

おみくじを引いたら、五十番吉で、

▼苦は多けれども後かならずよし▼望ごとおい〳〵成就す▼恋もそろそろ

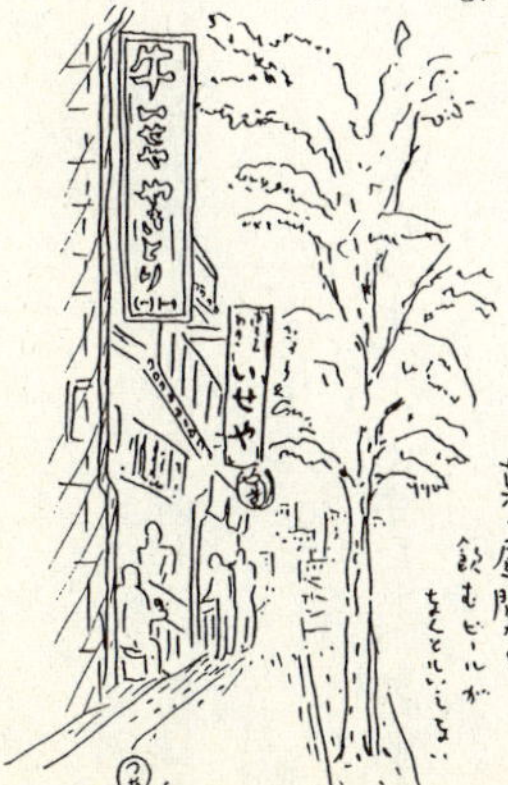

と出た。

おねがいしますよ。

六〇〇円のえん結びを買って財布へ入れた。朱塗りの弁天堂が水面に反射して、新緑からのこもれ日がちらちらと光っている。

水面を吹いてくる風がすがすがしい。

弁財天の近くに湧水「お茶の水」がある。家康が茶をたてた湧水で、いまなお、透明な水がコンコンと湧いている。

湧水から細い道を進むと野口雨情の歌碑。御影石の文字をヒロ坊と読んだ。

「鳴いてさわいで、日の暮れ頃は、葦の行々子はなりやせぬ」という吉祥寺音頭の一節だが、「葦の行々子《よしきり》」の部分がわかりにくかった。ああでもない、こうでもないと、歌碑の文字を推理するのが、楽しくもあり、試されどきでもあるのだが、考えていると周囲に人だかりが出来て、アメリカ人らしき青年まで腕組みをして一緒に考えていたのが、おかしい。散歩するやつは、みな、ヒマなのね。

解読してから焼き鳥のいせやへ行く。

吉祥寺のいせやは、公園入口にも支店があるが、本店はカワラ屋根のレトロな造りで、吉祥寺の歴史記念物的建造物である。

一階が焼き鳥屋で二階がすき焼き屋である。この店の主人は清宮正治という人物で、高校の同級生だ。ぼくは高二のとき文化祭演劇を興行し、ぼくが演出で、清宮君が主演俳優だった。清宮君の兄は劇団四季の俳優だったから美系家族なのだ。

いせやは焼き鳥がでかく、一本八〇円。レバ刺しが新鮮で、冷しトマトも安くて直立不動の味だ。北海道に自前の清宮牧場を持っているからこの値段なのだ。

ビールを飲んでから梅割り焼酎にいく。べらぼうな安さを意地でやってるのは、どういうコンタンがあるのかわからぬが、ぼくは清宮君に怨みが二つある。

一つは高二のとき、ぼくの弁当のオカズの焼肉を見て、

「安い肉である」

と批判されたことである。

きちんと覚えている。

もう一つは、清宮君に美人の妹がいて、

「紹介する。オマエを気にいっていた」

家康が茶をたてたという湧水「お茶の水」

と言いつつ、ついに紹介してくれなかった。

店の奥に、清宮君がいたから、そのことを文句言って出てきた。たしか十年前も同じような文句を言い、焼酎を飲んだ。

この二つの文句を言うと、ぼくは気がすんでいせやを出る。

吉祥寺の伊勢丹側の商店街は、十年前まで細い路地がくねり、手ごろな一杯飲み屋がいっぱいあった。

魚の安売り、カウンターバー、焼き鳥屋、音楽喫茶、ラーメン屋。

十年後に廻ってみると、わずかに当時の面影が見られるが、ほとんどがなくなっていた。

地上げとはこういうことなのか、とつくづく感じいった。

路地そのものがなくなっているから、町の方向感覚がつかめない。たしか、このへんにという手さぐりの記憶だけが、新しくなった町の宙に漂っている。

いせやのあと、ぼくが行こうと思っていた店は、ジャズの店も、中華料理屋も、牛肉専門店（これも同級生の店）も、古きパブ酒場もみななくなっていた。

モダンジャズの店「サムタイム」

駅裏の「豊後」。アンキモがうまい

ムカシからある乾物の土屋商店の前に立って、ぼくは、アーケードを見あげて、ぼくの青春の名残りを嗅ぎ、近くのモダンジャズの店サムタイムの地下へ潜っていった。すりきれた石段を下りていくと、がらんとした広い地下倉庫のような店があり、そこがサムタイムだ。

吉祥寺のジャズと言えばファンキーだったからサムタイムは、ぼくにとってはずっと新しい店に思えるが、これも時間というものだろう。

サムタイムは、ニューヨークの雰囲気があるアンティークな店で、落ちついてビールが飲める。そう思って周囲の客を見ると、客の多くがぼくと同じく中年だった。ジャズの客もまた年をとっていることに気がついた。

店を出てから駅裏の豊後《ぶんご》へ行って日本酒を飲んだ。肴はアンキモが妖術卍固め。四五〇円のイワシ辛煮も捨てがたく、酒がじんとしみてくる。新しくなってしまった吉祥寺は、つまらなくて、そのくせ、心がおどる。

吉祥寺は、中央線沿線に住む「東京っ子」の町なのだ。時代にあわせて、町がビンカンに変っていく。それも東京の色彩があって、やんちゃで、思い切りがよく、ひらきなおった軽さがある。

豊後の暗がりで酒を飲んでいると、

「いつまで不良やってられるかな」

という思いがせりあがり、ヒロ坊、専太郎と、俳句を詠んで箸袋に書きつけた。箸袋はポケットのなかで紛失してしまい、その句は忘れてしまった。

◎吉祥寺……その後のこと

井の頭公園は休みともなれば、家族連れからアンチャンネエチャン、老紳士、芸術家気取り、素人芸人、ヒッピーもどきなども繰り出す、東京一の人物ごった返し公園である。池のボートは一時間六〇〇円。ペダル式の乗り物もあるけど、やはりオール漕ぎが腕の見せどころ。水生物館では子供たちがはしゃぎまわっている。公園の向こう側の動物園との共通券で四〇〇円。一方、井の頭弁財天にはお年寄りが多い。ここだけひっそりとした公園内の異空間。縁結びは一〇〇〇円。いせやは同級生の清宮君が亡くなったが、煙のもうもうたることと焼き鳥一本八〇円なのは変わらない。めっぽう、流行るはずである。豊後は井の頭線のガード下にある。いわし辛煮六〇〇円。店の上を通過する電車の振動が、ゴトンゴトンと酒の酔いを加速させる。サムタイムはライブ演奏がある。演奏者を取り囲むようにして、席が配置されている。ピアノの後ろのレンガ造りのカウンターに陣取ってジャズを聞けば、ほろほろとむかしの記憶がよみがえるのであった。

国立

国立《くにたち》は、日本で最初の分譲造成地となった町である。分譲したのは、「箱根土地」の堤康次郎で、西武グループの前身である。

堤康次郎が、武蔵野の原野を造成したのは関東大震災の二年後、大正十四年のことである。翌大正十五年に国立駅が出来た。

当時の日本からするとモダーンな三角屋根の駅舎、駅前の池のあるロータリー、駅から一直線にのびる広い大学通りは、日本のなかのヨーロッパというイメージだった。

雑木林を造成しなければ、到底、こういった

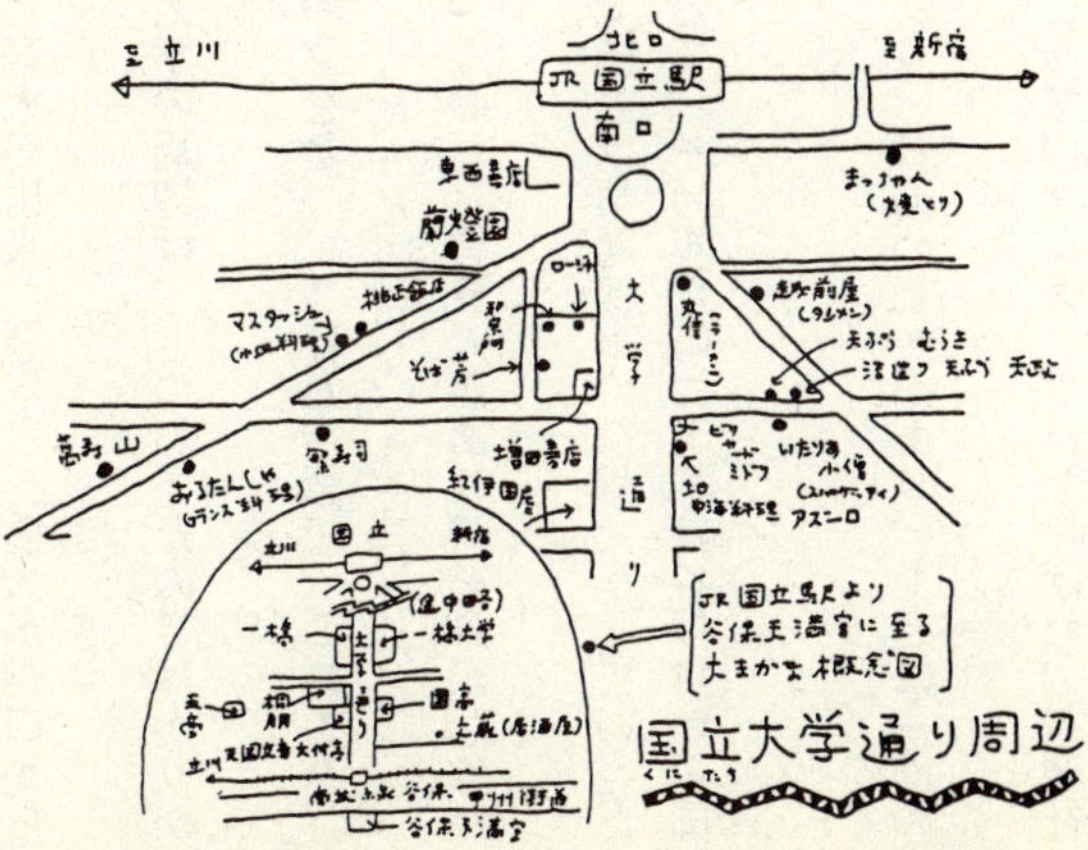

町は出来ない。造成地のメダマは、一橋大学と国立音楽大学で、大正十五年に国立学園小学校（堤氏が子息の清二氏のために作った学校）と音大が出来、翌年に一橋大が神田から移ってきた。

それでも分譲地の売れゆきはかんばしくなく、大学の周辺は、きつね、たぬきばかりが住んでいた。

国立という名は、中央線国分寺駅の国と、立川の立をとってつけた造語で、これをクニタチと読ませるのも無理があった。それに対して、もともと国立という古い町があって、国分寺へ国の字を与え、立川に立の字をくれてやったのだと言う人があり、それがだれかというとぼくなのである。

その後、桐朋中高校、国立高校、五商が出来て、国立は学園都市の様相を呈していった。ぼくが国立に越してきたのは、昭和二十六年のことで、その年に町の名称は谷保《やほ》村から国立町となった。

ぼくが小学校三年のときであった。

駅前にはエピキュウルという白い壁の喫茶店があり、日通のビルがあり、あとは一面の野原だった。

ぼくが住んだのは、新聞協会の土地があったところで、プレスタウンと呼ばれ、新聞社の社宅があった。朝毎読のブロックにわかれていた。ぼくは、プレスタウン朝日ブロックの一隅に住んでいた。

そのころから国立は、ジャーナリストや学者の住人がいて、出版社、テレビ局、大学教授、作家、画家、音楽家、といった人が住むようになった。町を歩いていると、かつて腕をならした著名なジャーナリストや学者、作家に出くわして、オーッ、あの人かと息を飲むことが多い。

大学通りのロージナ茶房でヒロ坊、専太郎と待ちあわせた。ロージナは昭和二十九年に出来た喫茶店で、国立を象徴する文化遺産的店舗である。主人の伊藤接さんは読売新聞社にいた人で、山口瞳さんと同じ年、山口さんの友人だ。

店内にはシャガール、ルノアールのリトグラフがある。ゴヤもある。もっといいのもあるがあんまりあるから、どれがいいかは、よくわからない。

ロージナの隣りは、喫茶店の邪宗門で、この店は昭和三十年から。ぼくが高校生のころは邪宗門に入りびたっていた。狭い店内は、ラン

国立駅。駅ビルにならないところがよい

広い大学通りがまっすぐ走っている

プ、火縄銃、ガラスのコットウ品でうまっている。この店もかなりの文化遺産だ。

ロージナから、そば芳の横を通って、繁寿司へ向かって歩く。この三店は、山口さんの『男性自身』に出る国立有名三店だ。

ヒロ坊と専太郎が来るから、昼飯には大いに悩んだ。といってもどこのラーメンにするかといった問題で、国立はラーメン屋と焼き鳥屋に関しては東京一である。

焼き鳥は『居酒屋兆治』のモデルになった文蔵と、まっちゃん。ぼくがひいきの柴さんもある。ラーメンは、十五軒が覇を競っている。安い店は一杯二八〇円だ。学生相手だから量も多く味もいい。

駅前のラーメン屋は、一カ月前に週刊誌で東京一と紹介された味だし、そのナナメ前の店のタンメンは、文春ラーメンムックで、日本一と認定された。国立駅周辺は安くてボッキする味だらけ。国立で食べていれば、B級グルメはよほどでなけりゃ、よその町へ行く気がしない。

で、まだどこにも紹介されていないB級穴場中華料理店へ行く。この店の冷し中華は、文句なしの東京ピカ一ですぞ。

国立へ来る人のためにもう一軒紹介すると小皿料理のマスタッシュ。この店の大根サラダがいい。マスタッシュはフランス料理、中華、和食、串焼きと何でもある店で、店長の元気がよい。大学通りのフランス料理のフェルミエールの姉妹店。ぼくはフェルミエールのファンで、友人が国立へ来るとフェルミエールへ連れていくが、一人で行くときはマスタッシュのほうが気軽だ。オーナーの曽我さんはさらに新しい店を作ろうとしている。

国立には、地中海料理やフランス料理の店が、七、八軒あり、どこの店もかなり水準が高い。青山や六本木に店を出していた人が、あちらをひき払って国立へ開店したからで、土地代が安いぶん料理が安い。青山、六本木料金のほぼ半額で、味は上等だ。

ぼくは青山一丁目に仕事場があり、週の半分は青山暮らしだが、公平に比較して、国立の店のほうが味がしぶとい。

広い大学通りの両側は、桜並木。春は桜の花で大学通りはピンク色に染まる。秋は桜の間の銀杏が黄色くなり、ヨーロッパの大学町みたいになる。夏は柳の巨木が風に揺れる。

浅草の隅田川沿いを歩いたときは専太郎が肩をいからせたが、この日は、ぼくが肩をいからせた。

国立の友人は建材店の佐藤收一君で、桐朋高校の同級生だ。高校時代の同級生は、町内に七、八人いたが、ほとんど引越してしまい、いまは佐藤君とぼ

くだけになっている。

佐藤君に電話して一緒に廻ることにした。ぼくの『夕焼け学校』（集英社）の登場人物の一人で、ヨースルニ「国立のお坊ちゃん」である。

ぼくも、「ノーテンキのお坊ちゃん」だといわれるが、それは、国立という「復興期の町」で中学高校時代をすごしたアンポンタン少年の後遺症のような気がする。

大学通りの古道具屋で印判の茶碗（八〇〇円）を見る。

ランプ、ガラス、ブリキ細工、布、皿、といろいろ売られている。専太郎は銀製水筒の古物を見つけて七〇〇〇円で買った。国立でなければ、ぼくもいろいろと買うのだが、妙なもので、自分が住んでいる町の古道具屋というところでは、そういったものを買う気になれない。

いつでも買えると思うからだろうか。

あるいは、古物というものは、見知らぬ他の町から仕入れてこそ、ダイゴミがあるもので、買物は旅の成果なのだ。

大学通りのひつじ工芸はガラス専門店で、北海道小樽の北一硝子の製品を多く並べている。ランプ、ボトル、ワイングラス、デカンタ、どれもこれも透明の色彩に輝いている。

ぼくはガラス好きで、ガラスの古物をいくつか集めていた。二十代のころは沖縄の手づくりのガラスを山ほど仕入れた。

一コ二四〇円の石けり用ガラスを買った。

娘がいればガラスのイヤリングを買うのになあ、と一二〇〇円のピンク色のつぶを光にかざして見た。

ピンクのガラスごしに見える大学通りの風景は軽井沢に似ている。

それは作られた自然で、ヨーロッパ的である。

青山、原宿にも似ている。

成城、吉祥寺にも似ている。

関西の神戸一帯にも似ている。

ここには擬似ヨーロッパがある。明治以降、文明開化の日本人が、ヨーロッパのイメージを日本の各地に作った。ちょっとおしゃれな町は、みなヨーロッパ風なのだ。

そのぶん、ぼくにはいらだちがある。

日本的な伝統の香りがしない。

これは造成地が宿命的に持つ欠点である。国立が全国から注目されるのは、国立が、新しい町のサンプルだからである。

参道が崖下へ続く谷保天満宮

「居酒屋兆治」のモデルになった焼き鳥の「文蔵」

大正十五年以降、国立が築いてきた町づくりは、これから新しい町を造成するうえでの一つのマニュアルになる。

佐藤君のクルマで、南養寺と谷保天満宮をめぐった。南養寺と天満宮は、国立の数少ない文化遺産である。

谷保天満宮へは、ぼくは小学校のときからお参りしている。ドイツの大学へ留学していたぼくの弟は、谷保天満宮で結婚式を挙げた。ヨーロッパに住んでいると、こういった天満宮が、もっとも国立的なものとして目にうつるのだろう。そういえば、伊丹十三夫妻も谷保天満宮で挙式されたと聞く。谷保天満宮は、湧水池のあるはけ（丘陵の片岸）に建っている。

天満宮で、

「これ以上国立にフランス料理店が出来ませんように」

とお願いをしてから、文蔵へ行った。文蔵は、店構えが新しくなり、ムカシの旧店舗の雰囲気はないが、店の味ときっぷのよさはそのままだ。『居酒屋兆治』が映画化されるとき高倉健さんが文蔵へ見学に来た。

関頑亭夫人の経営する帽子屋さん

文蔵の焼き鳥は主人の気質そのものの、きしっとしたしぶとい味で、三人でたらふく食べて四三〇〇円だった。文蔵の焼き鳥を食べたい人は、国立からタクシーに乗って谷保へ来るのがいい。

佐藤君のクルマで国立の長老関頑亭さんの奥様が営業している帽子店へ行く。頑亭さんは彫刻家で、山口瞳さんの本の装画でも有名だ。頑亭さんは、女性に人気がある人で、国立を歩くときは女性が寄ってくるから、シッシッと、女性を追いながら進む。嘘のような本当のハナシである。

エソラへ行って山口瞳展を見物してから繁寿司で飲み、邪宗門をのぞいてからロージナでドイツワインを飲む。ぼくはいつまで飲んでも平気だが、なにぶん東京のはずれだから、専太郎とヒロ坊の帰りの電車が気になった。

◎国立……その後のこと

町の住人だった滝田ゆうさんや山口瞳さんが亡くなられた。ロージナ茶房の伊藤接さんや焼き鳥屋まっちゃんの主人も亡くなり、ぼくの父も没し、国立はさびしい町になった。しかし関頑亭さんや焼き鳥屋文蔵の主人は元気である。大学通りにはさらにいろいろな料理店ができ、学生の町であるのは昔のままである。ただ、国立にいる学生で一番多いのは、一橋大生や桐朋高校、国立高校の生徒ではなく、各種学校の生徒である。ロージナ茶房や小皿料理のマスタッシュやフェルミエールは繁昌している。古道具屋や書店や文具店もそのままだし、同級生の佐藤收一君が企画した高級和食店「楽食一辰」は、和食界の巨匠斎藤辰夫料理長が腕をふるい、国立の名物店となった。ギャラリーエソラ主人関マスオ君の同級生が「66食堂」というアメリカ風レストラン食堂を出すし、国立は食通が脳味噌をくすぐられる町となった。

日比谷

帝国ホテルロビーのコーヒーは八五〇円。税金・サービス料がついて、一杯一〇〇〇円と思っておけばいい。これが平成二年における日比谷界隈の値段である。帝国ホテルの客筋は、外国人客も日本人客も泥くさくて芋っぽい。地方からの客が多いホテルで、そこを濃いサングラス姿の専太郎が歩くと香港スパイといった按配だ。ロビーにカレーのにおいが漂ってきた。帝国ホテルのカレーは定評があるが、この日は松本楼のオムレツ・ハヤシライスを食べる予定。

帝国ホテルを出て日比谷公園の門をくぐった。

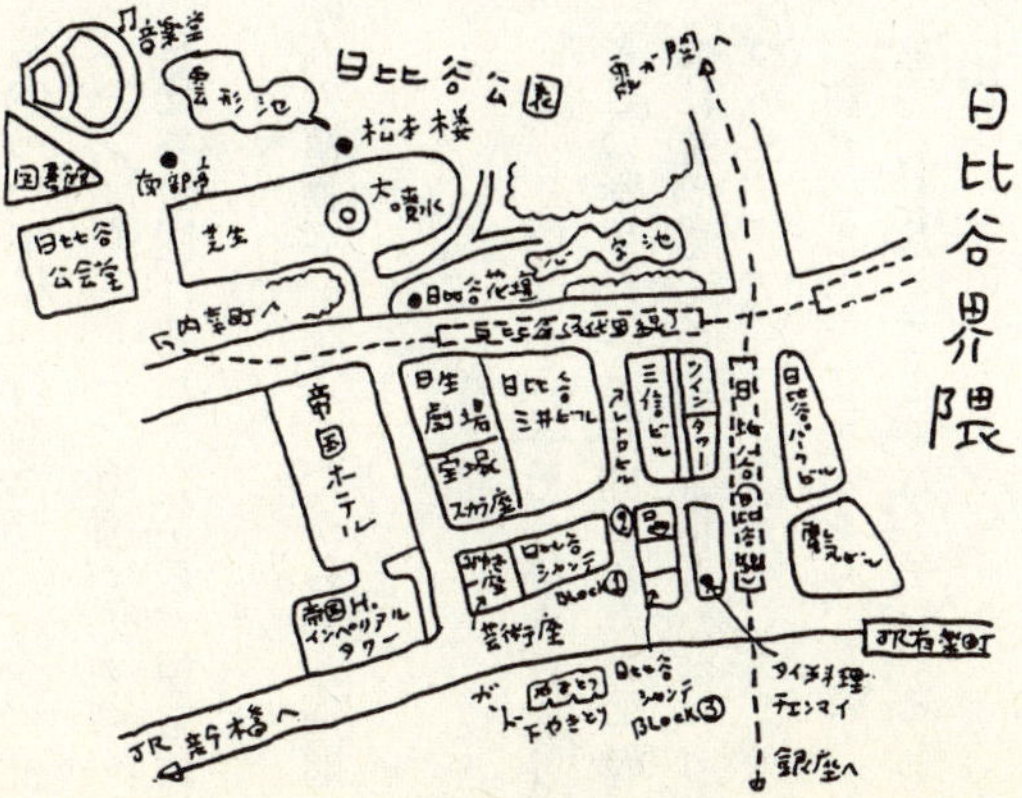

日比谷公園を散歩するなんて、じつに十年ぶりのことである。十年前、ぼくは入口にある日比谷花壇で、クリーム色のバラの花を二本買って公園内の松本楼へ行った。

日比谷花壇をのぞくと、白いコチョウランの鉢植え（一万五〇〇〇円）が並べられていた。種売場には、こまつな、エダ豆、カボチャの種。日比谷公園は花が多いから、種を買いたくなる人がいるんだろうな。

公園の入口にグリーンアドベンチャーの地図。公園内の植物名を記入しながら廻る道順を書いてあり、専太郎が、

「のぞき客用アドベンチャーですな」

と嫌味をいう。高校の同級生で東大に合格したのがいて、そいつが入学そうそう日比谷公園へのぞきに来た。巡回中の警察官につかまって「どこの学生だ」と詰問されたら、嬉しくなって「東大です」と自慢した話を思い出した。なに言ってんだか。合格したばかりだから、誰に訊かれても自慢したくなっちまう気持はわかる。

小音楽堂を左手に見て日比谷パークセンターへ行く。白タイルのテラスがあり、ヒラメフライ（一一八〇円）とミックスサンド（四一〇円）を注文した。ここでパーティをやったらいい。パーティ用アナ場としてノートにチェックしておく。

雨あがりの日比谷公園は、アジサイの花がみずみずしく、花壇のバラの色も鮮やかだ。

樹々の緑が濃くむれている。

歩いていて気分がいい。

有楽町のすぐ横にこれだけの公園があるのが東京の実力だ。東京は緑が多い。東京の緑はニューヨークやパリに比して、遜色がない。皇居、明治神宮、日比谷公園……。

雲形池を廻り、樹々のトンネルをくぐりぬけると、なつかしの松本楼があった。

ここは、ぼくの二十年前のデートスポットだ。そのころのガールフレンドと、昼休みに会社をぬけだして、ここで会っていた。

食事は、カレーかハヤシライス。

そんなムカシにさかのぼらなくても、十年前にここで結婚式があった。

二階のグリルを使って、南伸坊御夫妻と渡辺和博御夫妻の合同パーティで、会費は五〇〇〇円だった。司会は前半が高信太郎、後半嵐山光三郎で、受付糸井重里、会計村松友視、記念写真荒木経惟、照明赤瀬川原平、案内林静一、場内整理篠原勝之というメンメンで貧乏人百

松本楼の歴史は日比谷公園の歴史でもある

公園内のフランス庭園。花がいっぱい

余名が参加した。

多少なりとも名がしれてるのは村松友視ぐらいのものだったが、結婚式を挙げるトーニンの南伸坊が遅刻してヒンシュクを買い、篠原勝之の無料入場とともに歴史に記されることになった。

おりしも、正面の帝国ホテルでは、三浦友和と山口百恵の一億円結婚式が催されていた。かたや一億円であるのに対し、こちらは一組二五〇〇円。一人一二五〇円ではないか。

「ドーユーコッチャ」

と、ぼくらは大いに荒れて、カレーライスを食べたのだ。

じつにじつに滋味であった。向い側の帝国ホテルでは、フォアグラ、キャビア、スモークサーモン、冷しコンソメ、チコリサラダ、とつづいているのだろうが、こちらは、ハヤシライスとスパゲッティだけなんだから。だけど、上等で、背骨に風がそよぐ味だった。

ということを思い出しつつ一階グリルに坐った。

嬉しいくらいムカシのままだ。

太いいちょうの樹に囲まれたグリルは、ゆったりと普通のテーブルと椅子があって、店員も落ちついて感じがいい。

八〇〇円のカニコロッケ、一三〇〇円のホタテフライに、ハヤシライス(八〇〇円)とカレー（五〇〇円）を注文した。カニコロッケ、ホタテフライは、こっくりと甘く揚っている。これぞ東京の味。で、ハヤシライスですが、これはもう、

「記憶がとろける。舌にとろける」

ですね。パチパチパチ。

東京にはうまいハヤシライスがあるが、松本楼のはベスト3に入る。カレーライスもなつかしい味でパワフルで都会的センスがある。

松本楼が出来たのは明治三十六年で、日比谷公園と同時にオープンした。フランス料理の王様エスコフィエ会のコックをおきながら、一階グリルはこの安さ、という見識が嬉しいよなあ。

オムレツ・ハヤシライスを食べていると、樹々の奥から「フンサーイ」とデモ隊の声。割れてくぐもるシュプレヒコールが響いてきて、そんな声も、都市の風物詩となる。デモ隊のシュプレヒコールを抒情と化す力が日比谷公園にはあるのだった。

松本楼が沖縄デーの日に放火され炎上したのは昭

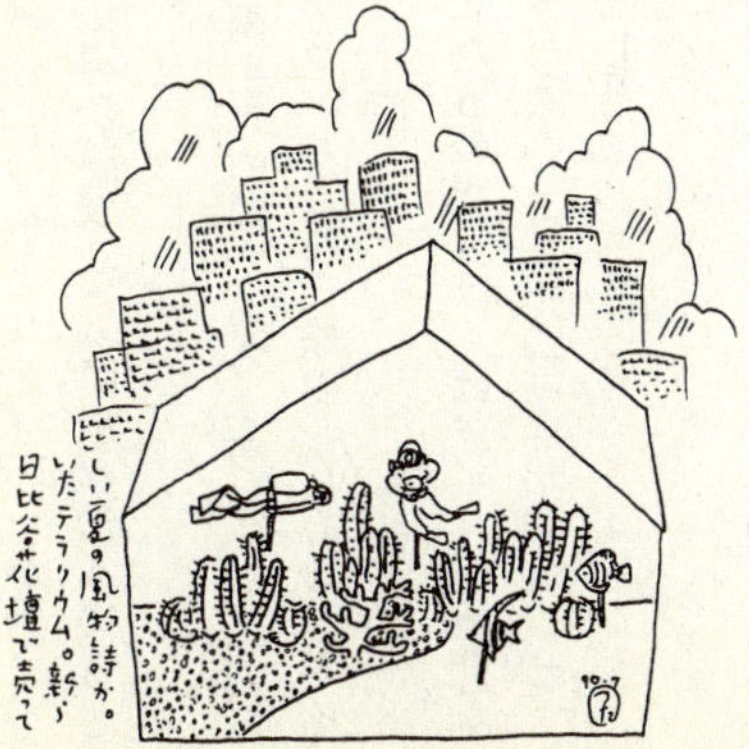

和四十六年だった。二年後に再建されてから、「一〇円のカレーチャリティー」が始まった。九月に一〇円カレーを出す（先着一五〇〇名）。日比谷公園とともに歩む松本楼らしい企画である。

松本楼の庭園の前には「首かけいちょう」。日比谷公園生みの親である本多静六博士が、日比谷交差点にあったいちょうを「首をかけても移植する」と言って移植したもの。明治の人は気骨があった。

雲形池のさきに野外音楽堂。ロックの音楽会によく来たものだ。ぼくは、ギリシャ悲劇（東大ギリ研）公演が記憶にあり、専太郎は泉谷しげる公演、ヒロ坊は野坂昭如コンサートの記憶がある。ロックの公演では混みすぎて死者を出したこともある。

雨が降れば中止になるナイター流のステージだ。

音楽堂の隣りは日比谷図書館と日比谷公会堂。日比谷公会堂はゴシック建築のモニュメントで、この前を通ると、ここで刺殺された浅沼稲次郎の顔が浮かんでくる。赤茶けた公会堂の壁にこげ茶色のニュースシーン（刺客がどーんとぶつかって浅沼氏の眼鏡がはずれて倒れる）が重なる。

そういった記憶の断層の上に、よく手入れされたフランス庭園のバラが重なっていく。

日比谷公会堂の横にフランス料理の南部亭。瓦屋根の一軒家で、ここのコースメニュー

（七〇〇〇円）の評判がいい。つぎに来ようとノートにメモをしていたら、通りがかりの青年に、

「東京旅行記のみなさんですね」

と声をかけられた。元気な声で、

「ハーイ。そうです」

なんて答えちゃった。

日比谷公園は青春の公園である。

季節季節の花が咲き、ケヤキ、クス、ツバキ、モッコク、ライラック、スズカケ、シイノキと植物の種類も多く、ムギワラトンボが飛んでいる。

六月のトンボ。

日生劇場では寺山修司の『王様の耳はロバの耳』を上演中。そのさきの宝塚歌劇は『ベルサイユのばら』の花・月・星組公演で、切符はすべて売り切れだ。

オスカル様の役は、月組・花組・星組から四人が交代で出演で、四人のオスカル様の舞台写真が描かれている。主役を数人でこなすシス

噴水の向こう側に日比谷公会堂

「ベルばら」の切符はすべて売り切れていた

テムは日本全国の学芸会と同じだ。

宝塚劇場の壁に、落書きがあり、

「ペー愛してる　カナメのブス死ね」

「真央様ステキ、命捧げます」

「カリンチョ最高、レズたちしたい」

「愛してるわ　結婚してちょうだい」

と、それは熱烈なものである。向いの芸術座では現代劇を上演中。

この一帯は、東京のブロードウェイ、といったところだろう。

かつての映画街は、シャンテという名のビルになった。中学生のころ、ここでクストーの『沈黙の世界』を観た。東宝ではのり平の東宝ミュージカル。

シャンテの前の広場は、有名俳優の手形とサインが舗石にはめこんである。加山雄三は「君といつまでも」。石坂浩二、西田敏行、岸恵子、森光子、などの名が見えた。これは一目でロスのチャイニーズ・シアターの真似であることがわかる。よくもまあぶざまな真似をするものだ。恥ずかしくてアメリカ人にバカにされそうだ。

シャンテ前広場の手形とサインは恥ずかしい

吹き抜けのアーケードのある三信ビル

下をむいて向いの三信ビルへ逃げこんだ。ざらついた黄土色のビルで古美術商あるいは探偵事務所のようで、周囲は落石防止の網で囲まれている。かつて、ナベプロの宣伝部が二階にあった。

ビルのなかは大理石の階段手すりが黒光りしている。旧式の五基のエレベーターがあり、これも東京の迷路だ。

浅草の東京クラブに似たビルで、一時代前のビルのセンスが、いまのセンスよりいかによかったかがわかる。二階に「警察官友の会」という一室があった。

日比谷交差点から有楽町駅を見れば、山手線の鉄橋が緑色で、鉄橋も林に見える。このあたりはタイ航空、ANA、スイスエアー、など航空会社がかたまっている。

皇居の堀からの風が、柳の葉を揺らし、日比谷一帯に吹きぬけていく。吹きぬけの風を舞うカラスの群れ。

有楽町のガード沿いには広東料理の慶楽。札幌ラーメンの芳蘭。それに錦江飯店。この三つのうちのどこかで夕食をとるのがぼくの日比谷デートコースだが、この日はガード下の焼き鳥屋でコップ酒だ。

これから大井競馬ナイターに行くのだ。

◎日比谷……その後のこと

帝国ホテルロビーのコーヒーは一〇五〇円。客はますますローカル色を強めている。公園内日比谷花壇の胡蝶蘭は二万二〇五〇円、店内は大小胡蝶蘭がそろっている。日比谷パークセンターのテラスのにぎわいは変わらず、ビール五五〇円、ミックスサンド六九〇円、車海老のフライ一四八〇円。ヒラメのフライは、メニューから消えている。松本楼一階グリルはますます盛況。庭園散策の紳士淑女が憩う。カニコロッケ一〇三〇円、ハイカラビーフカレー七三五円。人気はオムライスハヤシソース一〇三〇円で、チキンライスをふるふるしたオムレツでくるみ老舗秘伝のデミグラスソースがたっぷりとかかっている。おみやげ用レトルトカレーとハヤシソースが開発され人気商品となっている。名木首かけいちょうの梢もますますめでたく、毎年恒例のカレーチャリティーも健在だ。一〇〇円カレーに長蛇の列ができる。南部亭のコースは七〇〇〇円から一万五〇〇〇円までの四種で、素材をいかした魚料理の評判が高い。

根岸・入谷

キャッチフレーズのある町を歩きましょう。と見廻したら、「根岸の里の侘び住まい」があった。根岸のあたりは、江戸のころからウグイス鳴くところでこう呼ばれていた。浅草・上野の大店の別邸があり、文人が住んでいた。根岸三丁目のレストラン香味屋《かみや》で待ちあわせ。根岸一帯を散歩して、侘び住まいをのぞいて、入谷《いりや》の朝顔市で朝顔鉢を買う、というコースだ。

香味屋は、大正十四年に創業された洋食店である。味にうるさい高橋義孝さんがひいきにしていて、義孝さんは和食は柳橋の亀清楼、洋食は香味屋にきめていた。

香味屋の入口で柳の葉が揺れている。柳の枝に入谷朝顔市の提灯がぶらさがり、芙蓉《ふよう》の

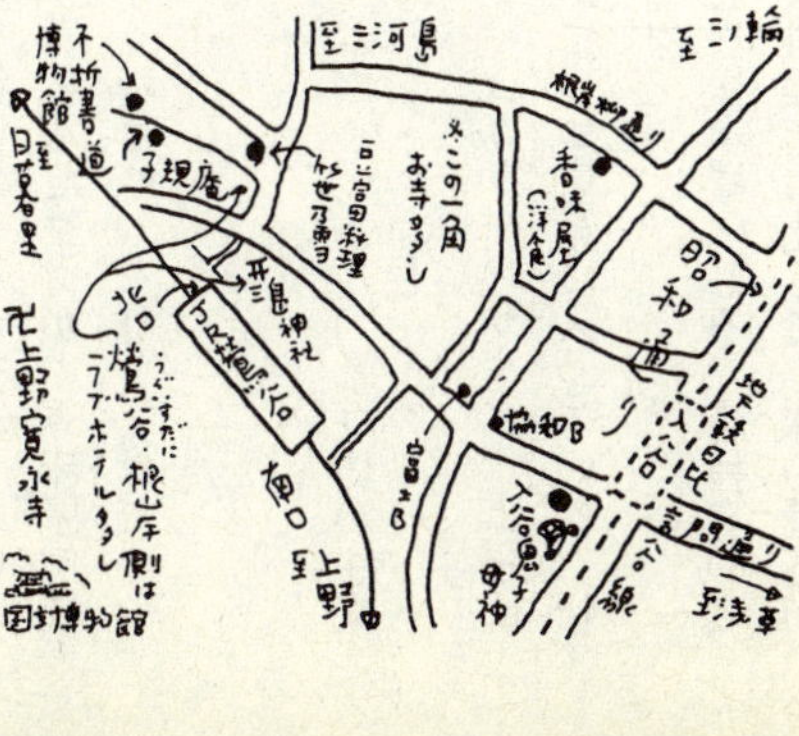

入谷・根岸あたり

白い花にかぶさっている。

芙蓉の木の根もとは紫陽花《あじさい》が咲き、花の気配も侘び住まいだ。植木がヘンクツ。「自然が人工を模倣する」と言ったのは、堀辰雄だが、町の植木や花は、「物を言わぬダンナ衆」で、けっこう伝統としきたりを重んじる。町の風情を、植木や鉢植えの花がしきっている。

香味屋でいいのは二五〇〇円のタンシチューだ。じっくり煮込んだタンが、香味屋伝統のソースとからみあって、やわらかく、こくがあり、口にふくむとゆっくりととけていく。舌が躍り出す。

一口食べて、うーむと目がとろけた。

専太郎が注文したメンチカツ（一六〇〇円）は肉汁がたっぷりとつまり、ヒロ坊が注文したチキンコロッケ、ハンバーグサンド、洋食弁当をつつく。

洋食弁当は三段重ねの塗りの重箱入りで、ローストビーフ、コロッケ、フライ、エビ焼き、卵、サラダ、ソーセージ、トリ焼き、といったおかずが二つの重箱に入っている。頼りになるおかずがちょっとずつ入った洋食弁当だ。どきどきする味。

こういったムカシからある洋食店は、資生堂パーラーにしろ松本楼にしろ、店特有のこっくりした深みがある。ヌーベル・キュイジーヌのフランス料理店に比して、味の骨格が太い。

料理に誠実さがある。

律義な味で奥ぶかく、なつかしくって、胸が熱くなる。

盛りつけにおどしがない、のも共通する。香味屋の料理は白磁皿に盛られ、上品で、しかも安い。テーブルクロスは薄ピンクだ。

ぼくらの周囲にいる客は、年寄りの人が多く、二階席は満員だった。

香味屋の一階玄関には、常連客へ渡す朝顔鉢が並べられている。

香味屋の向いの鮨・高勢の前も、ひいき筋へ渡す朝顔鉢が千鉢ぐらい置かれ、こういった、あたり全体の雰囲気が艶っぽい。

このあたりに下宿して、侘び住まいしたいなあ、と胸の奥がツンツンした。

子規の句「銭湯で聞く朝顔の噂かな」が頭に浮かんだ。

香味屋へ来る前に、入谷朝顔市へ寄った。朝顔市が開かれる入谷交差点と根岸一丁目交差点の間（約三〇〇メートル）は、歩行者専用になるにはまだ時間が早く、歩くのに往生した。歩く人の肩がぶつかって、朝顔鉢を買うどころではない。

ぎっしりとすごい人並みで、歩くだけで精いっぱい。夕方にもいち

柳が揺れる根岸界隈

洋食の「香味屋」は伝統の味

ど、出なおすことにして、香味屋へたどりついた。

金杉通りへ入ると、人の数が減り、通りに時代物の店が並んでいた。

小間物の松本屋の蔵。カマボコの和泉屋。いずれも明治の瓦屋根の家で、東京を歩くと、戦災から生き残った古い家がまだまだ残っているのにぶつかる。こういった家並の横丁へ入ると、明治の香りが暗がりに漂っている。

香味屋のある根岸三丁目から、うぐいす通りを歩く。遠廻りして朝顔市へ行くことにした。

「うぐいす通り」とうぐいすの絵が描かれた看板があり、これも、「侘び住まい」の感がある。

この通りは寺が多く、寺に隣接して白亜の下谷病院がある。ヒロ坊が、

「十年前に入院してたとこだよ」

と溜息をついた。病院の窓から墓が見える。ヒロ坊の侘び入院。

横の寺は真言宗の千手院で、門前に七夕の笹が揺れている。そのさきにそば屋の鉄舟庵。このそば屋には三年前入ったことがあり、山岡鉄舟の書があった。

道ばたで朝顔のテレフォンカードを買った。紫・赤・ピンクの朝顔の花と、入谷朝顔市の文字が入っている。その横の店では朝顔のガラが入った浴衣を売っている。

「ハナは枯れるがガラは枯れないよ」

と売り口上。

買おうかと思って財布を出すと、通りすがりのおばさんが、つられて、

「私も買う」

と真似されたので、しらけて買わずに逃げ出した。こういうことってありますね。おばさんは、

「あら買わないの、なら私もやめとこう」

だって。

朝顔市のぼんぼんに灯がともり、あたりがゆっくり暮れてくる。

通りの小学校沿いの根岸庚申塚《こうしんづか》には水が打ってある。猿田彦だから、「見ざる聞かざる言わざる」の三猿の石彫り塚。

塚の横の根岸小学校の壁に銀色の松がはりついている。壁一面に彫った松のレリーフで、侘び住まいの根岸は、このあたりからトワイライトゾーンになる。

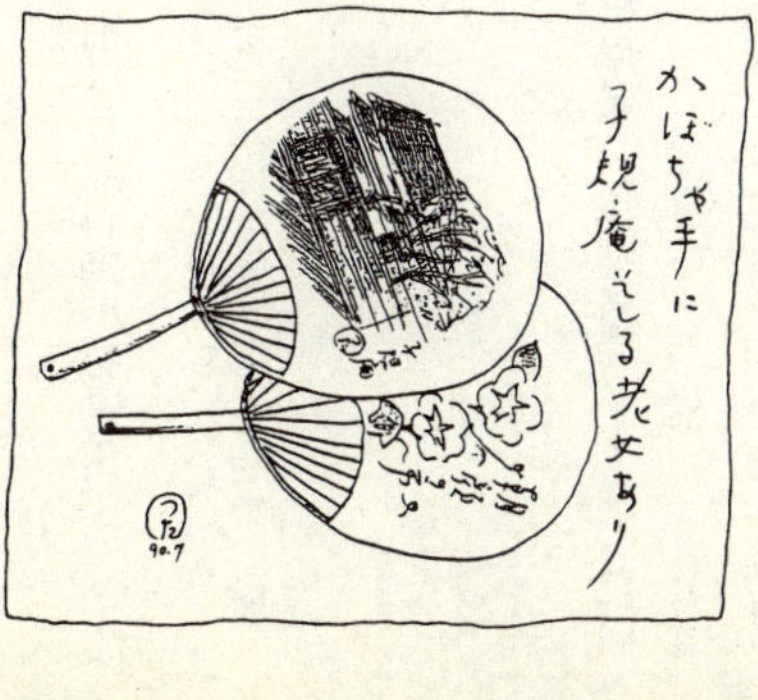

ビルに松の静脈がからみつく。

夕暮れになると、奇妙なものが目に見えてくる。根岸小の前は豆腐料理の笹乃雪。

正確には江戸名物豆富料理。

根岸の笹乃雪は、内田魯庵がほめ、獅子文六がほめた老舗だ。元禄に始まった店で、歴史はあるが、味にうるさい専太郎が、

「食べるのは、またにしよう」

と意味ありげな発言。

笹乃雪の脇を入って子規庵へ行く。

正岡子規が『仰臥《ぎょうが》漫録《まんろく》』『病床六尺《びょうしょうろくしゃく》』を執筆した家で、根岸派の短歌会場ともなった。

子規は、明治三十五年に逝去するまでこの家に住んでいた。

よしずがかかった木造平屋の小さい家が、かたくなに門を閉ざしている。開館は水曜日のみ。市川にあった荷風旧宅と似た造りで、質素である。「都史跡」の看板がなければ見過してしまう。

すきまから家の奥をのぞくと、小さな庭に芙蓉の白い花が咲いているのが見えた。家の内部には子規の遺品が展示されているという。すきまからのぞいていると、通りがかりの白髪のおばさんが、

「つまんないところだよォ」
と言った。近所の人はそんなふうに思うものらしい。

子規庵のななめ向いが書道博物館。画家中村不折《ふせつ》の邸宅だが、ここも休み。邸宅のなかに夏みかんの木があり、実がたわわになっていた。ビワの木も見える。

このあたりは連れこみホテル街で、こういった史跡はラブホテルに囲まれている。

RESTというのは「ご休憩」で、LODGINGとあるのが「お泊り」のことらしい。

すぐ近くの寺に七夕の笹がたてかけられており、願いごとの色紙に、
「セックス出来ますように（10回）」
と書かれていた。

暗くなりかけの町を入谷の鬼子母神《きしもじん》めがけて歩いていく。他人の町の夕暮れというのは、胸のなかがけむたくなる。

早いとこ暗くなってしまえばいい。

鬼子母神の前の通りは、自動車の交通を規制して歩行者専用となっ

根岸の里もラブホテルに囲まれて

鬼子母神（真源寺）はすごい混雑

ていた。

これなら歩きやすい。

「恐れ入谷の鬼子母神」である。境内入口には、朝顔市の提灯がずらりと並んでおり、入谷警察署のワゴン車が止められている。

鬼子母神がある側の道路に、約五十軒ほどの朝顔業者が並んでいる。紅白の幔幕《まんまく》の下に裸電球が下がり、棚の上にびっしりと朝顔の鉢が並んでいる。ハッピを着た売り子が威勢よく声をあげている。一軒で、三日のうち四千鉢ほどを売る。五十軒で二十万鉢。三日間で二十万鉢の朝顔が出る。売り上げ三億円。

一番多いのが三色あんどん造りだ。丸い輪に朝顔のつるが巻きついている。その他、ルコー、矢車、桔梗、夕顔、キヨコ姫といった名が見える。特注の鉢だと四〇〇〇円～五〇〇〇円の品もある。

宅配便があるから、三色あんどん造りを一鉢買って自宅へ送った。朝顔の鉢はほしいが、鉢をぶらさげて歩くのが、どうも面倒だ。

一人で二鉢も三鉢も提げていく人がいる。こういう人は、きっと近所の人なのだろう。若いお嬢さんが、売り子に、

「いいとこ二つ選んでよォ」

と言い、

「あいよォ、いいとこ、いいとこ」

とか言いつつ選んでいるのが楽しそう。売り手も買い手も遊んでいる。

「他人が持ってる鉢がよく見えてねェ」

と客が愚痴を言う。

「つるをつんじゃだめよ。つるは輪へ巻きこむの。せーから水のやりすぎもだーめ」

専太郎はあんどん造りを買い、持ち歩いている。専太郎が、「一鉢ぶらさげて歩くのが粋てえもんなのだ」と講釈した。なるほど、朝顔鉢を持ってる人は、みんな晴ればれとした顔をしている。一仕事終えたすっきりした表情をしている。

人混みの間を、朝顔鉢をつんだ台車が行きかい、子規の句「入谷から出る朝顔の車かな」が、実感としてわかった。

通りがわっさわっさして、タコ焼き、ハッカパイプ、みそおでん、ラムネ、あんず飴、といった屋台が並び、その暗がりに朝顔の鉢がた

入谷朝顔市は毎年七月初旬に開かれる

てこむのは、入谷ならではの味わいだ。

九日、十日はすぐ隣りの浅草でほおずき市となるし、下旬は隅田川花火大会で、七月のこの界隈は、なんだかんだと浮世絵みたいににぎやかになる。

◎根岸・入谷……その後のこと

根岸柳通りを入って、ぷうんと香りがしてきたなと思ったら、その先が香味屋である。タンシチュー三二三〇円。メンチカツ二〇七〇円。孝行息子を気取って、親を連れていきたい店である。うぐいす通りの寺町を行くと、ヒロ坊が入院していた下谷病院はなくなっていた。金属フェンスに囲われた空き地になっており、タンポポが揺れていた。将来的には公園になるという噂。笹乃雪は豆腐六品のコース二五〇〇円。子規庵は月曜のみの休みとなって、訪れやすくなった。入庵料五〇〇円。子規絶筆の句は「痰一斗糸瓜の水も間にあはず」でしなびたヘチマがぶら下がっている。子規終焉の間から外を見やると、庭先に糸瓜があった。文机があって遺品かと思ったら、これは複製したもので、ほんとうの遺品は九月の糸瓜忌にあわせて展示される。書道博物館は新装となり、入館料五〇〇円。さらにその向こうに林家三平の記念館であるねぎし三平堂がある。鬼子母神の朝顔市は七月六・七・八日の三日間。朝顔売りの声を聞けば、東京に一気に真夏がやってくる。

神田古書店街

九段下から神保町通って駿河台下までの古本街を歩く。

ほぼ一キロほどの街並だが、このあたりは、すさまじい地上げ攻勢にあっている。神田名物・本の町といわれた古本街だ。いまのうちに見ておかないと、とせかされる気分で俎橋《まないたばし》から、つんのめって歩く。すさまじく暑い。

高速道路の下を流れる神田川は濃緑色によどんでいる。かつてのドブ色時代よりはきれいになり、鯉やアヒルが泳ぐ一角もあるが、それでも、まだ汚れている。神田川をカヌーで下る連中がいる。水面はさぞかしくさい

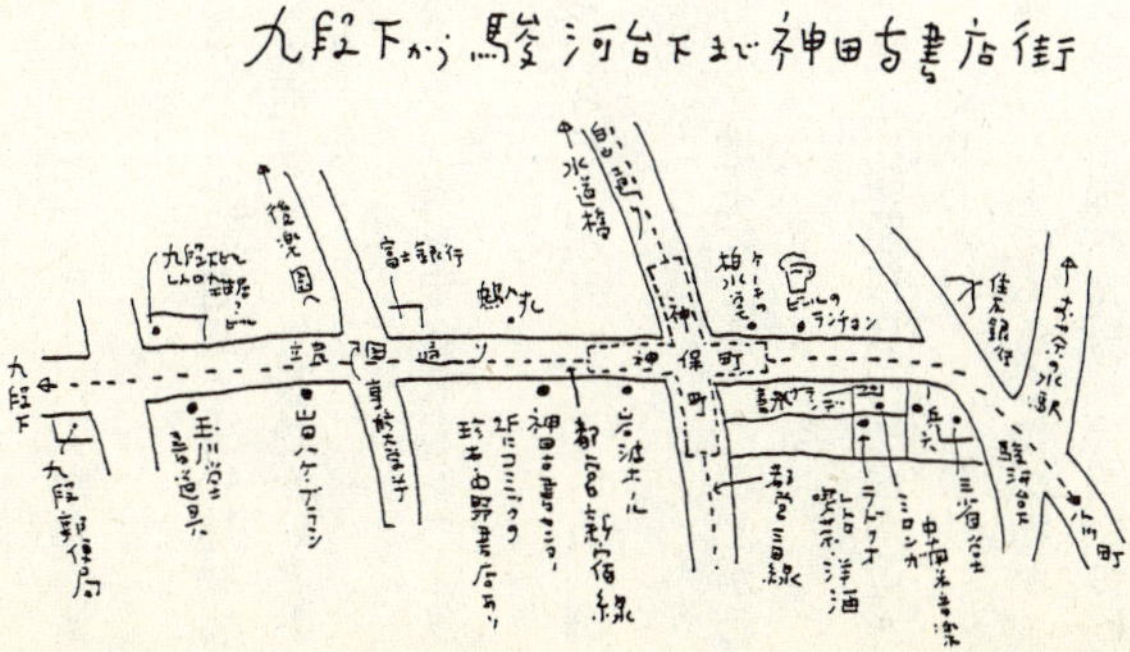

であろうと同情する。

下水管から、ドブ水が神田川にジャブジャブと流れ出ている。ここまできたのだからもうひと押しきれいにすればいいのに。

俎橋の対面に中根式速記のビル。このあたりが様変りすると思うと、目線が古い建物古い看板へといく。なくなっちまうと思うといままで何気なく素通りしていた景色がいとおしくてならない。

古い天地食堂の木製ウインドーに昼食メニューがある。ポークソティ定食、ハンバーグと豚肉ショーガ焼き（味噌汁つき）をしげしげと見た。

食堂の隣りの書店は、閉められて、ベニヤ板に「閉店のお知らせ」が書かれている。御用の方は大宮店まで、とあった。

その隣りはペンギン文庫と記されたビル。この店も閉められて地上げにあったことがわかる。壊してしまうのがおしい大正モダーンの造りである。

そのさきの筆墨店・玉川堂《ぎよくせん》のショーウインドーをのぞくと、赤絵龍紋様の陶硯が置かれていた。永青文庫（細川家）収蔵の硯とそっくりなのでびっくりした。

びっくりした勢いで買い求めて話を訊くと、中国景徳鎮製のコピーであることがわかった。玉川堂は文政元年に創業された老舗で、主人の斎藤彰氏が、中国へ文房具の買いつけに行く。名硯を手ごろな値で売っている。

玉川堂はもとは筆屋で、漱石や荷風がこの店の筆を愛用していた。店内へ入ると、墨の香りがヒンヤリと漂い、客の気分を文人にしてくれる。香りが気をひきしめる。

ヒロ坊が筆と便箋を買った。

玉川堂の隣りは洋服屋で閉店セール中。一五〇〇円紳士ワイシャツが、さらに三〇%引きとなっていた。

この道筋は、店主に気力がないと、生き残るのが難しい。地代がべらぼうに高いから、地代のことを考えると地味に商売やるのが嫌になるはずだ。店の気合いが店頭に出る。

そのさきに山田ハケ・ブラシ店。

表具用・製本用・うらうち用と、ありとあらゆるハケが揃っている。

料理用ハケ、レコードブラシ、襟のゴミトリ、犬ブラシ、健康タワシ、ヘアブラシ、爪ブラシ、換気扇ソージハケ、人形用ハケから歯ブラシに至るまで、ハケというハケ、ブラシというブラシが揃ってい

活字文化の拠点はいつまで持つか

店は閉められて看板だけが残っている

る。

ぼくは、プラスチック製の丸ブラシ（頭をガリガリこするやつ）を一つ買った。ハケとブラシに対する執着心におどろいて、店の主人に声をかけたら、

「江戸時代からやってんだい。親がハケ屋だからしょうがンねえだろ」

と言われた。玉川堂のほうをさして、

「でも、筆屋のほうが古いよ」

とくやしそう。

江戸ッ子まるだしの主人である。

このあたりから、古書店が多くなる。ムカシ、身を切る思いで売った本が思いのほか安く売られている。冬樹社版『坂口安吾全集』が安く揃っているのを見て、ヒロ坊が溜息をついた。『岩波講座日本歴史』二三巻揃いがべらぼうに安い。平凡社版『大事典』一三巻揃いが七〇〇〇円。この揃いは、どこかの図書館から来たらしく、背の図書整理票をはがしたあとがある。

小学館百科事典一三巻が三五〇〇円だ。一冊単価が三〇〇円以下。こうなると百科事典も情けない。一冊三〇〇円以下じゃ、送料より安く、こういうのは版元が買い戻して、断裁してやるのが本の名誉ではあるまいか、とかなんとか編集者の心情を考えた。

古書店へ入るとふわーんとすえたすっぱい香りがする。悠久の森へさまよいこんだ香りである。涼しくて鼻にツーンとくる。

それに対し新刊を置いてある書店は、甘さがとろけている。本の花園だ。

それぞれ独自の香りだが、洋書専門店になると、これが、またひとあじ違うのね。

甘い香りでありつつ、その甘さに油っぽさがある。ヨーロッパのこくがある。バターの味がして、油っこくて甘くて、それでいて妙にせつなく哀愁がある。

洋書の北沢書店に入ったとき、そんな香りがした。〈SHAKESPEARE 1.2〉と表示があるのを見るだけで、ロンドンにいる気分になった。

かと思うと、芳賀書店一階はアダルト・ポルノ専門。ビニ本の類に混って篠山紀信の『TOKYO NUDE』が置かれている。

神保町交差点までの五〇〇メートル区間を歩くの

九段下のレトロ雑居ビル
あと何年残っているだろうか

に三時間かかった。

街の密度が濃い。

店の濃度も深い。

だから、一軒一軒に時間がかかる。

町を歩いている人は学生が多い。中国の人民帽かぶった学生。ジーンズに運動靴。

大学教授、学者もいる。一見して学校の先生とわかる人が、度の強い眼鏡ごしに書棚をあさっている。紫色の風呂敷包み。

外国人も多い。このあたりの外国人は、いずれも地味で学者タイプだ。青山や六本木の外国人のように派手ではないが、そのぶん落ちつきがある。

学術の町である。

ここは、活字派人間の拠点である。

神保町交差点には岩波ホール。映画『ローザ・ルクセンブルク』を上映中。次回ロードショーは『チュッ・ニャ・ディン』。

ホールの裏側は岩波書店。二十年前は、ツタの葉が繁った木造建築だったが、現在のビルは倉庫みたいで納骨堂を思わせる。

オバQビルと言われた小学館のビルは、出来た当時は「凄い！」と思ったけれど、いま改めて見ると、どこにでもあるごく普通のビルである。

小学館の隣りに集英社の大理石ビル。これも暗い。出版社っていうのは、ヨースルニ、どこもかしこも暗いことがよーくわかる。

神保町から駿河台下へ向かう道は、右側が古書店街で、左側はいろんな店がある。

左側へ渡って歩くと、池田弥三郎おすすめのマロングラッセを売っている柏水堂。そのさきにスポーツ用具店があり、も少し歩いてビヤホール・ランチョンへ入る。

神保町を歩くと、ランチョンへ行く、という定番の店だ。客は、古本屋からの流れで、大学教授ふうの人が多い。

ゆったりと落ちついた店で、神保町ならではの店だろう。生ビール飲みつつ、一二〇〇円のサーモンムニエルとジャーマンポテトを注文する。あと一五〇〇円のエビフライ。

学生のころは、この一帯は理想の学術街だった。ここを歩くとオリコーになった。神田古本街を歩くことによって、バクゼンとした教養にふれようとした。

〝萬年筆の病院〟の「金ペン堂」

ビヤホール「ランチョン」の店構え

新宿を歩くときは不良で、渋谷歩くときはフーテンで、神田歩くときはオリコーさん。町によって自分を使いわけた。

だから、このあたりには、ぼくの青春が、照れて恥ずかし気に残っている。

活字文化に理想があり、学術に希望があった時代のユートピアがここの一帯だった。インターネット時代の現在では、すぐ隣りの秋葉原へ、それが移りつつある。

生ビール飲みつつ、ヒロ坊、専太郎と、

「メディアの推移に関してアレヤコレヤ。カッテニシヤガレ」

とエラソーに論議した。

ランチョンの二階の窓から向いの古書店街が見える。古びた油絵のような店舗が、モルタル造りで並んでいる。

ランチョンを出て、タキヰ種苗店へ入り、多摩川水石展を見る。河原の石の形のいいのが一コ一〇〇〇〇円。一番いいのは八〇〇〇〇円。いろんな趣味があるものだ。

その隣りが金ペン堂。名前がいいよなあ。

「萬年筆の病院」

という看板がかかっている。壊れた万年筆を直してくれる。

デュポン、ウォーターマン、モンブランといった高級万年筆が並んでいる。外国製の万年筆を日本字が書きやすいように、ペン先を調整してくれるのが金ペン堂の特色だ。やることに思いやりがあり、芸が細かい。

外を歩くと暑いから、三歩歩いてすぐ隣りの店へ入る。店内は冷房がきいている。だからなかなか進まない。

有川旭一著『イガグリくん』のマンガ本が二万五〇〇〇円。手塚治虫著『まんが平原太平記』が二三万円。マンガ雑誌ガロ（創刊号より二七五冊）が一六万円。

シナリオを売っている矢口書店には、「キネマ旬報」が創刊号より揃っている。手前の一冊をとりだしたら三〇〇円（一九八一年のもの）だった。

そうこうするうち、気分が盛りあがり、浮世絵を買った。国周《くにちか》の芝居絵三枚つづりセットがあったから、七セット買った。で、隣りの店へ行くと同じ国周の芝居浮世絵が一五万円だった。大いに得をした。この一帯は、浮世絵の掘り出し物がまだまだある。そのへんの事情は、あまり詳しく教えたくないが、反面自慢したくもあり、ムズムズする。

古くからの名店が裏通りにある

書泉グランデの裏通りに名店が三つある。

焼酎の兵六。

ラテン音楽のミロンガ。

喫茶と洋酒のラドリオ。

どの店も格があり、静かで、上等の店である。ぼくらは、ラドリオでビールを飲む。レンガ造りの昔の洞窟みたい。テーブルはがたがたで、入口の木製の扉が時代物だ。カウンターのとまり木に、ストロー・ハットの老人が坐ってウインナーコーヒーを飲んでいる。そいつがじつにさまになる。

なんだか涙ぐんでしまうムカシのダンディズムがあり、ぼくらは、何杯もグラスをかわしつづけた。

◎神田古書店街……その後のこと

中根式速記のビルは防塵ネットをかぶり、うしろの壁を削られつつもしぶとく現存するが、天地食堂は消えた。玉川堂ショーウィンドウには、新端渓硯八万円が飾られていた。

靖国通りは、バブル崩壊後、地上げ攻勢は沈静化していたが、ふたたび町の景観がかわるビル建設がすすむ気配だ。大学の新校舎建築が目立つ。神保町交差点付近は再開発がひと段落し、東京パークタワー、神保町三井ビルディングがそびえたために小学館オバQビルはますます風格が上がった。世界最大の古書店街は、老舗が惜しまれつつ姿を消すいっぽう、新たに参入する店も増え、戦国時代に突入している。とくに靖国通り両側の裏道に、風雲古書店が多く、タキイの種の裏あたり、古書ニューウェイブの火つけ役の、雑誌「彷書月刊」編集部周辺がとくにおもしろい。また、長年のごひいき、白山通り沿いの日本書房、専修大学そばの西秋書店も、二代目、三代目の活躍が頼もしい。ビアホールランチョンは、生ビール五九〇円。サーモンムニエル、エビフライともに一六〇〇円。ランチのハンバーグとサーモンフライ盛り合わせ一〇〇〇円はお得。

九段・北の丸公園

九段下の寿司政で待ちあわせ、上握りを三人で五人前注文する。この量がちょうどいい。上握りには、メネギが入っている。きばって特上を注文するとメネギが入らない。寿司政は一八六一年に出来た店で百三十年の歴史がある。店が九段下に来たのは大正二年だ。この店は、ぼくが会社勤めをしていたころの散歩コースで、よく昼食に出かけた。寿司政で食べるのはいつも昼になる。昼酒と昼寿司。

奥の帳場にちょこんと坐っているオカミとはもう二十年来の顔見知りだ。

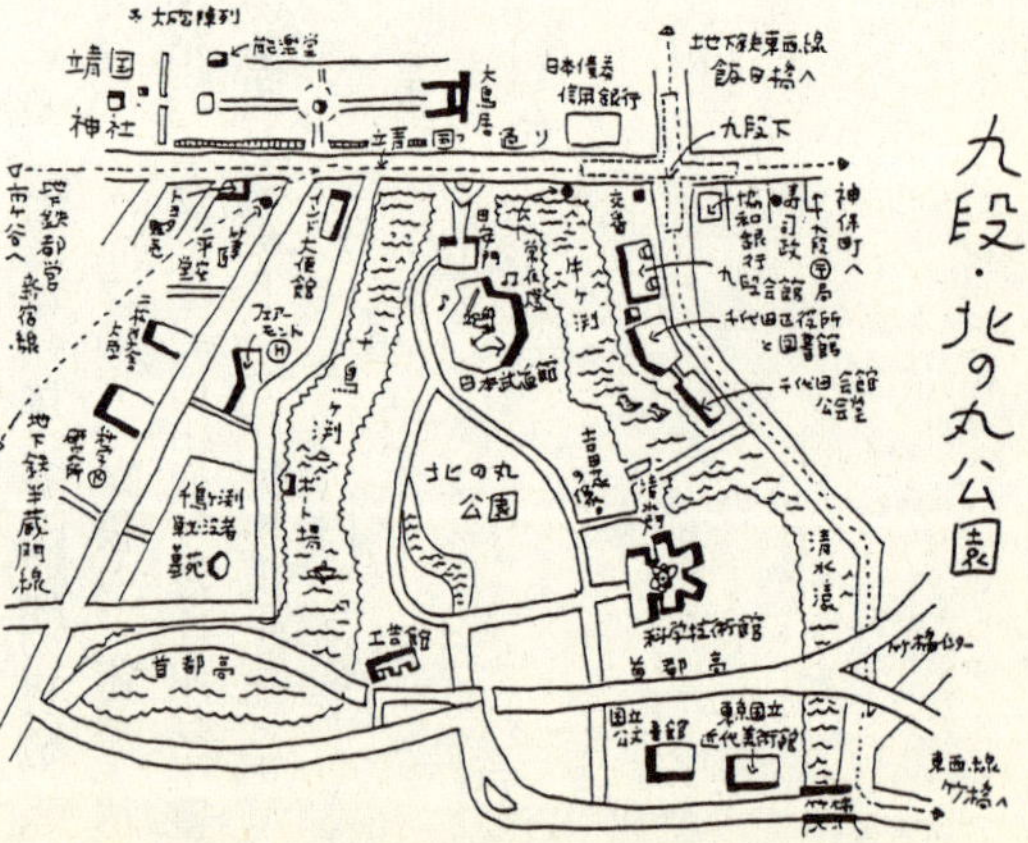

寿司政で腹ごしらえをしてから竹橋まで歩いて近代美術館へ入る。めいっぱい食べて、トローッとして歩くのがいい。

手塚治虫展を見た。手塚治虫の原画一五〇〇ページぶんを展示している。館内は若い人たちでいっぱいで、近代美術館がこんなに混んでいるのをひさしぶりに見た。

展示は、原画のほか『新寶島《しんたからじま》』『火星博士』『怪盗黄金バット』（以上一九四七年刊）の初版本から『鉄腕アトム』（一九五六年）まで、かなり充実している。手塚治虫の壮大な力技をまざまざと思い知らされた。

生前の手塚治虫氏をアラスカの空港で見かけたことがある。サインを貰おうとしたが遠慮した。息子の手塚眞は、日本のスピルバーグになる才能がある。かつての治虫ファンは、カツモクして手塚眞の映画を見守ろう。

四階に上って喫茶室でアイスコーヒーを飲んでいると、売店のおばさんに「漫画も芸術ですかねえ」と質問されてしまった。漫画も手塚治虫までなれば芸術です、と答えて汗をふくと、窓のガラスの外の高速道路はトラックやバスが渋滞していて、車の窓がギラッと輝いた。

高速道路沿いの樹々の緑は濃く、モリモリとふくれている。

夏まっさかりである。

三階、四階の常設室に入る。特別展を見てから、人気《ひとけ》の少ない常設室に入るのがよろしい。

古賀春江の春。岸田劉生《りゅうせい》の麗子像。速水御舟《はやみぎょしゅう》のアサガオ、小林古径《こけい》のトウモロコシ。いずれも教科書や画集でおなじみの作品だ。

速水御舟のアサガオは、タイトルは「暁に開く花」。朝顔が血の色である。血の色の花が、まだ薄暗い朝がたに、じわりと咲こうとしている。不気味な絵であった。

「川端龍子の作品はオレと似てるなあ」

と感心していた専太郎が、横山大観の絵を見て、

「大観のほうがオレより上手だ」

と脱帽した。

大観の作品は「暮色」。

近代美術館を一度出てから坂を上ると、レンガ造りの旧近衛師団司令部（重文）があり、そこが近代美術館の別館になっている。陶磁、染織、竹木、金木、ガラス、漆などの工芸品が常設されている。

別館は訪れる人は少ないが、落ちついてゆっくりできる。本館から別館へ行く途中、右側に内閣文庫。江戸幕府の和漢古書がある。ぼくが専攻した徒然草も原本は内閣文庫だ。

蟬が耳になぐりつけるように鳴いている。ウィーン、ウィーンとチェーンソーみたいのがあれば、ジイジイと胸をしめつけるのもあり、ツクツクボウシが混って痴話ゲンカ。蟬の耳鳴りだ。

別館から科学技術館へ向かう一帯は蟬蟬蟬蟬蟬蟬で、深山幽谷の趣があるが、ここが東京のド真中なのである。北の丸公園で、つまりは江戸城内だ。

木陰に機動隊の車が止って隊員が読書している。機動隊員は、こういう場所で誰の本を読むんだろうか。のぞきこむと漫画だった。

その横をジョギング男が走り去る。時計を見ると午後三時。平日のこの時間に、皇居周辺をジョギングする男って、いったいどこの会社の人なんだろうか。

くそ暑いなかを、汗ダラダラ流して、思いつめた顔で走っていく。白昼の異常者か。走る狂気。おそらくどこか官庁の人間だろう。

科学技術館は入場料五一五円。五階建てで、バイコロジー、コンピュータ、電力、通信、科学、食糧、宇宙開発の展示がある。十年前、ロボット展があって、それ以来だ。一階で水の展示会をやっていた。

国立近代美術館。常設室や別館も楽しめる

武道館では少年柔剣道大会が行われていた

展示場で富山の水をタダで飲む。そこにいた人に、「日本ではどこの水が一番うまいか」と質問したら、

「ふるさとの水。それぞれの人のふるさとの水が一番おいしい」

と教えられた。なるほど、なるほど。この人は、同じ質問を何度もされるらしく、答えなれている。説得力がある。

四階で地震ショーを見た。客が少なく、立ち止まるとここぞとばかり説明してくれるから立ち去りにくい。振動によって高層ビルがどう揺れるかを模型で見せてくれる。都庁ビルの一階でこれをやったらさぞかしうけるだろう。アークホーン放電実験をやってから科学技術館を出る。

北の丸公園は、ジャングルの様相を呈し、夜はアベックが多いのだろうが、蚊も多いと察せられる。白いハチスの花、赤いハチスの花、サンゴ樹、くす、くぬぎ、桜の間を黒アゲハが舞っている。吉田茂銅像。その下を網を持った昆虫採集少年が歩いていく。シオカラトンボが飛び、夏がむれている。後方のビルがなければ上高地だ。四方を高層ビルに囲まれた公園だ。

森をくぐりぬけると、目前に武道館。この建物は外国人は気になるらしく、何度か「モスクか?」と尋ねられたことがある。

武道館では、東京少年柔剣道錬成大会をやっていた。剣道少年、柔道少年が入口を出入りしている。

館内は汗が充満している。武道場特有の匂いで、練馬対三宅島の剣道団体戦。四対三で練馬の勝ち。武道館地下にあるレストラン武道は、カレーライス五八〇円。ナポリタン六〇〇円。チキンピラフ五〇〇円か。値段なんぞどうでもいいが、値段を見るとメモするくせがついた。

武道館入口で、警察官募集をしていた。正確には警察官採用試験申込所だ。このところ警察官も人手不足だ。警察官に、

「誰かいい人がいたら紹介して下さいよ」

と頼まれた。

武道館から田安門を出ると、石垣がじつに立派なことがわかった。江戸城だもの。地方の城下町を旅行して城門を観光するが、田安門のほうが格上だね、江戸城だから。

ここの堀は、春は菜の花が咲き、秋はヒガンバナが咲く。堀の横の灯台は、江戸浮世絵にも登場する名所だ。

九段の平安堂で紙と筆を買う。

文具店があるとすぐ入ってしまう性癖がある。店内には、文房四宝（筆・墨・紙・硯）と、水滴、文鎮、筆立、筆架、墨台、矢立のたぐいが並んでいる。

靖国神社へ参拝するため、あまり買えない。靖国神社は、かつてはぼくの散歩道だった。梅の季節は梅見に来た。

境内の売店で、玉音放送カセット、軍人勅諭、教育勅語を売っている。陸軍階級章も売っている。

参拝する遺族が遺品代りに買うのだ。

社務所横の告知板に、陸軍伍長の一文が書かれている。

「生前の言凡て遺言なり」

とある。

この人は二十八歳にして戦死した。「生前の援助を深謝す。遺言となし」とある。

戦没者を祀る靖国神社

文具の平安堂。見るだけでも楽しい

こういうの読むと涙が出てくる。

境内で苗を売っている。一鉢三〇〇円。

くちなし、やつで、しゅろ、さかき、もっこく、いちょう、あかしや、さくら。境内植物園で栽培したものである。神木である。

「神木の苗が各地に育ち、やがては国土緑化の一助となるよう……」

の説明がある。

あまり知られていないが、境内には戦艦大和46糎主砲砲弾がある。軍艦陸奥が装備していた砲がある。嘉永二年（一八四九）鋳造の大砲もある。97式中型戦車もある。

びっくりしたのは特攻兵器の人間魚雷・回天があることだった。これには、いままでぼくも気がつかなかった。専太郎が、

「戦うワンルーム」

と評し、ヒロ坊が、

「突撃するカプセル・ホテル」

と解説した。いずれにしろ、こんなのに入るのは嫌だなあ。カミカゼは空から突っこむから突撃の美学があるけれど、人間魚雷は、ひた

靖国神社境内にある人間魚雷・回天

すら潜行する殺意があって、ゾーッとした。おぞましく、おそろしい武器である。

回天の横のベンチは富国生命の広告入り。靖国神社のベンチにコカ・コーラだのＩＢＭだのアメックスの広告が入っているのは困るんだろうなあ、と話しつつ九段会館へ向かって歩く。

寿司政のすぐ近くが九段会館だから、これで北の丸公園を一周してしまったことになる。

九段会館屋上のビヤガーデンがいいんですなあ。

ルリ色の屋根瓦で、格式があって、いまどきのビヤガーデンとは格が違う。眼下にお堀が見え、その後方に武道館、その奥に靖国神社の大鳥居。

江戸浮世絵のなかでビールを飲む。九段の坂の空中庭園。

夕暮れが美しい。グラデーションがついたオレンジ色の浮世絵のなかに、サッポロビールの提灯がゆれる。

ビール五五〇円、黒生八〇〇円、エダマメ三〇〇円、ミックスピザ六〇〇円。

蟬の声が風に乗って流れ、ハワイアンの曲が流れ、都市の風が吹く。

嬉しいことに黒タイツのバニーガールがいるんですよ。

文句ないですね。料理は九段会館だからレベルが高い。この屋上でビールを飲んでいると、科学も漫画も英霊も、すべてをのみこんでしまう東京という町のしたたかさに、舌をまくことになる。

◎九段・北の丸公園……その後のこと

寿司政は昼は一人前一八〇〇円から。近代美術館は入館料四二〇円。併設のレストランは外からはいることができ、テラスから皇居の平河濠が見える。内閣文庫はいまの国立公文書館。科学技術館は入館料六〇〇円。売店には科学玩具が目白押しで、子供に負けじとお父さんも科学少年の眼になっている。武道館地下一階のレストラン武道はカレーライス九九八円だが、とても力が出そうにない味。文具の平安堂で売っている一字印がしゃれていて、二五〇〇円。平安堂前の内堀通りを南へ進んでいくと、左側に日本橋から移転した山種美術館がビルの一階にある。靖国神社の境内売店では、もう玉音放送カセットや階級章などは売られていない。境内にあった戦車や回天などは、新しくなった遊就館に展示されている。ホール内に零戦、機関車があり、そこから奥への入館料は八〇〇円。九段会館のビヤホールは五月中旬から八月末まで。ビール（M）五五〇円、（L）六五〇円。エダマメ三〇〇円。ミックスピザ六〇〇円。ドカンと飲むなら、飲み放題が二時間二〇〇〇円。待ちに待ったオープニング日になると、ビール党がわんさか集まってきて、サンバのダンサーが踊り歩くなか、クイクイとジョッキを空けるのであった。

原宿

原宿は、歩くのが恥ずかしい。

原宿を歩くのはガキばかりで、このところ、気のきいた高校生もさけて通る子どもだましの町だ、とされている。

その通りである。

その通りだが、正直言って、ぼくは面白かったね。ぶっとびました。原宿は、熱にうなされている。こんなに血走っているんだから、日本中の田舎のアンちゃんネエちゃんが来たがることが、よーくわかった。ようするに、メチャクチャである。

パリと明治神宮とイカ天とディズニーランドとたこ焼きと学園祭とNYをうどん粉と水でこねて焼いておたふくソース

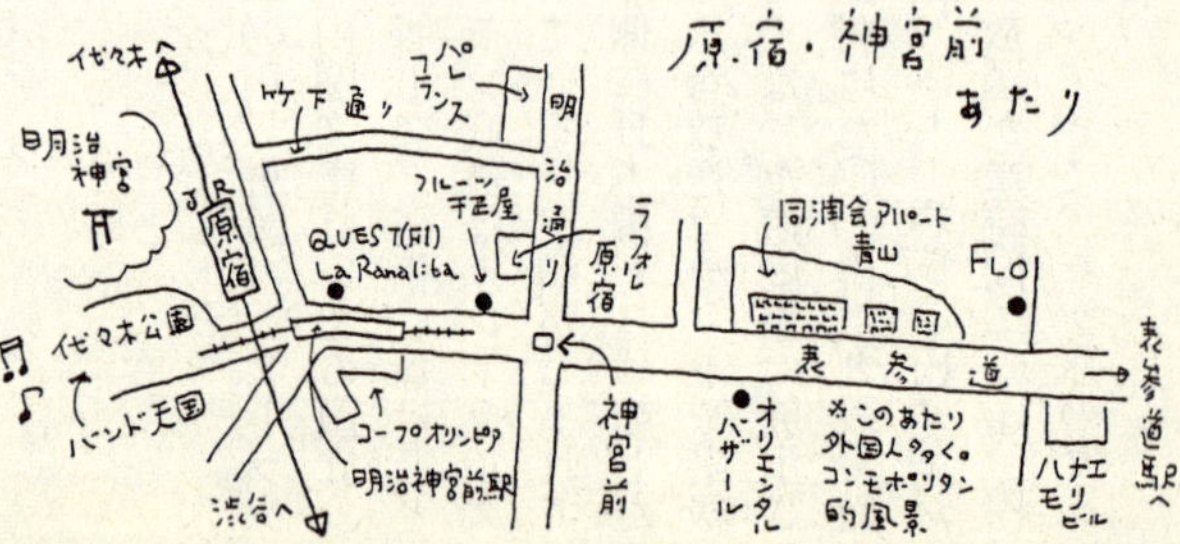

で味つけしたようなメチャクチャさ。

その焦げかげんに妙な味がある。

東京のプレッシャーである。

こういった繁華街は、日本で初めてである。新宿とも違い、渋谷、池袋とも違い、六本木とも違う。原宿は稲妻が落ちて廃跡となった市場である。

ホコテンを見てそう思った。

原宿のホコテンのストリート・パフォーマンスは、駅から代々木深町交差点までの、オリンピック道路で日曜日に行われている。

これがはじけていた。

こんなに便意をもよおすとは来てみるまで知らなかった。オリンピック道路の一〇〇メートルほどの両側にロックバンドがずらりと並んで演奏している。かれこれ七十組はあろうか。いや、外にはみ出した連中も入れれば百組ぐらいに達するかもしれない。

髪の毛を赤や紫に染め、ウニのイガみたいにとんがらせたパンク連中が、ビール箱の上に乗って唄い、その周囲でグルーピーがとんだりはねたりして踊っている。そのすさまじいこと。

終戦直後の闇市の活況だ。

路上に巨大なアンプが並ぶ。アンプを運ぶトレーラーが並ぶ。トレーラーにはバンド名が書かれている。書かれていないトレーラーはレンタルだという。ロックバンドがそれぞれ自分の曲を演奏するから、音は混って何が何だかわからず、爆音が渦を巻いて天に昇っていく。

それでも、それぞれのグループのファンは手を空手の型のようにつき出したり、ぴょんぴょんはねたりし、グルーピーのボス娘は、クルマの上でラッキー・ストライクをふかしている。

はっきり言って不良イカレポンチ溜り場ですね。

道路は見物客とグルーピーの肩がふれあってなかなか進めない。

この活況は、かつての全共闘ののりがある。イデオロギーに代って、ロックとパンクが人気となった。ゼンガクレンのヘルメットに代ってモヒカンがりと黒革ジャンパーがファッションとなった。

道路のはずれでは奇妙な五人家族が変装して踊っている。六十歳ほどの父が笛を吹き、魔法つかいみたいな母親が踊り、ランドセル姿のデブ娘が坐っている。イジョーな感じ。

ホコテンのパフォーマンスは、まず①表参道の暴走族から→②竹の子族となり→③ロックン・ローラー族→④一世フービ族→⑤アマチュアバンド族となった。

一時にくらべて下火というが、なんのなんの、ますますクレージーだ。このホコテン風俗がいつまでつづくかは原宿警察署の腹ひとつだと思われるが、つぎはなにがはじまるんだろうか。

外国人の見物客がやたらと多い。

ここへ来る前日、国立町内会の滝田ゆうさんが亡くなった。五十八歳だった。滝田さんは寺島町の出身で、下町の人情漫画を描きつづけた人だった。

ぼくは、滝田さんが亡くなったことを知らずに原宿に来て、ヒロ坊、専太郎と待ちあわせた喫茶店でそのことを知った。

ハナエ・モリビルのテラス喫茶で、ヒロ坊が持っていたスポーツ新聞で、滝田さんの死亡記事を読んだ。

悲しくて胸がざわざわとさわぐ。

その足でフロ（ＦＬＯ）へ行く。

フロはパリで伝統的な古いレストラン。ブニュエル、サルトル、アラゴンも来た、アールヌーボーの店。天井は高く、バロック調のしっくいとシャンデリアの店。パリの店構えをそのまま再現した店で、い

日本中の若者が集まってくる原宿駅

戦前からある同潤会青山アパート

まの若い女の子が、一番来たい店だという。

専太郎がエスカルゴを注文して、ぼくはフォアグラ、ヒロ坊がはまぐりマリュールを注文する。

店が豪華なのに値段が手ごろなのは、すかいらーくの経営だからである。はまぐりのマリュールを一口食べたヒロ坊が、

「ショッパイ！」

と言って顔をしかめた。ためしにぼくも食べてみると、塩がビリッと舌先にしびれてのけぞった。

「塩の量をまちがえたんだよ」

「もともと、こういう料理じゃないの」

「聞いてみるのも悪いしな」

三人でヒソヒソと額をよせあって相談したが、結局、すべて残して店を出た。はまぐりの死海沿岸風塩辛シチュー、と命名した。この店は長つづきしないだろう。

フロの隣りは大洋漁業が経営するシーフード・レストラン、マンボーズだ。その隣りがロイヤルホストの高級店アペティート。このあたりは、有名企業の高級店が多い。

表参道沿いの同潤会青山アパートは、ほとんどがブティックになっている。画廊、はり

院の看板もある。

同潤会アパートは、風呂もない戦前のアパートだが、まだ住んでいる人がいる。コンクリート造りのカチンカチンの建物だから、一見ボロボロでバラック長屋に見えるが、そのじつガンジョオなのだ。

ヒロ坊が二十年前買おうとしたら、三五〇〇万円だったという。同潤会のは、風呂がないので、近くの古川アパートにした。古川アパートはプラザ青山と名を変えていた。

表参道の回転元禄寿司は客が満員だった。

回転寿司の隣りは、赤塗りの平等院のようなオリエンタル・バザー。

着物七〇〇〇円、ゆかた二四〇〇〇円、旗三〇〇〇円、皿は一枚八〇〇円から一〇万円まで。オリエンタル・バザーは安い。浮世絵のレプリカ（写楽）が六〇〇〇円（額つき）で、これはお買い得。

ぼくは、七〇円の名所絵はがきを三枚買った。富士山に桜に新幹線の絵はがきだ。残暑がきついから、冷房がきいているオリエンタル・バザーはしのぎやすい。

キディランドをのぞくと、向い側で「悪役商会」の連中が店へ呼びこみをしているのが見えた。このへんから悪い予感がした。

このまま、ホコテンのオリンピック道路へ行って、ぶったまげて、耳鳴りがいつまでも止まらなくなった。

ホコテンのバンドには、まったく目玉ごと焦げてしまった。

これは見ておく価値がある。いずれ原宿は荒野となるだろう。オリンピック道路は、平成二年という時代の裂け目だ。

その裂け目から時代の毒がふき出る。これが東京の本性だ。おとなしい日本人の、おさえられた本性が、化け物となってふきあげている。

ホコテン・バンドを背にして、明治神宮にお参りした。

玉ジャリを踏みしめて外拝殿、本殿へ歩いたが、ホコテン・バンドの曲が、渦を巻いてここまで届いてくる。いろんな曲にまざって、

「ドドドドドーッ」

っと滝の音のように聞こえる。滝が滝つぼに落ちるような地響きがある。

外人観光客に人気の「オリエンタル・バザー」

ホコテン・バンドにも人気の差がある

宝物殿では皇紀二六五〇年記念の歴代天皇御肖像画展が催されていた。

伝統と現在の皮膜が、背中あわせになっているのが原宿だ。道ゆく人は外国人が多い。三人に一人は外国人だ。ヨーロッパ系、アメリカ人、アラブ系、黒人、ありとあらゆる人種がいるのはパリやニューヨークに近い。日本人かと思うとタイ人、台湾人だったりする。原宿においては、外国人もまた、「歩く借景」なのだ。

金髪、銀髪に混って歩くと、「ここは日本なのか？」というサッカクにおちいる。

竹下通りは芸能人の店が多い。ざっと見わたすと、コロッケ、ウィンク、宮沢りえ、聖飢魔Ⅱ、キャロル、中森明菜、タケシ、トコロ、BAKUFU-SLUMP、鶴太郎、山田邦子、のりピー、加藤茶、田代まさし、山瀬まみ、とあるわあるわ。

ためしにタモリの店へ入ると、Tシャツ一〇〇〇円、ハブラシセット三二〇円、コースター一八〇円、ソックス三足二〇〇〇円。タモリの店の入口に、

竹下通り。大混雑で歩きにくい

「店内での飲食お断り」

の貼紙があった。

占いの館は、高校生（二十分二一〇〇円）中学生（十五分一一〇〇円）で満員だ。手相、占星術、タロット、ジプシー占いなどが十二軒並んでいて、一見した雰囲気はタイの売春窟を思わせた。

占いは「恋愛の悩み」が一番多く、「親子関係」「受験」「テスト」がそれにつづく。女子中学生・高校生が暗い顔してじっと順番を待っている。これも世のオトーさんはよーく見ておく必要がある。

とびっくり、びっくり、もひとつおまけにびっくりして腰が抜け、表参道にあるイタリア料理店へ行った。原宿だからな、イタメシ食って帰るとするか。グリーンパスタとプレーンスパゲッティを食べて目を白黒させた。まずいのなんの蚊にさされた味がした。

原宿は、玉石コンコー、老若入り乱れ、闇市がよみがえり、インチキ料理店、人種も入り乱れ、毎日が世紀末の学園祭なのであった。わずかに落ちつくのは表参道沿いの並木だけだ。いずれこういった外国を真似た虚栄の市は東京のどこかに飛び火するだろう。さしずめ六本木あたりか。

◎原宿……その後のこと

原宿はホコ天バンドもなくなり、熱がさめて落ち着いた町になった——と言いたいところだが、相変わらず喧騒に包まれている。明治通りは地下鉄工事中。池袋—渋谷間を結んで、二〇〇七年開通予定。同潤会アパートは取り壊されて新築ビル工事中。建設内容の看板を見たら、地上六階地下六階のビルが建つ予定。設計は安藤忠雄と森ビル。工事用フェンスにはいろいろな植物が植え付けられ、地図やイベントスケジュールも印刷されている。FLOはブランド・ショップに、表参道のイタリア料理店は薬品化粧品の店に変わっていた。オリエンタル・バザーでは着物やゆかたが当時と変わらない値で売られている。皿も高い値の品はなく、小皿は二〇〇円前後からで、大皿でも一万円を超えるものはない。竹下ロのパレス・フランスには閉館を知らせる貼り紙があり、こちらの工事フェンスはビジネスマン風人物写真が印刷されていた。竹下通りのタレント・ショップは、消え去った。占いの館は高校生三十分四〇〇〇円。中学生十分一〇〇〇円。通り沿いの店から流れる音楽と、店頭のネエチャンのかけ声と、キャッチセールスの注意を促す放送がないまぜになって、やかましくて仕方がない。道をはずれて太田美術館に行くと、ひっそりとしずまっていた。地下の手ぬぐい屋かまわぬで買った豆絞りで汗を拭くと、ようやく涼しさを覚えるのであった。

人形町

人形町のキラクへビーフカツを食べに行こうと思って東京駅・銀の鈴で待ちあわせた。キラクのビーフカツは、超人気の一品である。

人形町は東京駅からタクシーで一区間料金だが、八重洲口のタクシー行列は五〇人を越える。丸の内側出口はすぐ乗れるが八重洲口だと行列でかなり待たされるし、近所だとタクシーに嫌がられるから要注意。ぼくらは、ステーション・ホテル前の道路へ出て流しのタクシーをつかまえた。で、人形町交差点で降りると、キラクは火曜定休日。入口の窓に赤文字の貼り紙があり、

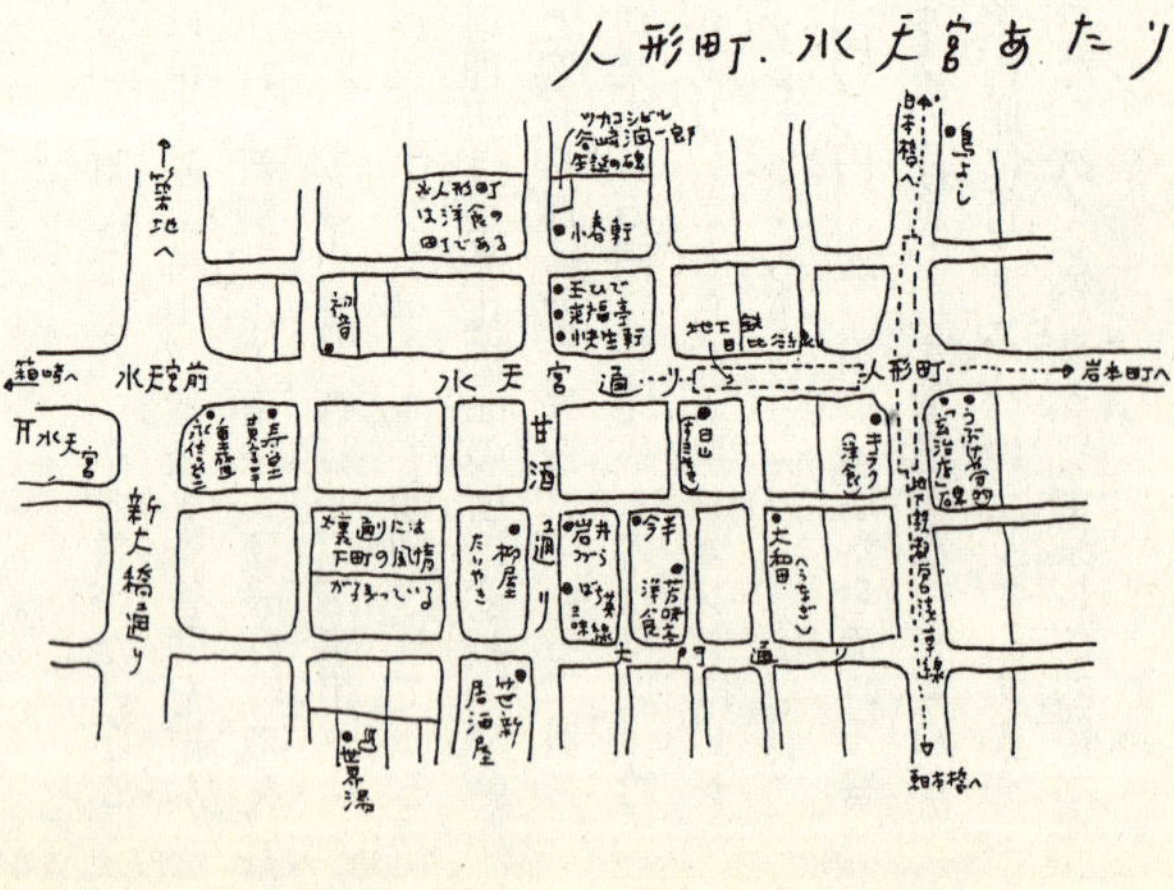

「手や顔を近づけないで下さい」

　とあった。

　ならば、と、洋食の芳味亭へ行く。芳味亭のビーフシチュー（二四〇〇円）は、こりゃもう、すっごく胃がほくほくそえむんだから。牛肉の溶けぐあい、じっくりと煮込んだ旨みがほくほくして。

　芳味亭は昭和八年創業の洋食店。座敷に坐って箸で食べる。玄関をあけると、プーンとおいしい香りがして、軀じゅうがユラユラしちまう。二階座敷に上って、ビーフシチューのほか、コロッケ（一〇〇〇円）、チキンライス（九五〇円）、ランチ（一六五〇円）、カツサンド（一二〇〇円）を注文してわけて食べる。

　ビーフシチューにはセロリ煮とスパゲッティがついている。一人で来るときは上弁当（二三〇〇円）を注文すれば、ビーフシチューも入っている。

　ここのところ、ヒロ坊は二キロ太った。専太郎は三キロ太った。ぼくは五キロ太った。ランチは、エビフライ二匹にハンバーグ、目玉焼き、ジャガイモサラダ。いずれもこってりとしたムカシなつかしい洋食の味だ。

　キラクから芳味亭へ歩く一〇〇メートルほどの道すじに、すき焼きの日山と今半、ウナギの大和田など、入りたい店がたくさんある。この界隈は老舗が多い。町並が濃い。東京の二枚腰の老舗が集中しているのが人形町一帯だ。こんなにしぶとい味を出す芳味亭にしたところで、玄関にはヤツデや竹の鉢植えがあり、新派の舞台のようだ。

甘酒横丁へ出ると、岩井つづら店。竹かごに和紙を張りうるしを塗ったつづらが並べられている。黒つづらの側面に、デスモンドとかヘンリー、などの外人名が書かれている。外人客の注文品だろう。

岩井つづら店の隣りは、ばち英。三味線のばちを売っている。

ばち英の前はたい焼きの柳屋で、客が八人並んでいる。柳屋の向いは中華の生駒軒で、その前がそばの東嶋屋。いい匂いがふんわりと来るのは森乃園のほうじ茶で、いりたてを売っている。

町の風情がいちいち厚みがあり、入りたい店ばかりできょろきょろする。三人いると三方向に歩いてしまう。

夜に飲む店は、笹新ときめて、水天宮通りを渡って、創業大正七年、喫茶去《こ》快生軒へ入る。地獄耳の専太郎が、

「美人姉妹がいますぜ」

と言う。店内は冷房がきき、なるほど、白雪姫のような美人ウエートレスが大正時代カフェ・エプロン（ミニ）で、いらっしゃる。店は満員だった。

盛りがいいコーヒー（三五〇円）はムカシ味で、ミルクと砂糖をたっぷり入れる。コルトレーンの曲がかかっている。美人姉妹をぼーっと見ていたら、コーヒーをこぼしそうになった。

店を出るとき、美人姉妹に、

「どっちがお姉様？」

と訊いたら、

「姉妹じゃありません」

と言われた。

専太郎の嘘。

嘘でも、美人だからいいや。

快生軒の隣りは西洋料理の来福亭。座敷の洋食店の老舗だ。その隣りが、親子丼発祥の店、玉ひでだ。

日本で最初に親子丼を作った店で、以前食べたときは八〇〇円だった。味がやや甘め。ただし、親子丼のランチタイムは午前十一時半から午後一時までで、うちきり。夜は鶏料理コースとなる。

十一時半から、親子丼を食べる長い行列ができる。創業は宝暦七年

ランチの親子丼が有名な「玉ひで」

「快生軒」はまるで大正時代のカフェのよう

（一七六〇）で、現在の主人は七代目。玉ひでは、準備中の札が下っていた。

玉ひでの前は、飲み屋田五作で、店の前の看板に「幇間・東家田五作の店」とある。このあたりは寿司屋、飲み屋、鳥肉料理屋が多い。

「粋人なら誰もが知っていた東家田五作」とあり、本日のおすすめは、イカバター焼きと書いてある。朱色の旗が立てられていて、

「九月十二日は只の日」

とも書かれていた。いまどき
「タダの日」

なんてのが本当にあるんだろうか。

玉ひでと田五作をはさむ甘酒横丁は、カエデの並木道である。カエデの樹の間に、クチナシ、ビワ、椿などの樹が植えられて、通りに余裕がある。

ゆったりとした江戸の粋がある。

玉ひでの隣りは洋食の小春軒で、大正モダーンの色が濃い。洋食小春軒横のツカコシビルは谷崎潤一郎生誕の地である。潤一郎の祖父がこの地で谷崎活版所を経営していた。夫人の松子さんの書による、

「谷崎潤一郎生誕の地」

の碑がビル側面にうめこまれていた。黒石の碑をのぞきこんでいたら、ツカコシビルの女子従業員が見にきて、

「あら、こんなこと知らなかったわァ」

と一緒にジロジロと見た。

その横の小さな雑居ビルは、裏千家、そろばん塾、一粒最中、歯科医で、これはもう、そのまま谷崎文学の世界だ。雑居ビルを右へ曲ると、最中の湖月と人形町藪そば。藪そばの玄関に藤棚。いちいち、サマになる。

水天宮へ向かう水天宮通りの寿堂で、黄金《こがね》芋を買う。ニッキの粉をまぶした、芋型の菓子。冷えたむぎ茶を飲ませてくれた。すかさず、

「サインを一枚」

と色紙を差し出された。こういうときは、ガタガタ言わずに書くことにしている。サインを書いたら、四個入り黄金芋をいただいたから、ぼくの絵入り色紙の値段は、黄金芋四個ぶん、ということが判明した。

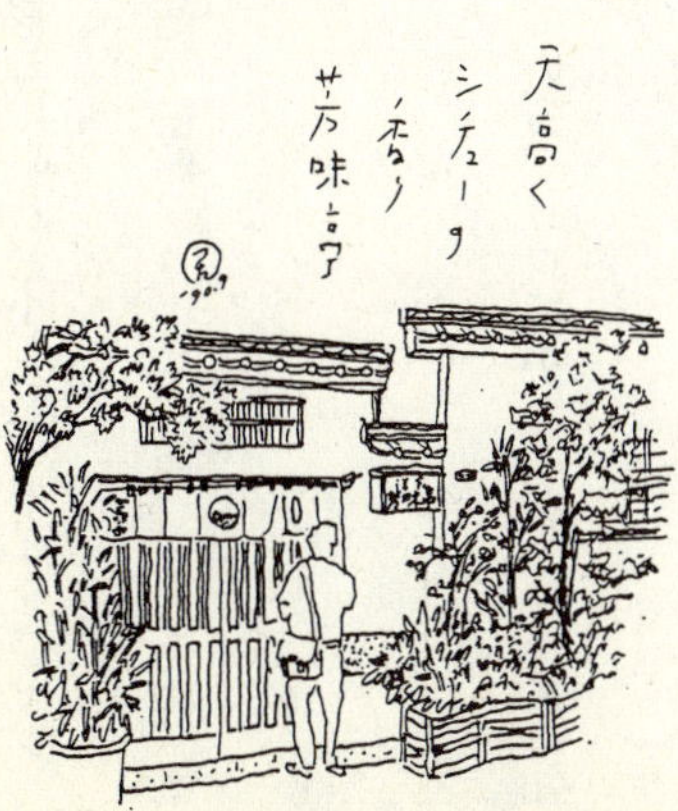

しばらく歩いて、重盛の人形焼き。人形焼きは人形町に限る。小判型のゼイタクセンベイ（二〇〇グラム）は七〇〇円。

水天宮前の屋台では飴を売っている。ピーナッツ飴、塩飴、コーヒー飴、ニッキ飴。割れセンなるものもあり、割れたセンベイの徳用袋だ。

水天宮は水難よけと安産の神様だ。

境内に子ども服の屋台がある。

水天宮通りに、マタニティードレス専門店があった。

若いオトーさんが、子宝犬に一生懸命手をあわせている。ヒロ坊が、出産をひかえた知りあいの女性へお守りを買おうとして、

「やめなさいよ。あんたの子じゃないのに、勘ぐられますよォ」

と専太郎にたしなめられた。

水天宮のすぐさきは箱崎インターで、成田空港への高速道路入口である。ぼくは、成田空港へ行くときは、水天宮前の箱崎から高速へ乗る。つまり人形町は、日本と外国のハザカイの町でもあるのだ。

水天宮の境内の前には、ロイヤル・パーク・ホテルと赤く塗られた高速道路がたちふさがっている。

水天宮通りをひっ返して、刃物のうぶけやへ寄る。創業が天明三年だから二百年以上の伝統がある。五〇〇円の爪切りを買った。

うぶけやの隣りは、人形町の寄席末広亭の跡。このあたりが玄冶店《げんやだな》だった。歌舞伎の、「切られ与三」で、与三郎がお富さんと再会するのが、この玄冶店である。

「粋な黒べい」と「見越しの松」があり、ひさしぶりだよお富さん、となるゲンヤダナだ。小学生のころ、ぼくは玄冶店の由来を知らず「ゲンヤーダーナ」と唄っていた。

その謎がとけた。

玄冶店から、元吉原（ムカシの吉原）の大門通りを歩く。横丁で樋口修吉さんと会った。

江戸時代からの歴史が幾重にも塗り変えられて、厚味がある。歩くほど、町の深みにはまっていく。

町をぶらつくうちに銭湯「世界湯」を見つけて入った。銭湯は昭和の文化財である。見つけたらすぐ入る。

番台でタオルを貸りた。銭湯の絵は富士山だ。

なんと〝タダの日〟がある「田五作」

水天宮。境内では子供服も売っている

散歩途中の銭湯はパパッと入るのがこつで、熱い湯をさっとあびる。入ってから出るまで十五分。

世界湯を出れば人形町の夕暮れで、自転車に乗った豆腐屋がラッパを吹いてゆく。

日本橋人形町なのに、どこか遠い町の中にいるようだ。

鼻唄まじりに、居酒屋笹新へ入る。

まずは、本マグロ刺身と、かつお刺身。アジの唐揚げは揚げたてのアジに醬油をジューッとかける。

みょうが味噌が酒にあう。十七人ほどで満席になるカウンター席だが、この笹新は、東京を代表する居酒屋のひとつだ。

人形町は懐が深い。

酒が夕焼けみたいに胃にしみて、時間が胸にじんわりすりよってくる。もずく、マツタケ豆腐。カンパチ照り焼きも注文した。

隣りの客は兜町の株屋で、ぼくらに話しかけてきた。初めて会った客と、ゆっくりとかわす会話。株がさらに暴落するという。日本はますます不況となる。

銭湯「世界湯」の男湯と女湯に分かれた入口

薄情な会話。

酒はうまいし、こんなにいいめばかりで、いいんだろうか、と不安になる一夜だった。

◎人形町……その後のこと

キラクのビーフカツは一五五〇円。昼時は行列待ちがざらで、夜の店じまい直前に行くのが地元常連の知る秘策。芳味亭のビーフシチューは二四〇〇円のまま。コロッケ一〇〇〇円。チキンライス一〇〇〇円。畳座敷が心地よくて、食べたあとに思わず昼寝したくなる。柳家のたい焼きは一三〇円で皮がパリパリ。快生軒のコーヒー四〇〇円はツンと鼻の奥をくすぐる香り。人は変わっても、美人ウエートレス二人がいる。玉ひでの親子丼はいまだに八〇〇円。夜のコースは四五〇〇円から。東家田五作は引き払われてしまった。寿堂の黄金芋は一つ一七〇円。重盛の人形焼きは一つ一一〇円。ゼイタク煎餅（二〇〇グラム）は七〇〇円のまま。水天宮の境内に昭和四年の門前界隈の写真があり、当時のにぎわいがうかがえる。うぶけやは時間のしみこんだ店舗で、爪切りは九四五円から。世界湯の湯温設定は四五度で、熱い湯をザッと浴びるのがコツ。笹新はカウンターの煮魚がなまめかしく、銀だら六三〇円、カレイ七三五円。佐島のたこ（八四〇円）は歯を押し返す弾力。となり客の注文がどれもこれも気になって、ねぎまの湯気についクラクラしてしまった。

大久保・新宿ゴールデン街

新宿ゴールデン街で飲みはじめたのは、二十年前からで、それ以前のぼくは区役所通りの店やジャズバーで飲んでいた。

きーよ、あかしや、木馬、DUG、CAT、とたちどころにいくつかの店が思いうかぶ。それ以前の新宿の記憶は、伊勢丹、三越、東映、コマ劇場、それに木造の紀伊國屋書店。両親がデートをした中村屋の二階。

と、まあ、新宿のイメージは、区画の断面が完成したジグソーパズルみたいに頭にぴっしり入っている。どの断片をとっても濃い記憶で、新宿は

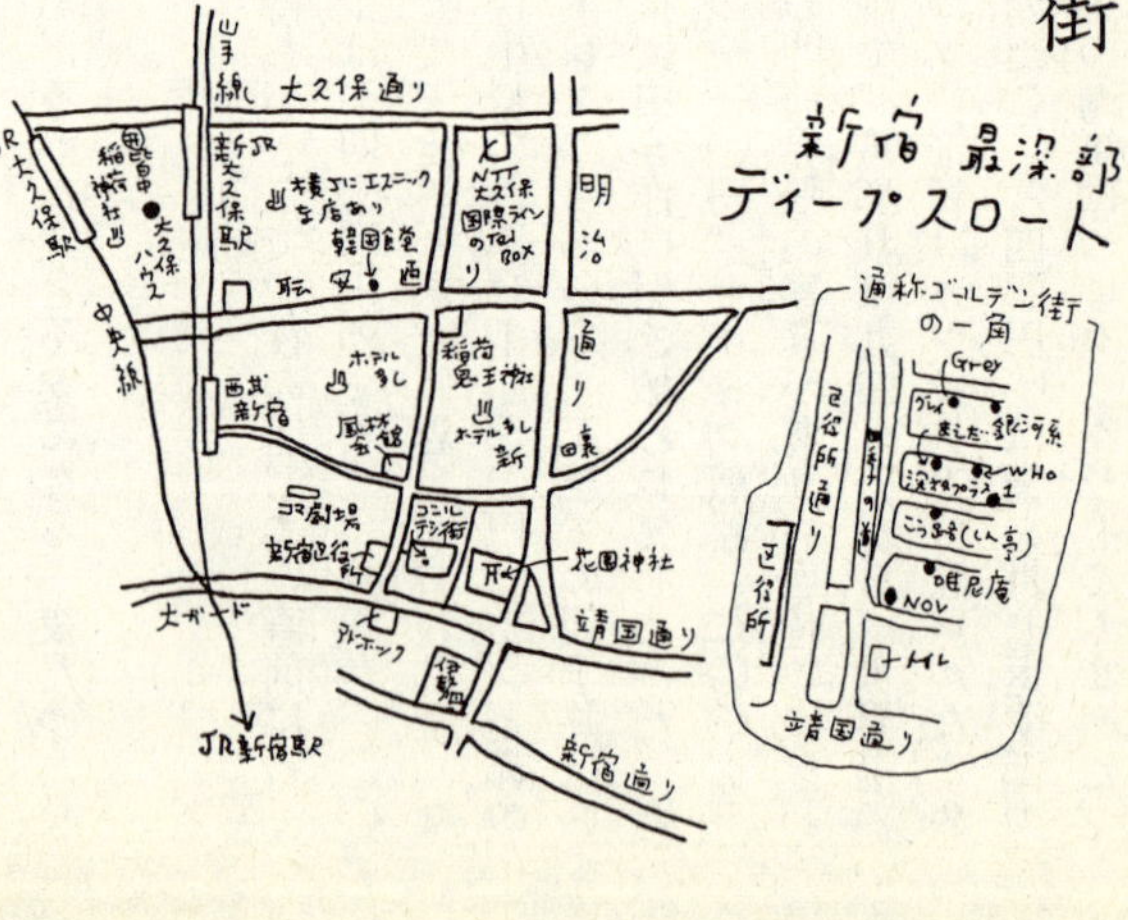

わが町なのだ。嘘と薄情が幾重にもからんで、したたかにもつれて、極彩色でしぶとく、それでいてなつかしい。

いろいろあったが、最終的にゴールデン街に足が向くのは、なぜだろうか。

①地上げで失われていく区画への愛情。
②暗くて小さいカウンターが持つ安心感。
③値が安くて何軒もはしごできる。
④店の女の子との個人的情愛。
⑤新都に唯一残るムカシへの未練。

たちどころにこれだけの理由がうかぶが、本当のところは、ゴールデン街が持っている時代の闇だまりが酒飲みを吸いよせる。新宿がかつて持っていた闇市の甘い夢とドラマは、わずかにゴールデン街にのみ残っている。

そのぶんゴールデン街には愛憎が入り乱れ、一軒の店、一筋のロジを歩くだけで、いろんなことがつぎつぎに思いうかぶ。

過ぎ去った時間が、地上げ屋に封印されたベニヤ板にはりついている。

この日、ヒロ坊、専太郎、ぼくの三人は斜に構えて、遠廻りしてゴールデン街に行くことにした。空はにぶい灰色で、これを新宿ぐもりという。

焼酎日和で、新宿にはくもり空が似合う。ガソリンくさい大久保二丁目の交差点から、大久保通りを歩く。この通りは、ラブホテルやアパートが立ち並び、新宿の水商売のお姉さんたちが住んでいる。ケバイ気配に、ぼくも二十年前はこのあたりをうろついた記憶があり、ヒロ坊がピンクネオンのホテルを指さして、なつかしそうに、

「あそこに二度泊ったことがあるぞ」

と自慢すれば、ぼくだって、

「このアパートにホステスをおくってきた」

と思い出す。

いまは、フィリピンやタイからやってきた女性たちが多く住んでいて、NTTの前には国際電話用のボックスが八カ所ある。

「世界の時刻」として、ロンドン、パリとともにマニラの時間（東京より一時間早い）が示されている。マニラまで三分間一〇八〇円と書いてある。マニラへ電話する人が多いのだ。このボックスは、日本で一番国際電話が多い。

道路沿いにコインロッカー、焼肉店、台湾料理、飲茶、点心、持ち帰り寿司、日本語学校が並んでいる。教会が三つ。

ロジへ入れば東京少年合唱隊の木造家屋があり、クレゾールの匂いにつつまれてピンク

の白粉花が咲いている。ロジのつきあたりに新宿高層ビルが見える。

連れこみホテルのサービスタイムは午前十時から夕方の五時までだ。こんな時間に泊りこむアベックは、水商売の人である。

外人専門の〈OKUBO HOUSE〉はアパートみたいなモルタル旅館で万国旗がぶらさげてある。外人二人が玄関で立ち話。

職安通りへ向かうとハングルの食堂、食料品、美容室が目立つ。キムチラーメン、コチュヂャンを並べる店。韓国のビデオ映画センター。韓国の教会。韓国の雑誌。

韓国食堂へ入る。メニューは日本語とハングルで書かれている。九〇〇円のチヂミ（韓国お好み焼き）、ホルモンいため、ユッケ、ホヤ刺身を注文した。牛すじ煮込み（九〇〇円）も追加した。牛すじはとろけてズルリと胃にしみる。いずれもソウルの食堂街にいる気配。マッコリ（どぶろく）もある。チンヂャ（塩辛）の味はパチーンと胃をひっぱたかれる味がした。

あと二日で、ゴールデン街のこう路のモモちゃんがやめる（赤ん坊が産まれる）から、専太郎はモモちゃんへ花束とワインを買った。

「韓国食堂」。大久保界隈はハングルの看板多し

万国旗がひるがえる〈OKUBO HOUSE〉

職安通りのロジを歩くと、フィリピンのお姉さんたちがずらりと立っている。一昔前の新宿青線地帯のようで、エロ映画のシーンに似ている。ただし、お姉さんからこちらへ声をかけることはなく、用心深い。ぼくのほうから、「いくら」と訊いたら、「サンマンエーン」という答えが返ってきた。

花束持ってゴールデン街へ行くが、こう路はまだ開いていなくて、入口のNOVへ入る。NOVへ入るのは十年ぶりだ。

NOVのママはノブ子さんで、ぼくとは古い友達だ。ノブは店を開いて十八年になる。十年ぶりなのに三日ぶりの気分で、ノブとムカシ話をした。ノブはファッション・デザイナーで、十年前、ぼくにパンツを作ってくれる約束だったのに、まだ果たしてない。

「十年前に、ショウユをぬすんだでしょ」

とノブに詰問され、申しわけなくて、店を出た。あんなに美人だったノブはもうおばさんになっている。こっちも歳をとるはずだ。

ノブの店に、はらたいらの絵の、

「ゴールデン街を守ろう」

と書いたTシャツが売られていた。いままで、活動資金用に黒田征太郎、林静一、滝田ゆうのTシャツが売られていた。

ゴールデン街は、すでに半分が地上げされて、店は三分の一が閉じている。閉店した店の前にはM興業だのO建設だのNハウジングだのといった地上げ業者の看板がある。閉店された店の間に、三分の二の店が営業をつづけている。これは、異様な風景で、平成時代における闇市の復権だ。

ゴールデン街は、もともと露天商と飲食店の闇市だった。昭和二十五年には、米兵相手の私娼窟となり、非公認の青線だった。

売春防止法が施行されてからは、約二百五十軒ほどの飲み屋街。店の広さは一軒が三、四坪だ。

地上げ業者がこの地域に地上げ攻勢をかけたのは昭和六十一年のことだった。六十一年の四月、不審火で七店が焼けた。この不審火は、「たき火（放火）だよ」とひそかにうわさされたものだ。

すでに、いい店がずいぶんなくなった。

ぼくが通っていた文庫屋は、やめたついでに店のママのクロちゃんが三越裏にあるナジャのマスター安保君と結婚した。こういうめでたい例もある。

文庫屋で酒を飲んで、ゴールデン街にある長崎屋からラーメンの出前をとった。その長崎屋もなくなった。

寿司屋もあった。八百屋もあった。雑貨屋もあった。それらがみんななくなった。どの店も、アバズレの店ばかりだった。タバコ屋もなくなった。岡留安則が経営していたマガジンハウスもなくなった。ここらをはしごしていた滝田ゆうも死んじゃったし、親しい店のママも死んじゃったし。

ロジを歩くと、いろんなムカシを思い出す。

のれんのたこ八。ここのママのイッちゃんはゴールデン街の原節子といわれた人だ。たこ八でクマ（篠原勝之）と飲んでるとき、タモリが来て、大さわぎをしたのは十五年前か。ついこないだのよう。

たこ八の隣りはゲイバーの真紀。道で真紀嬢に会い、

「寄ってきなさいよォ」

と塩辛声で言われるのがおそろしい。厚化粧の真紀さんも古い友達だ。

真紀さんに片目でアイサツしてまえだへ入る。まえだはゴールデン街の文壇バーだ。ケンカの多い店で、ぼくも唐十郎らとこの店で何度か暴力沙汰をやった。

ゴールデン街では、じつによくケンカした。ロジで蹴りを入れ、カドで殴り、血だらけ

で走りまわった。ぼくもケンカでつかまって、派出所からパトカーで四谷署へ送られた記憶がある。みんな示談ですんだ。

よくもまああんなにアブナイことをしたものだ。殴りあい、ケンカをすることが友達になるアイサツだった。いまは、こんなバカなことは通用しない。

まえだの客はガラが悪かったから、まえだのママはおっかなかった。バッカヤローとよく怒鳴られた。

そのまえだのママがガンになって、ノドを手術して退院して、また店を始めた。店を手伝うのは唐十郎一座の女優だ。

退院したまえだのママは、かなりやせて梅干しみたいになっていた。

まえだのカウンターに坐っていると、半分血がさわぎ、半分しんみりする。時間がたっていくのをしみじみと感じる。

いまから思うとあのころの暴力は甘い甘い舌ざわりだった。

まえだを出てからこう路へ行く。

いつのまにか専太郎は別の店へ行き、ぼくとヒロ坊の二人だ。

新宿ゴールデン街の入口なり

ゴールデン街の路地には重い記憶が転がっている

好きな店はまだまだある。

一軒一軒の店にムカシの吐息があり、店へ行くのはムカシの自分に会いに行くのだ。この路は、ママのモモ子のあとを、弟のシンちゃんがひきつぐという。カウンターで、

「あと一日だね」

と飲んでいると、常連の客が花束を持って一人一人かけつける。小さな店に、いくつもの花束が積まれていく。

いままでも、なんだかんだと言って、いろんな人が花束を持ってきたものだ。モモ子の誕生日にヒヤシンスの花束を持ってきたのは専太郎だったなあ。ぼくは、そのことをヒントに『G街の幽霊』という短編小説を書いた。

いろいろあって、明夜はモモ子に本当にさよならの日だ。

新宿ゴールデン街で安酒飲んで、トグロまいてるジャーナリストは最低だ、と言った人がいる。それもよくわかる。まったく、こんな暗がりで酔ってるのはロクなのいないよなあ。その通り。

と、カウンターから立ちあがり、

「内藤陳の深夜プラス1へ行こう」

と思うが、あの店は客がハードボイルドだからなあ、と背骨をシャンとした。

◎大久保・新宿ゴールデン街……その後のこと

皆中稲荷神社脇の路地裏で澄んだ歌声が聞こえてきて、そこが東京少年合唱隊の建物だ。このあたりは古い家やアパートが残っている。OKUBO HOUSEはなくなり、その地は福祉施設となっている。韓国食堂はチヂミ八〇〇円。牛すじ炒め九〇〇円。九〇〇円のマッコリを注文すると、ビールの中瓶に七分目まで入れたものが出てくる。キリリと冷えていて、酒の酸味が辛い料理になじんでいた舌にあう。ゴールデン街は一時の地上げ攻勢をしのぎ、息を吹き返した。まえだ、NOVはなくなったが、こう路は再開して、いまのぼくのなじみの店になっている。ママのモモ子さんはいっそう艶っぽさを増した。こう路は二階にあり、その下の一階はしん亭だ。主人のシンちゃんはモモ子さんの弟で、本書の築地の章の案内役をしてくれた料理人でもある。煮物に底力があり、ヒロ坊はしょっちゅう、ここで飲んでいる。この二店は建物内でつながっており、しん亭で飲んで店内の階段をあがると、そこがこう路になる。こう路でとりとめもない話をしているうちに、くるりくるりと思い出の回転扉が開くのであった。

上野公園

上野公園は日本で一番広い都市公園である。公園にある博物館、美術館、記念館をていねいに見てまわったら、ゆうに三日間はかかる。それを半日間で見てしまうには、かなりのコツがいる。

ひとつは、一館一点に絞る。西洋美術館ならロダンの像（外から見てタダ）、科学博物館ならミイラ、国立博物館なら光悦の舟橋蒔絵硯箱というように。

公園散歩の前に、不忍池、池之端にある伊豆栄で鰻を食べるのもコツ。伊豆栄は江戸時代からエンエン二百六十年間、鰻ひとすじでやってきた。この店の鰻は江戸前のさらりとした味でしかも力がある。森鷗外、谷崎潤一郎、川口松太郎ら文人が好んだ粋すじの味だ。

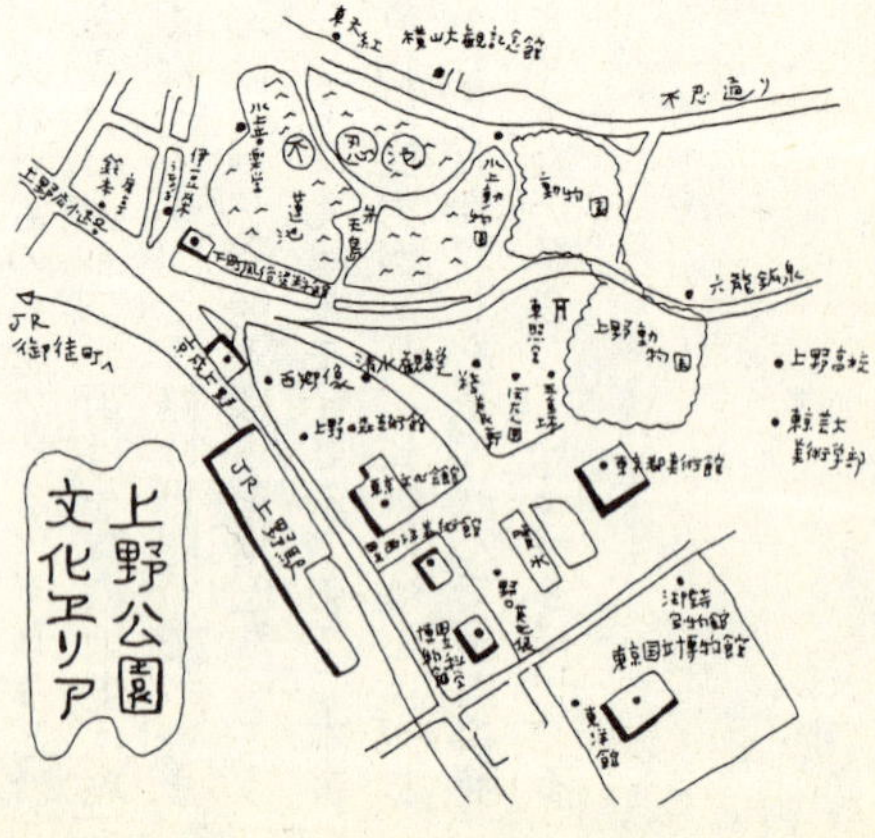

ぼくは、刺身と鰻重がセットになった伊豆栄弁当（二〇〇〇円）を食べて気合いをいれた。

不忍通りを渡って不忍池へ出ると、蓮の葉が背より高く繁って風に揺れている。蓮の林で、柳の葉がたれ下った奥にビルがかすんでいる。景色に幽気がある。

蓮池の前に下町風俗資料館。二〇〇円払ってなかへ入ると明治末期の商家の再現。下駄屋、長屋と路地。二階にはブリキのオモチャ類が展示されているが、一階にオシメが干してあったのにはビックリした。日光写真を売っていたので一つ買った。

台東下町祭で、からくり今昔館だのオブジェ・フェスチバルだのをやっている。オブジェ・フェスチバルは、審査委員長が岡本太郎氏だ。かなりぶっとんだオブジェが池の横に並んでいる。キテレツ。

投票用紙があって、観覧者の投票によって賞を決める形式だから、これなら岡本太郎氏の役割は何なのか、と問いたくなるが、まあ、そのへんは、おおまかにいくのだろう。

京成上野駅の恐怖の暗がりをよけて西郷さんの銅像にアイサツした。西郷さんの像に比して、連れている犬が貧弱なのは、犬はあとで別の人が作ったからだという。

西郷さんの像も、わらじばきで、安物の着物で、像が出来てから西郷さんの遺族から抗議をされたらしい。像を作った人は、西郷さんの清貧イメージを強調したが、遺族は、それを恥ずかしいと思う。

上野公園には銅像がたくさんあるけれど、馬にまたがった大将より西郷さんのほうに人気があるのは、西郷像は銅像でありつつアートであるからだ。

上野の森は明治文化のブラックホールである。

だから西郷像もアートする明治なのだ。

上野公園には野口英世像（西洋美術館裏）もあり、試験管をかざして空の一角を見上げている。短足ズンドウで髪の毛モジャモジャ、口ヒゲどた靴小太りの像は、ぼくに似ている。

野口英世像の下のベンチで、浮浪者が昼寝をして、すぐ横のベンチでアベックが抱きあっていた。

秋の気配が上野の森にしみている。

清水観音堂にお参りした。

東叡山とあるのは比叡山の東国版だ。坂道と小観音堂が、京都清水寺のミニチュアになっている。観音堂から眺める春の上野公園がいい。ぐらっとくる記憶。

山火事みたいな桜の花。不忍池に、夜桜がうつる。そこへ、動物園からライオンがほえる声が聞こえる。このへんはホラーだよなあ。

清水観音堂には彰義隊戦争時の砲丸がある。戦いによる弾痕のついた鰐口がある。歴史をまるごとしょいこんだ観音堂だ。と同時に、ここは子育て観音としても知られている。

本尊の観音像を十月十七日に移すのでなかへ上れと住職にすすめられた。

お参りした足で西洋美術館へ向かう。ウィリアム・ブレイク展を見た。

ウィリアム・ブレイクは、ロンドン下町生まれの芸術家で、詩人・画家として名を残した。ブレイクは、ロンドン下町の商人の息子だから、上野には似つかわしい。きぜわしなくトットコ、トットコ歩き、ほぼ十分で見終った。

特別展に入って、隅から隅までほじくるように見るのは、じつにみっともない。トットコ歩いて、すいてるところだけちょっと見る。これが文化団（暴力団の対比語）だ。

ブレイクを十分で見終ったのはいいが、そのあとの常設で時間を食

日本で一番広い都市公園なのだ

ロダンの「考える人」。不自然な姿勢である

った。ルノアールの裸婦、モネの睡蓮、クールベの『罠にかかった狐』。西洋美術館は、ぼくが初めて西洋名画に接した殿堂で、そのときのピカッとした感動がよみがえる。この暗がりでぼくは一人前にアートし、ブンカ人気分となり、パリの匂いを嗅いだ。これはヒロ坊も専太郎も同じらしく、目が少年に戻っている。

美術館の外にあるロダンの『考える人』を見ていたヒロ坊が、

「右ひじを左ひざの上につく姿勢は不自然だ」

とけちをつけ、ぼくは真似してみた。

なるほど、おかしい。筋肉がひきつって、肉ばなれしそうだ。そう思って見ると、この像は考えるふりして、じつはボディビル競技をやっているようにも思える。

西洋美術館の前は東京文化会館で、ここへはよくコンサートを聴きに来た。文化会館はまぶしい純白さがあるホールだったが、ひさしぶりに見ると、げっそりと汚れている。その汚れは、時間がたったからで、そこに自分の変質が重なっていく。

公園内をジョギングする人がいる。

紺色制服の群れは修学旅行の学生たちだ。女子高生が、頭に色とりどりのリボンをつけている。そのリボンが、上野の森の緑のなかを舞っている。高校時代はつい一週間前のことだったように感じる。

上野動物園へ入ってパンダを見た。自動販売機で大人四〇〇円である。ユウユウ・トントン・フェイフェイ・ホワンホワン。みなさんノソノソと歩き廻っていた。ヒロ坊はパンダを見るの初めてだって。こういう時代遅れの人が、多いんだよね。東京に住んでる人は必ずパンダを見なさい。パンダの本物、大きくてかわいい。ぼくは、北京、上海、成都でパンダを見たんだぞ。

上野動物園のパンダは、南青山マンションのような立派な2LDKにすんでいる。

パンダ館の横に象がいて、その上を無数のカラスが舞って、アーアーと鳴いている。上野のカラスはカーでなくてアーと鳴き、それが重なって、

「アーアーアーアーアーアーア」

と騒ぐから、うるさくて腹がたつ。

パンダだけで見て動物園を出る。時間があればカバも見たかった。カバが水中から出て、陸で昼寝を始めたら、秋なのだ。上野動物園ではこれが秋のアイズになる。

その足で国立科学博物館。入場料三六〇円。まず本

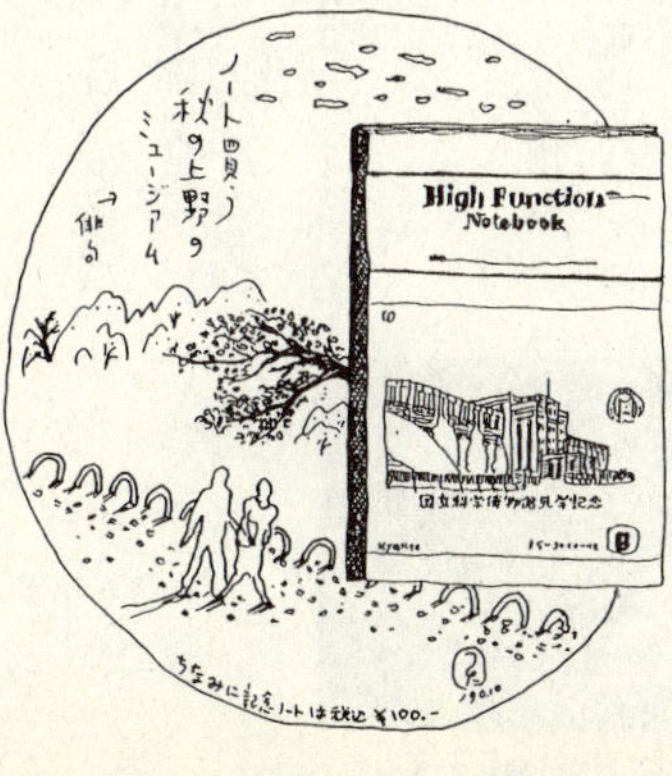

館一階の恐竜館。息子を連れて来た記憶がある。

二号館（たんけん館）、三号館（科学技術）、四号館（自然史館）、五号館（航空宇宙）、とこの博物館の実力は日本一だ。全部見るのに一日はかかるが、自然史館のミイラだけ見ることにした。成人女性と子どものミイラはメキシコから寄贈されたもので、南米エクアドルの干し首もある。

一号館で科学映画を上映していた。

博物館地下で化石を売っている。三葉虫（アメリカ・ユタ州）、アンモナイト（フランス北部）、サメの歯（アメリカ・フロリダ州）の三点セット。サメの歯は二千五百万年前、アンモナイトは一億五千万年前、三葉虫は五億年前だ。国立科学博物館のおすみつきだから、ニセモノじゃないしね。

科学博物館を出ると、あたりはかなり暗くなってきた。博物館、美術館の終了は四時半で、四時までが最終入場の時間だ。

上野の森はクールベの絵画に似ている。森が西洋絵画している。油絵具の匂いがする暗がりをぬけて、東京国立博物館へ入る。トーハク

科学博物館では化石や貝の標本を売っている

(東博)と呼んでいて、ぼくは会社勤めのころは、しょっちゅう通っていた。

博物館のガラーンとした冷えた展示室には、目に見えぬ妖怪がいて、そいつが来る客の心を狂わせる。

展示は、本館一階が彫刻・金工・武具・陶磁で、二階が絵画・漆工・書跡である。東洋館には東南アジア・エジプト・中国の美術がある。トーハクもまた美の迷路であって、じっくり見れば一日かかる。特別展よりも常設のなにもないときのほうがすいていて、ゆっくりと見られる。日本美術名品展の準備のため、二階へは上れなかった。

一階へ入ると、案内所の老婦人が、物も言わずに、

「終了」

と書いた板を置いた。

まだ四時なのに、さすがはトーハクの権威あるおばさんだ。

二階に行けないから、陶磁室で、光琳・乾山合作の観鷗四角皿を観賞した。宋の詩人黄山谷が鷗をながめている。兄の光琳が絵付けをし、弟の乾山が焼いた逸品だ。かびくさい陶磁室は、シーンとして秋

東京国立博物館。美の迷路である

いちめん蓮の葉でおおわれた不忍池

の気配だ。そのシーンとした時間と空気がヒリヒリして、欲情しそう。欲情しちゃみっともないから、秋草蒔絵を見て心を落ちつけた。

黒地に金泥の短冊箱。黒地に、秋草蒔絵が描かれ、みつめていると金泥の穂がぐらぐらゆれてまぶしく、月夜のめまいを感じる。月の光が秋草に反射して、秋草が黄金にぬれている。

アー、しびれてきた。

シーンとした館内は、あまりに静かなので無音が濃くて、ジンジンという音がきこえ、それが虫の音に思える。

ヒロ坊の肩につかまって外へ出て、ビール飲んで気をなおさなきゃ。金シャチがついた東天紅へ行くと、上海ガニ祭をやっていた。上海ガニ一匹二二〇〇円。ずいぶん廻ったなあ、と東天紅から不忍池を見下せば、池に夕暮れがにじみ鴨が泳いでいるのが見えた。

「江戸開府四百年まつり」と書かれた茶色の旗が風に舞って、蓮の葉にからんでいる。不忍池のレンコン、食べどきだろうなあ。

◎上野公園……その後のこと

上野駅は永年の大改修工事が落ち着き、駅構内は一大商業ゾーンとなった。広小路口の高架下付近に「あゝ上野駅」の歌碑が置かれ、集団就職のレリーフが当時の上野駅の様子を偲ばせる。西郷隆盛像脇には「敬天愛人」と大きく記された銅像由来の案内板ができた。西郷像は明治二十六年起工で、高村光雲（光太郎の父）の作である。清水観音堂は人形供養を受け付けており、三〇〇〇円から。伊豆栄の伊豆栄弁当は二六二五円。うな重は松がいちばん安くて一五七五円。公園内の施設（常設展）入場料をざっとしめすと、下町風俗資料館三〇〇円。西洋美術館四二〇円。上野動物園六〇〇円。国立科学博物館四二〇円。東京国立博物館四二〇円。上野動物園のパンダはオスのリンリンとメキシコから来たメスのシュアンシュアン。上野で四頭目の赤ん坊誕生に期待がかかる。精養軒に寄ってみると店舗が新装されており、ビーフカレーライス、ハヤシライスとも一三六五円。不忍池ほとりの東天紅では、十月、十一月が上海ガニのシーズン。ここしばらくは一四二五〇〇円。上野を半日ぐるりとまわると、ここちよくくたびれるが、ここでビシッと気合いを入れて、ほど近い湯島のシンスケまで足を伸ばすと、また極上の時間がやってくる。

東京ドーム

東京ドームは東京の新名所である。

地方から初めて東京に出てきた連中は、原宿か渋谷か水道橋の東京ドームに来る。東京へ修学旅行へ来た生徒たちに人気があるのも東京ドームである。日本シリーズ第六戦の切符を手に入れたから、しめしめと思ってその日が来るのを待っていたが、ヒロ坊が妙な勘で、第六戦まではつづかないことを予感し（じっさいそうなったのだが）第一戦の切符を手に入れた。

水道橋の駅前は、野球帽をかぶったファンの群れがつづき、

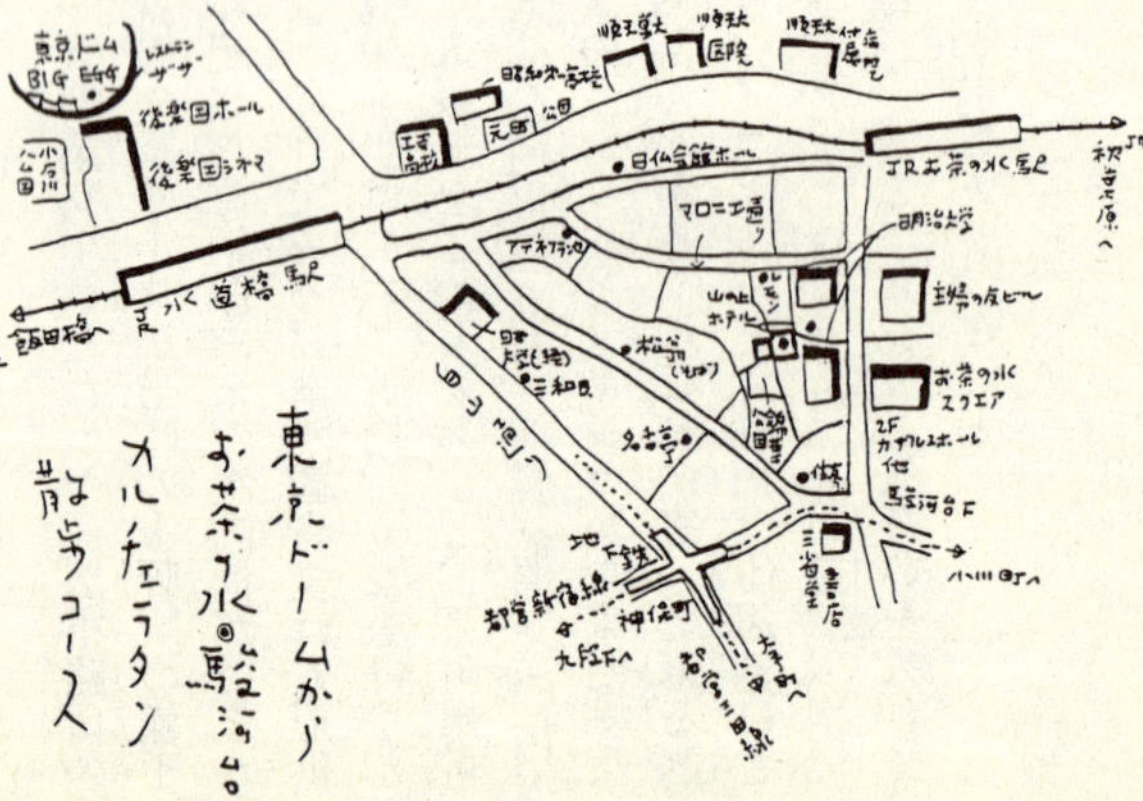

「ＢＩＧ ＥＧＧ」

と書かれたホールへ吸いこまれていく。

駅前の神田警察水道橋派出所から、ウグイス嬢の声で、

「ダフ屋から券を買わないで下さい」

とアナウンスがくりかえされている。

そのアナウンスの声におおいかぶせて、

「券あるよォ」

とダフ屋がダミ声をあげている。

おびただしいダフ屋の列で、日本シリーズＧＬ決戦初日だから、ダフ屋としたってここ一番稼ぎどきだ。

昼間の東京ドームは巨大な巻き貝のようだ。その巻き貝が東京という宇宙に浮いている。ＵＦＯあるいは宇宙船を思わせる。

床のタイルは三角形模様で、黒、ブルー、グレー、ワインレッドの組みあわせだ。客は、切符を両手でしっかり握って、切符の番号を見ながら歩いている。切符をお金みたいに握りしめている。さぞかし苦労して手に入れた一枚なんだろうなあ。

「アーマリーケン、アーマリーケン」

という声は、どこかの県人会かと思ったが〈余り券〉のことで、余っている券を買うのである。額面代金の半額から十分の一の値で買い、売るときは五倍だという。日本シリーズだと十倍にはあがる。

警察官がいる前で、ダフ屋は公然と商売をやっている。違法にはちがいないが、余った券を安く手に入れて高く売るのは自由経済のやり方だ。空席にするくらいなら、ほしい人にわたすのが合理的で、警察も大目に見ている、ということか。

試合前に昼食をどこでとるか。

ドーム3F屋根下にあるザザは、ビストロと銘うった店で、激辛エスニックカレーがいらしい。タイ風のココナッツミルク入りで、野球場のレストランとは思えぬ作りである。ステーキカレーはステーキを載せた上にカレーをかけて食べる。東京ドームの穴場だが、うっかりBランチを注文したのが失敗。一品ずつゆっくり持ってくるから、いらいらして、試合開始にまにあわない。

Bランチだけ残して店を出てドームへ入った。巨大な貝がらの劇場でわくわくする。晴れがましい。

あいかわらずダフ屋がうるさくつきまとい、ふと、

「人生の切符を売るダフ屋」

という小説を思いついた。結婚の切符、離婚の切符、入学の切符、就職の切符、自殺の切符。いろいろな切符を売りつけていく違法のサギ師にとって、そいつ個人の切符は、いったいどこにあるんだろうか。

ダフ屋が自分に思えてきた。

ドームのなかは観客で満員だ。ライトブルーの天井から白光照明がふりそそいでいる。

緑の人工芝。濃緑色の壁。青い席。

スコアボードの横に、巨大なテレビ画面があり、そこに選手の表情が写る。オレンジ色の帽子をかぶる巨人ファン。西武ファンは全体の二割で、三塁側外野席で旗をふっている。東京都知事の始球式があって、時間どおりに試合が始まった。

巨人軍先発の槙原がいきなり打たれた。

ジャイアンツは、からきし駄目で、試合は西武ペースだ。巨人ファンは元気がない。

試合を見ているうちに、任天堂の野球ゲームをやっている気分にな

巨大な宇宙船を思わせる東京ドーム

空の見えない球場で飲むビールはうまくない

ってきた。いま、目前でくりひろげられているのは、まぎれもなく生《なま》の試合なのだが、存在感がない。動きまわる選手は、テレビゲームのキャラクターと大差なく、ブラウン管内のデザインに見えてくる。席にいる自分もまたテレビ画面のなかの人形なのだ。

ビール売りはキリンが赤服、アサヒがブルーの服だ。ビールは大缶が一杯六〇〇円。ワインも売られていた。

ドームで飲むビールはさほどうまくない。なぜなら空が見えないからだ。野球場は、都市のなかのビールスポットで、本来ならビールが一番うまいところである。

ドーム球場は、雨天でも野球が出来る便利さとひきかえに、野球場の楽しさをうばってしまった。

①夜空が見えない。②だから星も見えない。③風が吹いてこない。④タバコが吸えない。⑤開放感がない。⑥ビールがうまくない。⑦場外ホームランがない。アーア。

こう考えてみると神宮球場のほうがいいなあ。野球にとって、

「雨天のため中止」

ということはとても大事なことなのだ。野球場は、応援に行くところである。試合を見るのだったらテレビのほうがいい。応援する声や溜息や歓声はカタルシスであって、無限の空に吸いこまれていく。ギリシャ悲劇を上演した野外ホールと同義である。応援と拍手

は渦をまいて夜空にあがっていく。負けた悔しさもまた渦となって上空へ吸われるから、観客はすっきりするのである。発散する。

東京ドームは、巨大な密室であって、応援や悔しさはドームのなかへ内向する。歓声が内に内にとこもっていく。こわいですよ。

ヒットに遠近感がない。選手に人間らしさがないのは、東京ドームが球場という名のスタジオだからで、ここで過ぎてゆく時間は、管理されたゲームで、神宮球場での試合と質的に違う、ということが見えてきた。つまり、東京ドームに似合うのはスポーツではなく、〈美空ひばりショー〉〈マイケル・ジャクソンショー〉や、企業の〈新製品展示発表会〉である。東京ドームにとっては、日本シリーズもまた一つの展示会にすぎないという気がした。

八回に四対〇になったところで、席を立って、外へ出ましたよ。

ドームの外へ出るといきなり気分がいい。タマゴから

STADIUM BAR
BIG EGGの中には
スタンディングBarもある

出て、青空が見えるから。

赤トンボが飛んでいた。

ぼくは、ドームになる前の最後の後楽園球場の試合（やはり日本シリーズ巨人・西武戦で西武の勝ち）を見たが、そのときも球場のなかを赤トンボが飛んでいた。

東京ドームは、天井の開閉が出来るように改造すべきだ。と考えつつ水道橋駅へ向かって歩いた。

後楽園遊園地のパラシュート・タワーが上ったり下ったりしている。昔の後楽園球場からは、このタワーと、ジェットコースターが見えたものだった。

道路沿いに、翌日の第二戦入場の順番を待つ連中が坐って並んでいる。ラジオを聴きながらトランプなんかやっている。実際の試合よりこちらのほうが楽しそう。若いなあ。

現在、東京ドームビル別館で、ボクシング協会が入っている古い建物は、昔はボディビルの練習場があった。二十年前、このボディビルセンターで三島由紀夫に会ったことがある。小柄な三島由紀夫は、こ

歓声も熱気もすべて内部にこもっていく

こで筋肉を鍛えていた。汗だくだったなあ。

そのさきは都立工芸高校のビル。風格のある校舎が、夕暮れのなかでゆっくりと闇にしみていく。

ここから水道橋駅前のガード下をくぐって線路沿いの坂を上っていく。風景はしだいにカルチェ・ラタンとなっていく。

坂の並木はマロニエで、線路沿いの壁のいたずら描きがクレーやミロ調となり、東京写真専門学校、東京デザイナー学院の大理石ビルがあり、そのさきが白井晟一設計になるアテネ・フランセの紫色の校舎。

坂の下をふり返ると、元町公園の森、昭和一高、都立工芸のさきに、銀色の東京ドームが見え、手前を黄色い総武線、オレンジ色の中央線の車輛が走っていく。

グレードが高い夕暮れだ。

あたりはパステル画の夕暮れで、急な女坂を過ぎ、つたのからまった文化学院を左に見つつ、男坂を下りる。薄情な出版健保の白いビル、レンガ造りの雑誌協会ビルはかつて通っただけになつかしい。

煮込みがうまい「名舌亭」

マロニエの街路樹がつづく坂道

錦華坂から公園へ下りると、アベックが八組ベンチに坐っていた。そのほかに老夫婦が一組、背広姿のセールスマン一人。ブルーのブランコに乗ると、すぐうしろの明治大学校舎から、トロンボーンの音が響いてきた。

近くの炭火焼き名舌亭《めいたんてい》で、タン焼きをサカナに一杯やる。この店は、タンの煮込みがしぶとい味だ。学生たちで満員だった。学生街ではやっている店というのは独特のすがすがしさと純粋な一本気がある。飲んでいて学生時代に戻る晴れがましさがある。

混んできたので席を立って、山の上ホテルのバーでもう一杯ひっかけようとしたが、あいにくとバーは満員で、ホテル地下のワインセラーへ行った。

ここはカウンターが三席あいていた。

テーブル席には、山際淳司が妙齢の美人と食事中で、じつに悔しい。山際さんも日本シリーズからの帰りで、第一戦は五対〇になったことを知った。

人気作家は、ドーム球場からまっすぐ山の上ホテルまで来るのだ。これが通人。

男三人のわれらは、ブルーチーズをサカナに安い白ワインを注文して、乾杯し、決して悔しそうな表情をしないところが、偉くもありみじめでもあるのだった。

◎東京ドーム……その後のこと

東京ドームはその後、東京ドームホテルができる、温泉施設ラクーアができると変貌した。思えばあの年、巨人は藤田監督で、その後、長嶋監督、原監督、堀内監督とこちらも変容した。東京ドーム内のビストロザザはもうない。カレーを食べるなら、売店のものということになる。カレーライス六八〇円。弁当は八〇〇円から二〇〇〇円まで。ビール（L）八〇〇円、（M）六〇〇円。やはり味気ない。おまけに、ドームの野球は見ていて眠い。これは空気が流れていないせいでは、あるまいか。それとも、ゲームがのっぺりと見えてつまらないせいか。あと、やたらと手荷物を検査されるのが気に障る。ああ、普通に野球が見たい。名舌亭では牛舌煮込が依然パワフルである。五二五円。タン塩焼き八四〇円。焼き鳥は二一〇円から。肉だけではなく、魚も野菜もあるのがうれしい。山の上ホテルのワインセラーは時の重みを漂わせるたたずまい。ここで出会った山際淳司氏は一九九五年に急逝された。四十六歳であった。

神田須田町・淡路町

十一月に入ると、せっつかれるように鍋物を食べたくなる。江戸の鍋が食べたい。

飲み屋の鍋料理は、白菜、コンニャク、春菊、葱、豆腐、シイタケ、魚などいろんなものを入れすぎて、書生料理だ。料理にピーンとはりつめた粋がない。

いせ源のあんこう鍋か鳥鍋のぼたんか、迷ったすえ、ぼたんにする。ともに神田須田町一丁目にある老舗で江戸の味だ。

いせ源は天保元年（一八三〇）創業、ぼたんは明治三十年の創業。いずれも古いのれんを誇っている。

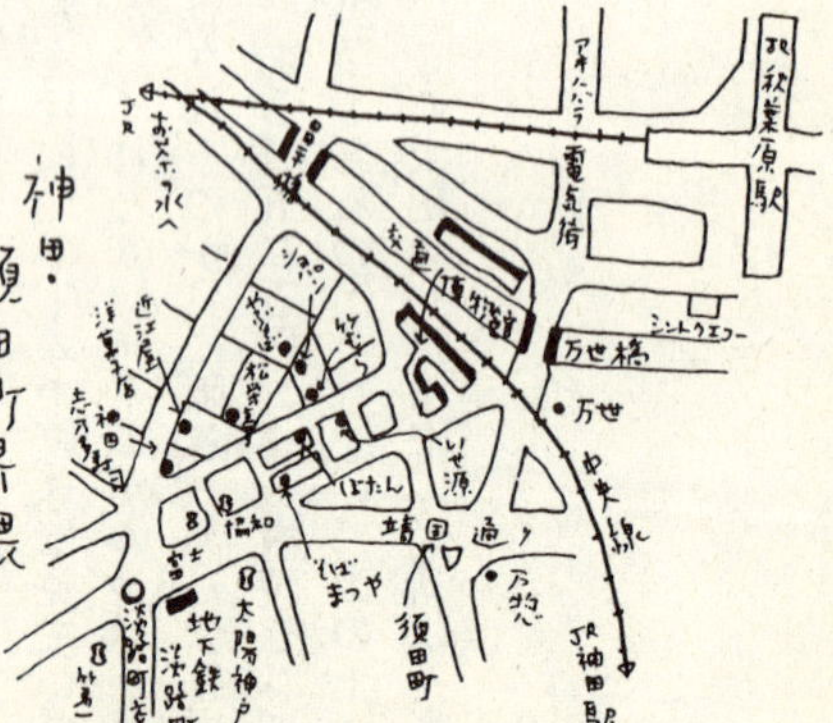

神田須田町、神田淡路町一帯には、戦災をまぬかれた一群の老舗がある。先祖代々、この土地で商売をしてきた伝統の店ばかりだ。江戸ッ子の味と心意気を売る店が、神田食味新道である。

この一角に入りこむと、さて、どの店へ入ろうかと迷ってしまう。どの店にも客があふれている。

夕食はぼたんの鳥鍋にして、昼に二食食おうというのがぼくの計画だ。

最初にとびこんだのは松栄亭。明治四十年に出来た洋食店。この店を知ったのは十六年前で、池波正太郎さんに教えていただいた。

池波さんは、須田町、淡路町という名より、旧名の連雀《れんじやく》町という名を好んだ。ここは、慶長年間に商人たちの荷を背負う連尺《れんじやく》造りの職人がいたところで、そこから連雀町の名が出た。

昭和五十年の池波さんのメモによると、ポークソテー一、串カツ一、かき揚げ一、カレー一、ドライカレー一、オムライス一、それに酒四本で（三人とも腹いっぱい）三六四〇円とある。あまりの安さに、池波さんは舌を巻いている。

平成二年の値段は、名物洋食かき揚げ七五〇円、メンチカツ五〇〇円、オムライス五八〇円、ジャガイモサラダ四六〇円、でぼくも舌を巻いた。二十二種類の料理があって一番高いのがエビフライの九〇〇円。

松栄亭の洋風かき揚げにはつぎのようないわれがある（池波さんの話のうけうり）。松栄亭初代堀口岩吉は、明治中期に東京帝国大学がドイツより招聘したフォン・ケーベルと縁がある。初代は麴町の有名料理店宝亭の料理人だったが、ケーベルの専属となった。ある日突然夏目漱石と幸田延子（露伴の実妹）がケーベル邸を訪ねて、「何かめずらしいものを作ってくれ」といいつけられ、ありあわせのもので作ったのがこのかき揚げ。大好評だったため、のち、松栄亭のメニューになった。

ひき肉と玉子を小麦粉でつないで塩味をつけフライにしたもの。小麦粉がカリッと揚がってシナモンの香りがして、明治のロマンがある。量がたっぷりあるから、一人前を三人でわける。味がハイカラ。

松栄亭は混んでいて、店の外に客が並んで待っている。昼は十一時から二時半まで。店内は改装されてテーブルが増えているが、それでも客が入りきれない。

二人席があいたので、ぼくとヒロ坊が先に入って、ビール飲みつつ隣りの席（専太郎ぶん）があくのを待つ。席の横のカウンターから、メンチカツをジャーッと揚げる音が響いて音がビールの肴になる。

松栄亭ではビールに四品で三五六〇円だった。まだ、お腹を残しているのは、そばのまつやへ行くためで、まつやも池波さんがひいきにしていた店だった。まつやの創業は明治初期で、関東大震災後に小高政吉氏が継承した。

すぐ近くに有名なやぶそばがあるが、ぼくは、まつやのほうがあう。神田やぶは超有名店だから日本じゅうのお上りさんが来るが、まつやは東京の人が来る。下町の人が来る。池波さんは、

「超有名店の近くにいい店が隠れている」

として、その一例にまつやをあげていた。まつやの玉子焼きとやきとりが技ありだ。もちろんそばも絶品だ。浮き足だってまつやへ行くと、

「勝手乍らお休みさせていただきます」

の札があった。

で、やぶへ行く。満員で、待ち合い室で待つこと十分だ。家族づれ、若い男女、外国人、とつづいて、そのつぎに入った。

中庭の竹が風に揺れている。店の前が、文字通り、藪である。中庭のよしずも風に揺れて、東京の粋がぴんと背すじをのばしている。そ

超有名店の「やぶそば」。お上りさんも多い

池波正太郎さんから教わった洋食屋「松栄亭」

ば屋に入れば酒を飲む。

やぶには、やきとりと玉子焼きがない。その代りアイやき（あいがもとネギやき）がある。アナゴやき、天たね、やきのり、そば寿司、かまぼこと、メニューにあるものをかたっぱしから注文して酒を飲む。

カウンターの女性が、

「セイロー、三人さーん」

と注文を声を長く出して歌うようにくりかえすのがこの店のパフォーマンスだ。澄んだ声で、宮中歌会始めのよう。食事をする客は、みな、ゆったりと酒を飲んでいる。池波さんがこの一帯の老舗を好んだのは、ここにある老舗が持つ風格と凄みと粋にあるはずで、どの店の主人も『剣客商売』の主人公である老剣客に似ている。物静かで腰は低いが、そのぶん殺気がゆるやかで透明だ。

池波さんの小説ファンは、この一帯を散歩していずれかの店へ入れば、

「おや、小説のシーンのなかにいるな」

と、たちまち、梅安の鬼平の気分になれるはずである。

せいろうそば（六〇〇円）で仕上げて、やぶの外へ出ると、珈琲のショパン。ショパンのコーヒーときたら濃くて、これぞムカシの味。一口すると頭の中がコーヒーのたそが

れどきになる。ゆったりと大きい椅子とステンドグラスが、ショパンしている。喫茶ショパンのビルに美容室ショパンも入っていた。

揚げまんじゅうで有名な竹むらも池波さんが好きな店だった。竹むらは汁粉屋だが、これもまた池波さんの時代小説に出てきて、同心がこの小座敷へ桃の花われのような娘を連れこんでくちびるを吸いながら乳房をまさぐらせている。

店の造りが古くしゃれた造りなので、時代小説の背景にぴったりである。専太郎が、

「酒後の栗ぜんざい……」

と言いつつ店内をのぞくと、満員だ。甘味の店なのに、男客がけっこう多くいる。

洋食↓そば↓コーヒーときて、腹いっぱいになり、近くの交通博物館へ行った。入場料は大人二六〇円。

交通博物館へ入るのは三十年ぶりのことである。高校生のとき、弟二人を連れてここへ来たことがありベンケイ号の前で撮った写真がいまも自宅に残っている。

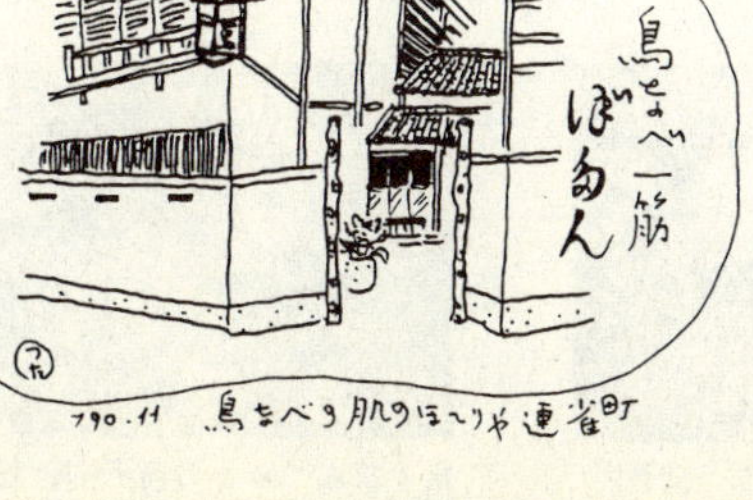

ベンケイ号は博物館の外にいた。

館内は２０５系通勤車シミュレーター（列車運転手と同じ体験が出来る）やパノラマ運転場があり、大人でも夢中になってしまう。模型列車を運転できるのが嬉しく、たちまち三人ともバラバラに別れてしまった。映画館では、「最後の蒸気機関車C57」（八分）、「思い出の標《しべ》津《つ》線」（四十五分）を上映していた。

一階が鉄道で、二階が船と自動車、三階が航空になっていて、これは、乗物大好き少年にはうってつけの博物館だ。

行方不明になっていた専太郎が、銀色の新幹線文鎮を持って得意そうにやってきた。

「どこで売ってたの？」

と問いつめると、館の入口に小さな売店があり、北斗星ヘッドマークや銀メダルを売っていた。専太郎は、こういうのを見つける天才だ。買物の達人。

廊下に子ども連れの親がいて、お父さんがお母さんに叱られている。

揚げまんじゅうの有名な汁粉屋「竹むら」

大人も夢中で遊んでしまう交通博物館

「お父さんがいないから、シンちゃんの番なのに運転できなかったじゃないの」

かんじんなときに父さんはどこかへ行っていたらしく、お母さんはヒステリー気味だ。

ヒロ坊が、「どこ行ってもお父さんは叱られてるんだよ」と、同情した。

博物館を出て、神田古本市まで歩いていったところ、神保町で鼻血が出た。短時間のうちにガツガツ食ったから精がつきすぎたらしい。喫茶さぼうるへ入って、アイスコーヒーを注文し、コーヒーの氷で鼻を冷やした。

ハンカチに血がついたのを見た喫茶さぼうるの美少女ウエートレスが、

「ハンカチ洗いましょうか？」

と声をかけてくれて、

「え？」

と感激し、感激したショックで鼻血が止まった。いまどき、こんな

「ぼたん」の鳥鍋。地鳥のすき焼きである

純な女性がいたのである。こちらは昼酒飲んで半分酔っぱらっていた。

ぼくが休んでいるあいだ、ヒロ坊、専太郎は古書店を廻り、鼻血が止まったからぼくも一軒廻って国芳の浮世絵（八万円）ほか数点を買った。ガイ骨雪見図。

ぼくが、あんまりしつこく浮世絵を捜すものだから、二人は、あきれて外で待っていた。おわびの印に一万円で買った井上安治の版画を一枚ずつ進呈した。

浮世絵を抱えて須田町へ戻り、ぼたんへあがった。

ぼたんは鏡花の小説にあるような老舗だ。

鍋の味が、部屋の天井にまでしみている。

簀《す》が敷かれた小部屋へ通されると、すでに奥で三人連れの先客が鍋をつついている。朱塗りの小膳が二つ。その間に備長炭の鉢があり、そこへ鉄鍋を載せ、醤油だしで鳥肉を煮る。

鳥肉のほかはねぎと糸コンニャクのみ。地鳥のすき焼きだ。ねぎに醤油がしみて、日本酒によくあう。酒が胃の奥へ沁みていく。

まどろむ味が喉を流れていき、神田の老舗の暗がりのなかで、すべてが粋すぎてもじもじしてしまう。たまらなくうっとりする時間。

悪だくみしたくなる。そんなむずむずする一夜の始まりだった。

◎神田須田町……その後のこと

この界隈は当時行った店がことごとく残っている。松栄亭は元の敷地一帯が福祉施設用地となったが、隣のビルの一階に移って営業している。白の暖簾が清々しい。かき揚げ八五〇円、メンチカツ六五〇円、オムライス七三〇円、カレーライス七三〇円、ドライカレー六五〇円、ポークソテー八〇〇円、串カツ六五〇円、エビフライ一一〇〇円。ツバサ製のウスターソースが一本二五〇円で売られている。神田まつやはもりそば五五〇円。ごまそば七〇〇円、鴨せいろう一六〇〇円。やぶはせいろう六〇〇円、かも南ばん一五〇〇円。やぶは季節のそばがあって、三月なら白魚そば一五〇〇円、若竹そば一三〇〇円がメニューに載る。店の人々から、「ありがとうぞんじます」の声が聞こえる。やぶの向かいのビルの地下に串あげのはん亭。この店は、湯島のはん亭の支店。竹むらのたたずまいも変わらないが、隣にビルが建設中であった。交通博物館は三一〇円。運転シミュレーションはものすごい人気で、大人の方が熱中していた。ちゃんと、指さし点検しながら運転してるの。ぼたんは席に着くと、すぐに人数分の鍋の具が用意される。ビールを飲んで、一人七〇〇〇〜八〇〇〇円見当。鉄鍋に脂が溶け出し、卵をかちんと器に割り入れると、開けっぱなしの窓から夜風が吹き込んできた。

奥多摩

青梅《おうめ》街道はしょっちゅう通るのに、青梅へはめったに行くことがない。

青梅が新聞記事をにぎわすのは、二月中旬の青梅マラソンで一万五千人もの人が参加する。一万五千人とひとくちに言うが、その数はべらぼうなもので、満員のプラットホームをおしあいへしあい駆けぬけるようで、あんなものは、ぼくは苦手だ。

青梅がいいのは三月の梅で、青梅という名の発祥の地となった金剛寺がいい。青梅から二つさきの日向和田《ひなたわだ》駅で下車して神代橋を渡ると吉野梅林があり、二万本の梅を見物するのがいい。ウグイスの声を聞きながら梅林を散策する。

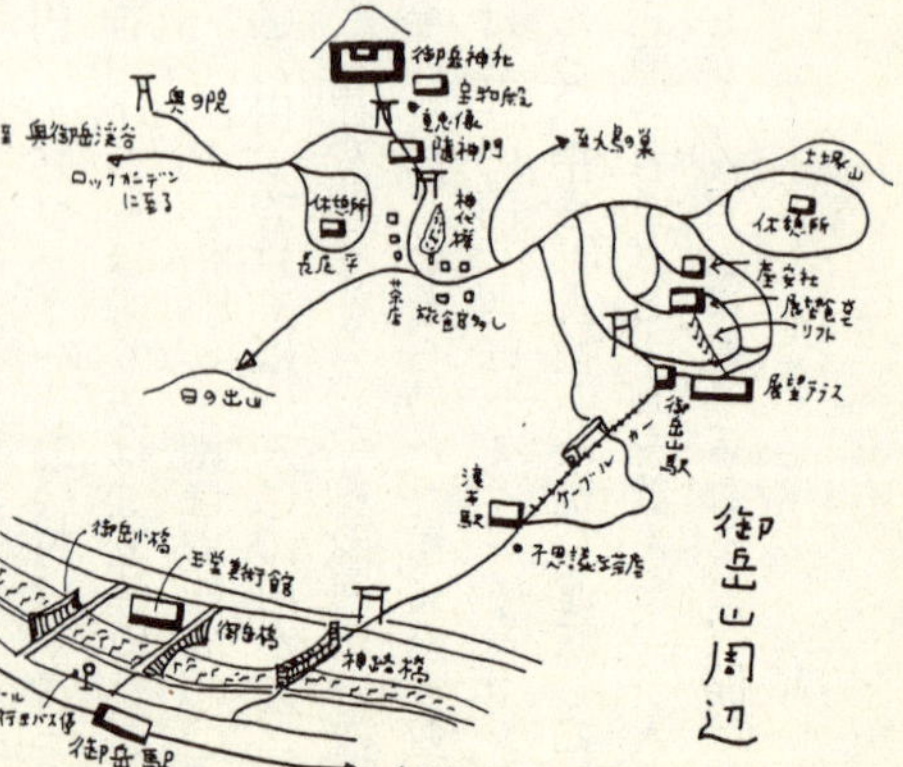

御岳山周辺

　ＪＲ立川駅から青梅をへて奥多摩へ向かう青梅線は、羽村《はむら》の堰《せき》がある羽村のあたりから多摩川の上流沿いに走り、青梅を過ぎ、宮の平トンネルをくぐると、いっきに深山幽谷となる。トンネルを過ぎると日向和田駅だ。

　今回は紅葉見物だから、さらに二つさきの二俣尾《ふたまたお》駅で下車。駅のホームに、

「ようこそ青梅へ」

の看板があり、周辺の名所案内が記してある。海禅寺、即清寺、愛宕神社。

　駅の階段から見える紅葉がいい。観光地らしくない普通の町の紅葉。新宿から一時間半ほどなのに、遥か遠くの町へ来た気分だ。駅前の店でガイドブックを買おうとしたが、スタンドには競馬新聞しか置いてなかった。線路沿いの青梅街道を横断すると、多摩川にかかる奥多摩橋がある。

　橋の下を多摩川がＳ字型に流れ、かなりの高さだ。上から見ると一〇〇メートルぐらいに見えるが実際はその半分ぐらいだろう。川は空より濃いブルーで流れが白く光っている。峡谷のあいまに赤、黄、朱色の紅葉がにじんで見える。橋の上から紙ヒコーキを作って飛ばすと、飛行機は気分よさそうに飛び、ほぼ十二秒で水面に落ち、流れていった。

　このあたりは製材所が多い。材木のつるんとする匂いが道路に漂っている。たてかけてある材木にからまった蔦が紅葉し、柿の実が風に揺れ、道沿いに菊で、枯れかけた葉鶏頭

が夏の余韻を残している。家の軒さきには切り芋やズイキが干してある。

旧家の黒塀には水原弘のハイアースの看板広告があり、由美かおるのアース渦巻とセットになっている。ムカシの風景がめくられずにあり、一時代前のカレンダーのなかを歩くと、宮本武蔵が道の向こうから歩いてくる気配で、そこが吉川英治記念館だ。入場料は大人三〇〇円。

玄関をくぐると母屋があり、その横に書斎。書斎の前のしだれ紅葉は、艶がありつつもりんとした風格で、中庭の巨大な椎が黒々とあたりを見下している。樹の生命力は作家の精神を継承するところがある。

記念館の奥の展示室には、原稿、挿画、文具、扁額と、座右銘の、

「吾以外皆我師」

の色紙がある。

あと、文化勲章。

文化勲章は、近くでよく見るとマーガレットの花弁に似ている。白い花びら。

吉川英治が東京赤坂からこの地へ疎開したのは昭和十九年。敷地二千坪。赤坂の吉川邸はぼくの仕事場のすぐ横で、そりゃもうすごい邸宅で、いまは新マンションの工事中だ。この記念館は、旧吉川邸の草思堂に昭和五十二年開設したもの。

記念館は中年のおじさんおばさんの団体客が列をなして入場し、いまさらながら吉川英治の人気ぶりにびっくりした。

吉川記念館の裏手は愛宕神社だ。滝のようにまっすぐに石段を登ると、眼下に多摩川の清流が見える。神社の境内で〈歩こう会〉の団体が豚汁鍋会を開いていた。

愛宕神社はつつじの名所で、社殿からの参道は数千株のつつじのトンネルだ。つつじの季節はさぞかし美しいだろう。参道を下りた専太郎が道にしゃがみこんでなにやらいじっている。専太郎が手で泥をよけると、マンホールの鉄蓋で、梅にウグイスの模様があり、デザインが抜群だ。明治の粋がある。

ヒロ坊とぼくと三人で、しばし図柄に見とれて、この山村の文化レベルの底の厚さに驚嘆した。この地は、まぎれもなく東京都で、マンホールの鉄蓋ひとつにも底力がある。こういった梅見もまた東京旅行の愉しさで、たちまち酒が飲みたくなった。

そのまま吉野街道を四十分も歩いていけば寒山寺で、楓橋《かえでばし》を渡ると小澤酒造がある。歩くのが面倒だからいったん二俣尾駅へ戻り、電

吉川英治記念館の玄関

澤乃井直営の料理屋「ままごと屋」の広い庭園

車で沢井へ行くことにした。

電車を待つあいだ、駅前の雑貨店でアサマ印の浴用かる石（一二〇円）を買った。早く酒が飲みたくて足ぶみしてしまう。

二俣尾から沢井までは電車で五分。沢井駅は無人駅だった。駅につくと、ホームに日本酒の甘い香りが漂っている。駅前に小澤酒造の醸造所があって、細いだらだら坂の左側が工場、右側がゆず畑で、ゆずの実が淡い黄色ですずなりだ。

坂を下りると酒麹の香りが少しずつ濃くなって、歩くだけでほろ酔いになる。小澤酒造は創業が元禄十五年の老舗で、ぼくは清酒澤乃井のファンである。なんてったって東京の清酒だからな、ひいきしてる。

澤乃井は秩父古生層の洞窟から湧出する名水を使っている。工場見学するとタダ酒を飲ませてくれるかもしれず、さっそく入ろうとしたが、紅葉見物の客が多くて行列が長いからあきらめて、すぐ前にある澤乃井直営の料理屋ままごと屋に入った。

ままごと屋は広い庭園がある料理屋だが、こちらのほうも満員だ。多摩川に面した庭園の樹々が紅葉し、京都嵐山の渡月橋のあたりにもひけをとらない。いや、京都の嵐山は夕レントショップが乱立して俗化がはなはだしいから、こちらのほうが風情がある。

おから弁当、きびおこわ弁当、お手玉がんも弁当が手ごろだが、ここは豆腐料理が有名だから順番を待って三八〇〇円の豆腐コースを食べた。

前菜、うの花いり、ゆばとしめじのわさびあえ、花弁当（八品）、お手玉がんも、小袖むし、むしおこわ、水菓子。

酒はしぼりたての冷酒で六五〇円。甘い香りがあってすーっとしみこむ。手ぬぐい、カレンダー、わさび漬けのみやげまでつけるんだから、小澤酒造は気前がいいや。この手の店は、店員が雑になりがちなのに、それがない。客への応対が親切でテキパキしている。

酔いざましに庭園内にある天然仕込水を飲んだ。岩盤を一〇〇メートル掘りぬいた洞窟より湧出する水である。

ままごと屋から、多摩川沿いに細い小径がある。こもれ陽の径、という名の遊歩道だ。進むうちに多摩川上流の流れが早くなり、清流に赤、黄の紅葉が映えてまことに爽快である。風景が透明で静謐《せいひつ》だ。

歩き出してすぐ、繁みのなかに裸の男が立っていて、前を歩いていた女性がキャッと声をあげた。朝倉文夫作の彫刻「青年の像」だが、この場所にあるといささかワイセツだ。まあそれも御愛嬌というもので、この遊歩道は、花々が咲く渓谷の道である。

多摩川は紅葉の真っ最中だった

〝山里会席料理〟がうまい「河鹿園」

十一月だから色とりどりの菊が主役だが、カタクリ、サルビア、ナデシコに混って、タンポポと朝顔の季節はずれの花が咲いている。

道沿いの紅葉の下を老人のハイカーが歩いている。外国人の姿もある。足元がふらついている若い女性がいる。ハイキングに来て昼から日本酒を飲んで紅葉見物だ。道ですれ違う人はみな酒くさく、ほろ酔いで歩くコースというのも珍しい。紅葉が赤く、歩く人の頬も赤い。それでいてそれがきれいに見えるのは、この遊歩道の持つ自然の力だろう。

四キロほど歩くと鵜《う》の瀬《せ》橋があり桜の葉が紅葉していた。桜の季節もきっと艶っぽい道になるだろう。春は酒の量も増えるから、酔っぱらいが河原に寝たりして。

釣人がいたから、何が釣れるかと訊いたらヤマメとウグイだという。川の急流で、白波をたててカヌーをしている人が二人いた。このあたりはカヌー場でもあり、カヌー連盟の教室があった。

こうやって観察すると、なんだかんだといろいろある所なのだ。

畑の横に無人スタンドがあり、畑でとれた野菜を置いてある。ハヤトウリという緑色のウリが二つ入って一〇〇円だった。

さらに歩くと御岳《みたけ》小橋があり、多摩川の向こう岸にも小径があるのがわかった。川幅は少しずつ狭くなっていく。河原に坐って絵を描く人、鍋をつつく人、ただ寝ころんでいる人、さまざまだ。

橋の上はJR御嶽駅で、ここから電車に乗れば二時間以内で新宿についてしまう。このまま帰って新宿で酒を飲むのがいつものことだが、今夜は河鹿《かじか》園に泊ることにしている。

河鹿園は創業六十五年になる旅館である。以前から一度は泊ってみたいと思っていた山里料理の旅館である。ここの会席料理の評判はつとに知られている。

申し込むのが遅かったから、川沿いの部屋はとれなかった。ぼくらが泊った部屋は、一泊一万五〇〇〇円だ。

夕暮れのなかで河鹿園の部屋の電灯が、ぼうっとかすんでいる。木造三階建ての旅館で夕食の献立は、山ぶどうのワインに始まり、吹きよせ、鯉の洗い、カブの吸物、合鴨のほうば焼き、揚物、しめじ御飯、シャーベット。最後に出たしめじ御飯は木皮で包んだ上に野菊、山ぶどう、ミヤマカズラの赤い実が飾ってあり、これは、

女性が喜びそう。

部屋には川合玉堂の軸があり、廊下の灯の工夫に落ちつきがある。

長い廊下を下って大浴場に入り、夜の闇のなかに見えるさざんかの花を見ていたら、

「フリン用にもむくな」

と助平なことを想像した。


朝、旅館（河鹿園）の窓を開けると水墨画の風景だった。目前に霧がかかった黒い山がぼうっとかすみ、川沿いに白壁の玉堂美術館が見える。玉堂美術館の周囲は、赤、黄、オレンジ色の紅葉で囲まれている。紅葉が微妙なグラデーションで森のなかににじんでいる。ひときわ目立つのは玉堂美術館前にあるいちょうの木で、鮮やかな黄色が乱舞している。網膜にしみこんでくる黄色だ。

湯豆腐朝食を食べてから御岳小橋を渡り、玉堂美術館へ入る。黒瓦と白壁の玉堂美術館は杉木立に囲まれ剣術道場といった趣だ。禅風の石庭で清澄な気品がある。

館内には奥多摩水墨画をはじめ、書斎や画材が展示されている。川合玉堂は昭和十九年にこの地へ疎開して生涯を終えた。

館の入口で生前の玉堂のビデオを流している。麦わら帽をかぶった八十四歳の玉堂が、

木造吊り橋から写生をしている映像だ。写生する玉堂の筆先はかなりのスピードで、またたくまに画帖に風景が埋まっていく。

玉堂が描く山水画は力強く繊細だ。勢いがあってやさしい。ざらっとした抒情に剣術家の息がある。吉川英治が書いた宮本武蔵はもともとは水墨画家で、武蔵筆になるすすきの絵の筆先にただならぬ殺気がある。水墨画家武蔵を剣術家に仕立てたのは吉川英治の創作力である。

ならば剣豪川合玉堂を創作してもいいはずだが、玉堂は武蔵のようなギョロ目の田舎者ではなく、もっと涼しい色気がある。

玉堂が十五歳のとき描いたナス図（明治二十一年）が秀逸。オコゼ（魚）図、ブドウ図はいずれも早熟の達人をほうふつとさせる。十八歳のときの千鳥図、きのこ図から、絶筆となった牡丹のスケッチまで。皇太后陛下より賜った牡丹を病床でスケッチした小品だ。

玉堂が使った天然岩絵具は天然石を粉末にしたものをにかわで溶いて用いる。魯山人作になる玉堂の落款《らっかん》もあった。

玉堂美術館を出ると、多摩川の岩の上に乗って写生をする画学生が

ケーブルカーは約六分で山頂の駅に着く

玉堂美術館。左奥にある庭園が美しい

いた。川原ではバーベキューの用意をする家族連れがおり、ハイカー、釣人、カメラマン、ビデオをまわす人と色とりどりで、

「危い！　この川の上流十九㎞に小河内ダム。サイレン有り」

の看板があった。

川原沿いの売店では岩のりわさびを売っている。岩のりとわさびをあわせたものでNHKの旅番組で紹介された、と説明がある。一つ買おうとしたら、専太郎に、

「奥多摩のわさびはやめたほうがいい」

ととめられた。その代り炭焼きダンゴを買った。宿酔のヒロ坊は自動販売機ではちみつレモンを買って飲んでいる。売店にはやまめの塩焼きと生しめじが並ぶ。

JR御嶽駅の近くに写真館があったので記念写真を撮ろうかと思ったが、時間がないのであきらめた。無人タクシー営業所にピンク電話があり、多摩京王タクシーへ連絡するようになっている。御岳山ケーブル下まで、と注文したら、「運転手がいない」と断られた。電話による乗車拒否だなあ。

ピンク電話がある壁にカゲキ派の手配写真が貼ってあり、あとから来た女子学生の一団が「どれがいい男か」と言いあっている。

多摩川せんべい店前のバス停からバスに乗ることにした。御嶽駅―自然野草園―ケーブ

ル下までは七分間でつく。

バスは満員で圧倒的におばさんハイカーが多い。超満員すし詰めバスで、バスのタイヤの空気が少ないから、右へゆれ左へゆれ、御岳橋を渡り、吉野街道を進み、お尻がごつんごつんとしてしびれてきた。

ケーブル下にすいとんを売る御岳茶屋があるが店は閉っている。廃屋なのか休みなのかわからず、専太郎が、

「廃屋なら買いとりたい」

と無人の店をのぞきこんでいる。鉄仮面が置かれている奇妙な店だ。信仰の山の下にこういうヘンクツな店があるのも、東京という地がまるごと迷路とクロスワードパズルであることの証明だ。

ケーブルカーは三十分に一本、往復一〇五〇円だった。通勤定期は一カ月七五〇〇円（学割四八二〇円）で、御岳山上に住んでいる人がかなりいることがわかる。

ケーブル下の滝本駅からケーブルに乗ると、観光のおばさんたちが「紅葉がいいねえ」とか「あたしゃ下を見るのが好き」とか「いまが一番いいときだよ」とかしゃべりあい、まことに元気がいい。

ケーブルカーからリフトに乗り継ぐ

山頂から望む奥多摩の山々

そう言えばぼくの母も九月に「かんたんをきく会」に来たことを思い出した。かんたんは一センチほどの緑色の虫（コオロギ科）で、その音色は秋虫の王者だ。きゅうりの種みたいな虫で、物悲しい澄んだ音で鳴く。

枝の形をしたナナフシ、グレー地に黒の斑点があるルリボシカミキリも御岳山の貴重な虫だ。クワガタ、カマキリ、コガネムシ。カワトンボ、ヒグラシに蝶はルリタテハ、ベニシジミ、オオムラサキ。この一帯は虫の宝庫であり、ということは野鳥の園でもある。

夏にオオルリ、コルリ、アオバズク。冬は濃紺のルリビタキと紅色のジョウビタキ。ホオジロ、ゲラ、キジバトはそこらじゅうを飛んでいる。

春は仏法僧（コノハズク）を聞く会がある。ぼくらが乗ったケーブルカー青空号は、紅葉の海のなかを一気に御岳山駅までつき、そこからリフトでさらに上った。

足が地面につくリフトで、ここまで設備が整っていれば、お年寄りでも楽に参拝できる。リフトを下りると標本室があり、タヌキや鳥のハクセイがあった。

冬鳥のシメという鳥のハクセイがあり、目がマンマルだ。

御岳山はムササビがいることでも知られる。杉並木の下に身をひそめていると、ギュルルルーンという不気味な声が聞こえ、それがムササビだった。ムササビはリス科の夜行性の動物で、手足の間にある膜を広げてグライダーのように滑空する。空飛ぶザブトンですね。

ムササビの飛行を見物するには、御岳山頂に一泊する必要がある。大木のほら穴に棲んで夜に飛ぶから、天狗はムササビがモデルだろう。観察するときは、強い光で驚かさないよう、ライトに赤いセロハンをつけるのがムササビへの礼儀という。

大相撲の結びの一番で番狂わせがあると、土俵へ向かってザブトンが飛ぶが、つまりあれが国技館のムササビで、国技館には力士のほか天狗もいるのだ。

ムササビは葉っぱを二つ折りにして食べるから、食べ跡が月型になる。御岳山山道を歩いていると、この食べ跡をみつけることができる。

御岳山は、虫、野鳥がやたらと多く、珍獣ムササビが飛ぶ自然動物園だ。

リフトを下りて、御嶽神社までは五〇〇メートルほどだ。むっつりと静まった参道をきょときょとしながら歩く。すっかり、小学校の観察少年になる。

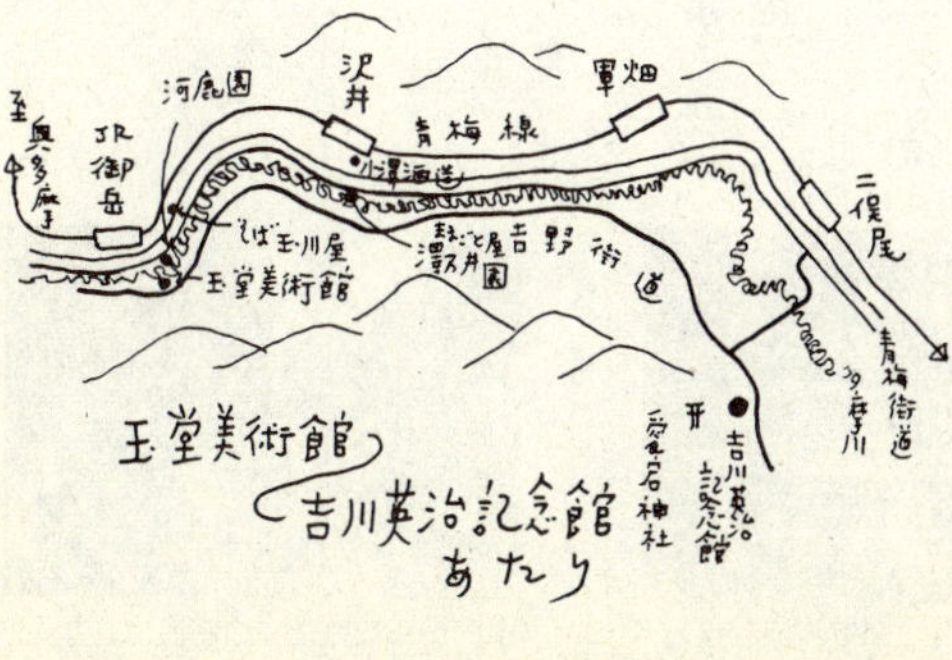

なだらかな参道沿いに紅葉がにじみ、躰内がハッカ飴を食べたみたいにスハーッとする。空気がヒヤリとして透明なせいだ。

このあたりの水は、源流水で上等だから、その水を使ったコーヒーを飲みたくなった。すると、嬉しいじゃありませんか、売店で挽きたてコーヒーを売っている。一杯四〇〇円。深山幽谷の霊地でコーヒーというのは、一見ミスマッチだが、ここは東京だもの、これでいい。ついでにカレーライスと月見芋をわけて食べた。

こまどり売店を出ると御嶽神社山門があり、そこから山上の社殿までの石段は約三百段。なだらかな石段がつづく。

石段の両側に講の石碑がおびただしく建っている。三十三度登頂成就と彫られた石碑もある。東京、埼玉、横浜の講が多く、広尾、恵比寿など、数えてみたら百七もあった。

御嶽神社は社伝によるとヤマトタケルが東征のおり山頂に武具を蔵したことに始まり、二千六十余年前の創立となる。

まことに古い。現在の社殿は元禄十三年（一七〇〇）の造営だから、二百九十年の年月がたっている。国宝の赤糸縅《あかいとおどし》大鎧《おおよろい》と、螺鈿《らでん》

山門から社殿までの石段は、なんと三百段余

御嶽神社の本殿。関東各地に講がつくられている

鏡鞍《かがみくら》を蔵している。

鎌倉時代からつづく日ノ出祭、古代から太占祭《ふとまに》（非公開）、太々神楽、といった神事もある。

本堂にお参りしてからおみくじのぜいちくを引いて渡したら神社の人がそっぽを向いてぜいちくをしまってしまった。もう一度引きなおすと三十二番で吉。さっきの番号は凶だったはずで、こういう親切さがなんか嬉しいね。

山頂からの夜景は、遥か東京の灯が不夜城に見え、光り輝くさまは夢のようであるという。次回はムササビ観察をかねて山頂の宿坊に泊ることにしよう。宿坊の数は二十六。

小雨が降ってきて御嶽神社を下りると、樹齢千年のケヤキがあった。国指定天然記念物で、幹の直径は八・二メートル。威風堂々たる老樹である。

参道の両側には赤いツルリンドウの実とミヤマニシキの実。黄色いヤクシソウの花も咲いている。この地は野草の宝庫でもある。

と思って参道沿いの花を見渡すと、ヤヤヤヤヤッ、山桜が咲いてい

手打ちそばの「玉川屋」は煮込みがしぶとい

る。十一月なのに山桜だ。山桜の下にアジサイの花。いったいどうなっているのだ。アジサイの横にタンポポの花が咲いている。いくらポカポカ陽気とはいえ、これはいかなることなのか。タンポポとサクラとアジサイと紅葉が同時に見られるなんて生まれてはじめてだ。

御岳山は、天神降臨の磁場があるのだろうか、とおそれいった。

帰りの参道売店で水飴を買い、三人でわけて食べながら下山した。帰りのケーブルカーは日の出号。

ケーブル下からバスで御嶽駅へ出て、駅横のそば屋玉川屋へ行く。古いそば屋の畳席に坐って、暮れゆく奥多摩の風景ごしにぬる燗の酒を飲んだ。紅葉がゆっくりと闇のなかに溶けていく極上の時間。玉川屋はそば屋なのに煮込みがしぶとい味だ。

電車に乗れば二時間以内に新宿につく。夕闇のなかの赤い葉やオレンジ色の葉が、新宿ゴールデン街のネオンのように見えてきた。

◎奥多摩……その後のこと

吉川英治記念館は入場料四〇〇円。売店では「我以外皆我師」の色紙が一八九〇円。吉川英治はこの座右名を記す際に、「吾」と「我」の二種類を用いていたようだ。ままごと屋のコースは三九九〇円から。酒は特別純米（五七五円）から純米大吟醸（一四七〇円）まで数々ある。多摩川沿いの巨岩を徒手でよじ登ろうとするグループが増えた。ボルダリングという新手のスポーツである。河鹿園は季節、人数、料理内容によって値段はことなるが、一万三〇〇〇円ぐらいからになる。川沿いの部屋には、川面からゆるやかな風が流れる。玉堂美術館は深閑としたたたずまい。入館料四〇〇円。御岳山へのケーブルカーは階段状の座席になっている。往復一〇九〇円。ちなみに通勤定期は八六一〇円と、こちらの方が上昇率が大きい。山道を歩くとカタクリの花。駒鳥売店のコーヒー五〇〇円。店の外のエサ台にやって来る野鳥を見るとほっとする。御岳山神社の講の石碑は平成になってからの新しいものが増えた。神社本殿は改修工事が進められていた。玉川屋のどーんと広い座敷で五二〇円の煮込みを食えば、山の空気も同時に身に沁みこんでいく。

柴又

柴又までは京成電鉄に乗って行く。上野池之端から京成上野駅へ下りる地下道は、薄暗くてぞくっとする興奮がある。夢の地下道へ下りていく快感だ。この気分は地下名画座へ下りていくときに似ていて、夢の世界へ沈んでいく陶酔があり、暗闇の街からおいでおいでと誘われる。さらわれていく喪失感。

地下駅ホームの柱に京成上野と印刷されたシールが貼ってある。そのうちのいくつかははがれかかっている。

駅全体に湿気があり、それが陰気に感じられない

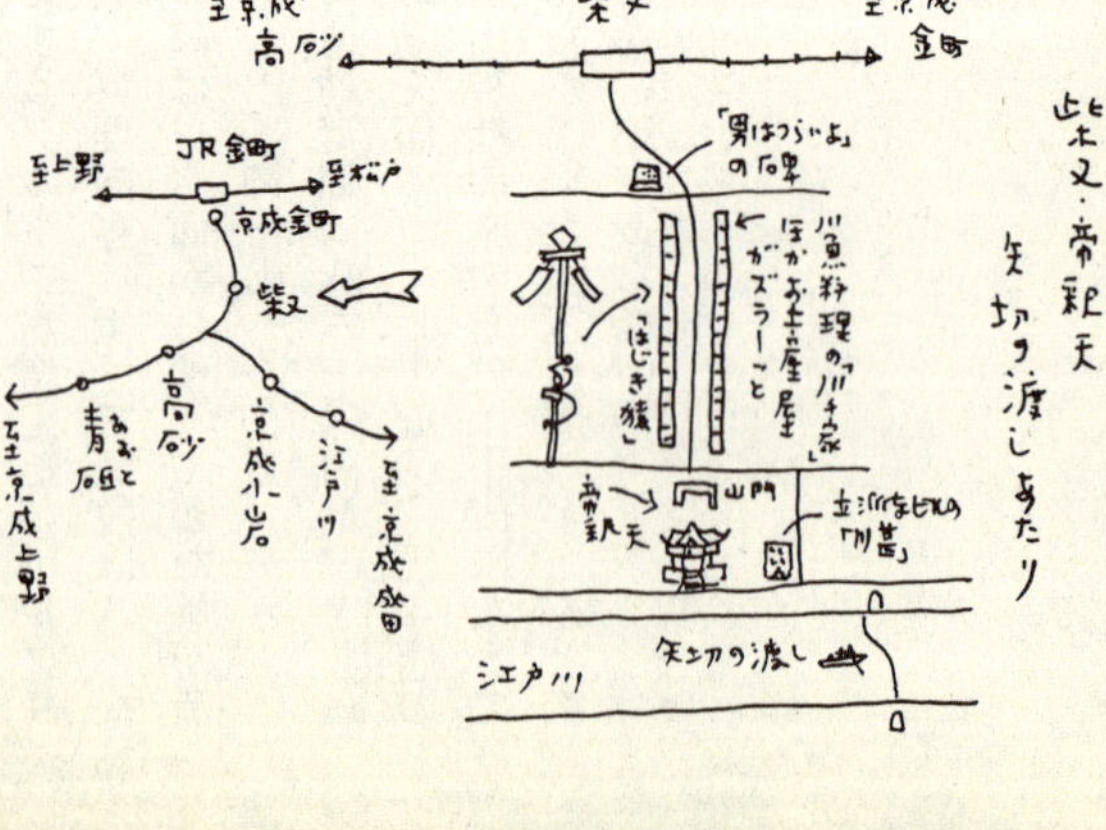

のは、行き先の柴又が、正月映画『男はつらいよ』フーテンの寅さんの故郷だからだ。いつだったかの新聞で、京成電車のなかで博奕をしてつかまった連中の記事を読んだ記憶がある。一車輛を空けて博奕を打ち、それをテレビ映画の撮影と偽ったというが、だますほうも呑気なものだが、だまされる乗客も人がいい。どこかフーテンの寅さんに似た不良っけとおとぼけがある。

地下鉄の壁は古く、モスクワ芸術座の舞台のようだ。あるいは一昔前の左翼劇場の舞台装置を思わせる。都営地下鉄の新しい車輛とトンネルになれた目から見るといかにも時代物で、壁のところどころが剝落している。

暗い地下鉄から地上に出ると日暮里《にっぽり》駅で、いきなり墓地が目に入ってきた。日暮里駅から、客が乗りこんできた。グレーのジャンパー姿の工員、ゴム長靴の職人、派手な紫色のスカートをはいた娘、髪の毛を赤く染めたおばさん。いずれも底力のありそうな乗客ばかりだ。

荒川を渡るとトタン屋根の家々が見えた。ブルーや緑色のトタン屋根の家が、積木のようにぎっしりたてこんでいる。アパートの窓に花柄のフトンが干してある。電柱と電線が密集している。生活がむれている町だ。

青砥《あおと》駅で金町行きの普通列車に乗り換えた。なかなか発車しないが、乗客はのんびり待っている。ホームに雀がとまっている。

ゴトンと走り出した電車は、中川を越え、柴又につく。このあたりに来ると家に木があるのが見え、夏みかんがなっていた。寺の墓にユリの造花。

上野から二十五分だった。

柴又駅のホームの名所案内板に、柴又帝釈天、八幡神社、出世大黒天、そば地蔵、金町浄水場、七福神、と書いてある。千葉銀行と料亭川甚の広告板の横に、京成名画座の『男はつらいよ・寅次郎の休日』のポスターが貼ってあった。四十三作め。

ホームの奥に小さい改札口が見えた。寅さんの妹のさくらさんが、寅さんを追いかけてくるシーンでおなじみの改札口だ。ぼくの右足は、半分、映画のなかへ入りかけている。

駅前に、せんべいの柴又屋がある。専太郎が、スケッチブック片手にして、

「ケーブルカーの頂上駅みたい」

と言う。たしかにそんな感じで、柴又駅前は観光地の空気がある。寅さんの映画の風景がそのままあるから、浮き足だって、気分が高揚してくる。

帝釈天参道の入口の桜の木の横に渥美清が寄進した石の常夜灯。帝釈天行事予定の掲示板の上に赤提灯。その横に、山田洋次監督筆になる碑。踊るような文字で、

「私、生まれも育ちも葛飾柴又です。帝釈天で産湯をつかい、姓は車、名は寅次郎」

という、おなじみ口上。

松竹映画『男はつらいよ』の第一作は昭和四十五年で、ぼくは二十八歳だった。第一作が出たときは、やたらと面白くて興奮して、腹をかかえて笑った記憶がある、と遥かムカシを追憶した。あれから、もう二十年以上たった。当時は東映のやくざ映画が全盛で、ぼくは、寅さん映画を観て、

「こういうのも、また男なのだ」

と刮目《かつもく》したものだ。

東映やくざ映画シリーズが終っても、寅さんだけが残った。ぼくは、寅さんから、ドジに生きる男の力を学んだ。ドジが強い。

参道のゑびす屋で草だんごを売っている。くず餅も売っている。高木屋では、寅さんセンベイが一枚単位で売られ店の横に「埼玉商工会議所謝恩の会歓迎」の貼紙がある。

その隣りのい志いの漬物店の二階の屋根にフトンが干してある。帝釈天福豆も鼻が活動する味だ。

帝釈天へ向かう参道沿いにだんご屋、うなぎ屋、せんべい屋、天ぷ

柴又駅。観光地のにおいがする

名物「はじき猿」が災難をはじき去る

ら屋、佃煮屋、玩具屋、飴屋が軒を並べている。みんな映画の風景と同じだ。

ヒロ坊は五個三八〇円の元祖・矢切の渡しモナカ（舟の形をしている）を買った。

創業明治元年の松屋の飴は、セキトメ飴（貴重薬草入り）が三〇〇円で人気だ。ほかにキナコ飴もある。店の奥で、飴を切っているのが見える。

園田佛具店でははじき猿の玩具（七〇〇円）を売っており、市河屋の食べ昆布（三五〇円）は喉をなでる味。

これらの老舗は、いずれも寅さん映画が出来る前からあった店だろうが、映画が現実を模写したのに始まり、現実が映画という鏡に反射増幅し、二重の虚構シーンとなっている。いたるところに渥美清演じる寅さんの写真があり、現実が虚構と反射しあっている。なつかしい店がひしめくこの参道はあやうい虚構の風景である一点でまぎれもなく東京なのだ。松竹版の生きた映画村。

寅さんのマドンナ役は第一作の光本幸子に始まり、佐藤オリエ、新珠三千代、栗原小巻、長山藍子、若尾文子、榊原るみ、池内淳子、吉永小百合、八千草薫、浅丘ルリ子、岸恵子、十朱幸代、樫山文枝、太地喜和子、檀ふみ、真野響子、藤村志保、木の実ナナ、大原麗子、桃井かおり、香川京子、伊藤蘭、松坂慶子、岸本加世子、いしだあゆみ、田中裕子、都はるみ、竹下景子、中原理恵、樋口可南子、志穂美悦子、秋吉久美子、三田佳子、後藤久美子、と、日本女優陣を総なめである。すさまじい量と時間。

これだけの女優が虚構の町を歩き、寅さんをふったことになる。柴又という町が寅さん映画と反射しあった時間が参道にたまっている。参道もまた映画を演じるのだ。

帝釈天は、寛永六年（一六二九）、日忠上人の草創と伝えられる日蓮宗の寺で、正式には経栄山題経寺《きょうえいさんだいきょうじ》と言う。帝釈天は、もとはインドのバラモン教の神で、雷神であり、武勇神である。仏教にとり容《い》れられて、仏法守護の神となった。悪魔を除き退散させる力を持っている。二天門《にてんもん》をくぐりぬけると帝釈堂がある。

靴をぬいで帝釈堂に上ると欄間の透かし彫りが精巧緻密である。仏教法話のなかから十の説話を彫刻したもので、ぼくは火宅の図を見て、檀一雄の小説『火宅の人』を思った。

おばさんが坐って熱心にお祈りしている。年間祈願料五〇〇〇円。欄間を見ていたヒロ坊が、

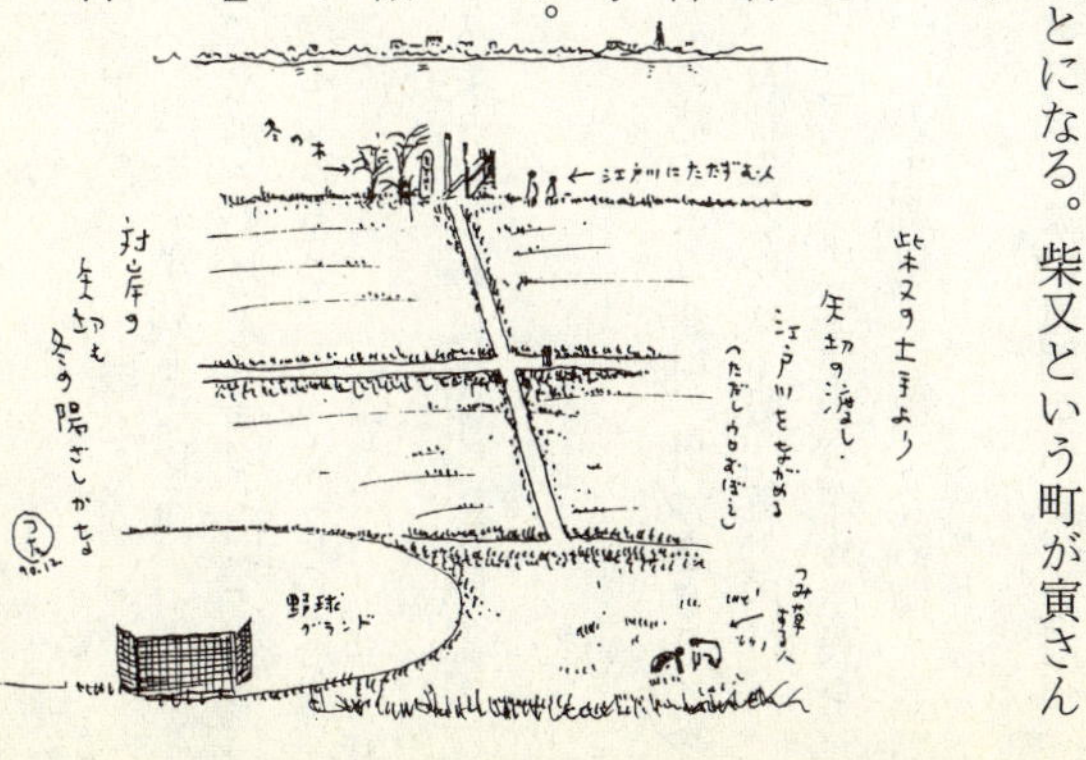

「ほこりがたまりすぎだなあ」

と変な感嘆をしている。

堂内には場ちがいなシャンデリアがあるが、それがミスマッチで調和している。

帝釈堂を出ると、老松、その横に松の根御神水があり、水がこんこんと湧き出ている。おばさんたちがプラスチックのビンに水をつめている。飲んでみると、ふっくらとした味であたたかかった。

おみくじを引いたら九十六番の凶。願望かなわず、待人来ず、失物は出ず、縁談不調、売買利あらず、其他よろず悪し。

帝釈天は、はっきりしている。

境内を出てすぐの川魚料理店へ入ってビールを飲む。この店のうな重は、はっきり言って、胃が焦げそうだ。ヒロ坊は三重和弁をまずそうに食べた。ぬるいきも吸二五〇円。

帝釈天裏にルンビニー幼稚園。『男はつらいよ』第三作でマドンナ栗原小巻が先生役をした幼稚園だ。そこを右目で見て二分歩くと、尾崎士郎の『人生劇場』に出てくる柳水亭として知られる料亭川甚。

川甚を過ぎると江戸川の土堤だ。江戸川ラインハイキングコースの道標がある。土堤の上を自転車が走っていく。土堤に上れば江戸川が一望のもとに見え、この広い風景も映画

『男はつらいよ』でおなじみだ。土堤の下は矢切の渡し。

矢切の渡しは、伊藤左千夫の『野菊の墓』（映画では『野菊の如き君なりき』）で知られるが、いまの若い人には細川たかしが歌う歌謡曲のほうが有名になっている。

土堤の下で野草をつんでいるおばさん二人連れがいたから、ありゃ野菊でしょうなあ、と思って近づくと、オオバコの葉で、せんじて飲むと内臓にきくのだと言う。

江戸川沿いに野球場が二面。カワカモメが人のいない野球場の上を舞っている。野球場の横に水原秋桜子の句碑で、

「葛飾《かつしか》や桃の籬《まがき》も水《みず》田《た》べり」

とある。このあたりは江戸川や荒川からの支流がいっぱいあったのだ。葛飾は古くは葛西《かつしか》であり、江戸葛西に住んだ山口素堂系の俳句を葛飾風という。「葛飾や」と詠んだだけで、浮世絵の風景が浮かんでくる粋な地名だ。しゃれている。

「葛飾や、というところが一番いいな」

と専太郎が句碑をなぜた。

帝釈天の入口、二天門

寅さんが産湯をつかった帝釈天の御神水

句碑の横は株が植えられた畑。いろいろな畑があり、葛飾区公園課の看板に、

「菜の花が咲くのを楽しみに」

とあった。

矢切の渡しの渡し場は休みだった。ここは、江戸時代から、柴又と松戸市矢切の間を結んでいる渡し船で、東京に唯一残っているところだ。冬は土、日のみ運航している。料金は大人一〇〇円、小人五〇円。対岸までわずか五分間の江戸情趣だ。

「風の強い日や、川の流れの速い日は、渡し船はモーター（動力）にて運航するので御理解下さい。船頭より」

という断り書きがあった。

川を渡ると『野菊の墓』の碑がある。小説のなかで政夫と民子が語らいの場としていたイチョウの木はすでになく、その跡に記念碑が建っている。

川っぷちから上流を見ると、夕暮れのなかで橋が黒い影に見える。その橋の上をトラックや乗用車がシルエットになって走っていく。その上

矢切の渡し。冬は土、日だけ運航している

に渡り鳥が群れをなして飛んでいく。

ゆっくり暮れていく江戸川一帯は、ビルが立ち並んでもじんわりと美しい。時間が、場所を化粧なおしさせて、また出番を作るのである。

◎柴又……その後のこと

京成上野駅は改修となったが、闇の気配がいまも消えていないのが不思議である。乗り換えは本編の青砥駅ではなく、一つ先の京成高砂駅にすること。日中は京成高砂―金町間の往復運転となっている。柴又駅前には寅さん像が建っている。一九九九年にできたもので、山田洋次の言葉が台座に記されてある。元祖・矢切の渡しモナカ四五〇円。松屋のセキトメ飴三〇〇円、キナコ飴五〇〇円は当時のまま。園田仏具店のはじき猿八五〇円。市河屋の食べ昆布四〇〇円。帝釈天境内では休日に寅さん姿の役者がいることもある。帝釈天の年間祈願料は一万円。矢切の渡しは一〇〇円のまま。四月から十一月は毎日運航、それ以外は土日のみ。悪天候時は欠航となる。荒川の土手近くに寅さん記念館ができた。入場料五〇〇円。館内にはいると、くるまやを模したセットがあり、その奥にジオラマ、パネル、衣裳、小道具、ポスターなどが展示されている。当時柴又を訪れたときは四十三作目が上映されたところだった。その後、五作で終わりになるとは思わなかったなあ。

深川

門前仲町のことを土地っ子は略してモンナカと言う。地下鉄モンナカで下車し東口へ出ると、深川不動堂の仲見世通り入口に出る。

象牙店、あげまん屋、漬物屋、ヨーカン屋などがずらりと並んでいる。漢方薬成田堂の横にある六衛門で深川丼を食べた。

深川丼はアサリとネギを薄味で煮た丼で、江戸の名物である。お新香と赤だしがついている。あっさりした粋な味で、ちかごろ妙に人気がある。満員で十分待ち。

「深川丼てのはやけに厚揚げが多いねえ」

と訊いたら、店の奥さんが、

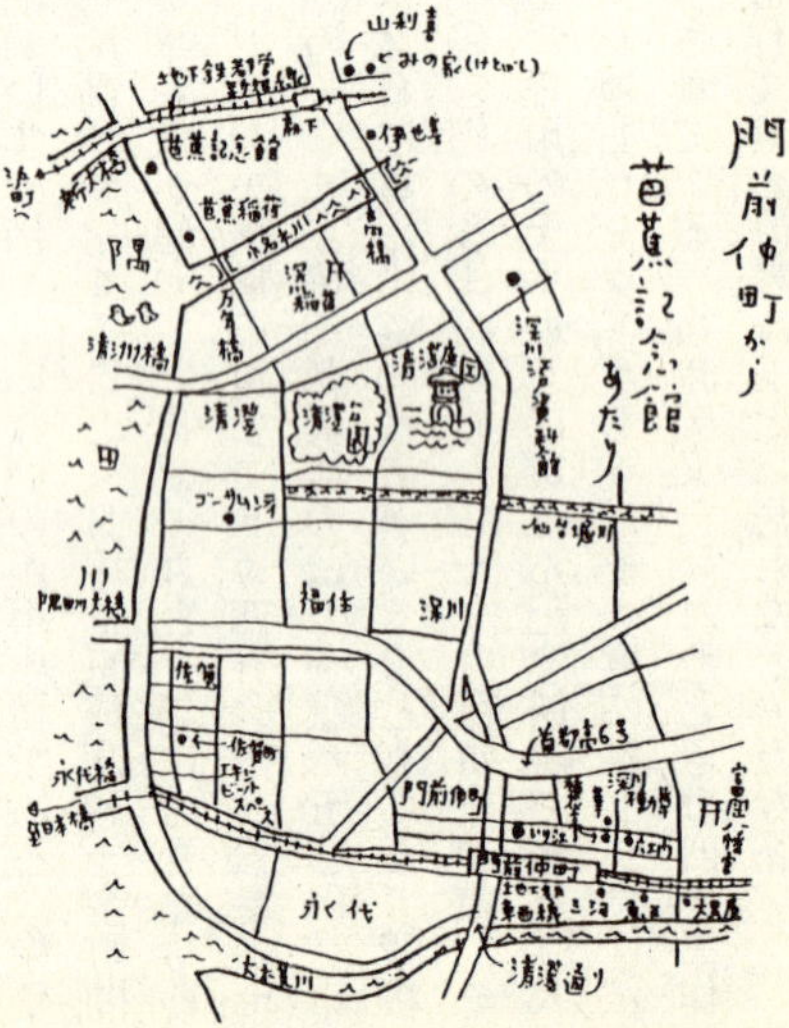

「下のほうをよく捜してごらんよ」

と言う。厚揚げ煮の下にネギにかくれてアサリが七ツ入っていた。

六衛門の前は茶菓子の梅花亭。外へ出たら、

「よう。ひさしぶり」

と声をかける者があり、高校の同級生の佐藤君だった。

其角で辛せんべいを買う。

深川不動は成田不動を江戸に出張させたもので五代将軍綱吉が造営した。境内へ入ると、法螺《ほら》を吹く音がして、護摩をたいていた。堂内には講のたすきをかけた百人がぎっしり坐っている。怒鳴りつけるような太い読経の声が、びんびんと背骨に響いてくる。すごく効きそう。

江戸庶民の間では、団十郎歌舞伎を通じて成田山信仰が盛んだった。がん封じ、恋愛成就の護摩木に混ってぼけ封じの護摩木があった。

護摩料金は特別が高く、普通と、献灯提灯が一般むきだ。賽銭箱へ投げる金がバラバラッと威勢いい音をたてる。

不動尊だろうが八幡様だろうが、日蓮宗だろうが、なにがあっても賽銭を入れちまうのがぼくらの流儀で、とにかく「ひとつよろしく」と手をあわせてしまう。

深川不動の隣りは富岡八幡宮。

深川一帯は、江戸の初めは砂洲だったのを埋め立て、その氏神様として創建したのがこの富岡八幡宮だ。創建当時は六万坪の社有地があった。八幡宮に参詣した江戸の大名や豪商が、別邸や下屋敷を造ったわけだから、この八幡宮は深川の始まりになる。

不動尊方向から八幡のわきへ入ると、伊予の青石がある。女性性器を彷彿させるこの水盤は、ワレメの部分にトロトロと水が流れている。アラビア太郎こと山下太郎の奉納とある。ヒロ坊が、流れ出る水の下部溝に口をつけてペロペロなめているから、ぼくもマネをした。

境内に歴代横綱の石碑。ばかでっかい石碑で、初代明石から六十三代旭富士までの名が刻まれている。正面碑の裏は四十四代栃錦、四十五代若乃花まで。それ以降は両側の碑で、まだ空きがある。あと百年はもつ。

八幡宮から清澄通りへ出て黒船橋へ向かえば、木場があり、橋を渡ったところに黒船稲荷がある。「四谷怪談」でおなじみの鶴屋南北終焉の地だ。

この一帯は妖気、霊気が漂っている。黒船稲荷へ向かって手をあわせ、南北に敬意を表してから深川江戸資料館へ向かって歩いた。

仙台堀川は護岸工事中で、木更木橋を軽トラックが砂ぼこりを舞いあげてとばしていく。もともと埋め立て地である深川は、その名の通り川が多い。ちょっと歩くと川にぶつかる。木更木橋のふもとにさざんかの花が咲いている。

橋の近所は小さな自動車修理工場が立ち並び、油やベンジンの匂いが漂っている。タイヤショップ、古い自転車屋もある。ほこりっぽくてすえた匂いが下町の生活の香りで、その人間くささが抒情をそそる。自転車屋では、主人が手動式空気入れを動かし、

「ピーコッ、ピーコッ」

という音が聞こえてきた。

深川江戸資料館へ入ると、地下一階から地上二階までの吹抜けに、江戸時代の深川が再現されている。白壁の土蔵、店、火の見やぐらに、堀河、船宿。映画セットのようだ。入場料三〇〇円。

深川江戸資料館に専太郎の友人がいるというので尋ねてみると、あいにくと休みだった。

館を出ると、寺町で、済生院、長専院、成等院、正覚院といった小

冬枯れの清澄庭園は静寂そのもの

富岡八幡宮にある横綱力士碑

寺院がびっしりとある。ざっと見渡したところ二十はある。寺院よりも墓のほうが目立ち、墓町といった按配だ。薄気味が悪い。江戸戯作者たちが、この界隈を「異界」として描いたのがわかるような感じがする。開拓当時は、さぞ淋しく薄気味の悪いところだったのであろう。

清澄《きよすみ》公園へ向かう六地蔵前は仏壇・仏具店があり、その隣りの魚屋で佃煮のあさりしいたけを買った。

さらにその近くの古道具屋で、イモアサガオを売っていた。これは、サツマイモにアサガオの種を植えつけたもので、店に貼ってある写真を見ると、サツマイモからツルがのびてアサガオの花が咲いている。

「イモアサガオを作ってみませんか」

と記した貼紙の下に、申し込み用紙があり、何人かの人が住所氏名を書いている。一つ二〇〇円というから商売にはならない。

「いったい何を考えてる町なんだ」

こういった酔狂な遊びが江戸ッ子の面目だ。

清澄通りを渡ると清澄庭園だ。

もとは江戸の豪商紀伊國屋文左衛門の邸地であったものが、明治に三菱の岩崎弥太郎の手に渡り、現在は東京都の管轄になっている。入園料一〇〇円だ。

冬枯れの庭園は静かで、ぼくらのほかに客は見当らない。庭園内は、伊豆磯石から讃岐御影石まで五十五種類の石がある。

池には松島、鶴島、中ノ島の三つの島があり船が浮かんでいる。白い涼亭の前の水際には鴨が浮かんでいる。

ゆっくりとしたいが冬日は、暮れるのが早い。この一帯は、北斎や広重の名所図絵や浮世絵で知られる名所だらけだ。

深川七福神は富岡八幡宮のほか、冬木弁天堂、心行寺、円珠院、竜光院、深川稲荷、深川神明宮。芭蕉が「奥の細道」へ出発した海辺橋、英一蝶《はなぶさいっちょう》、新井白石の家跡、たわし石仏の宣明院、池波正太郎の小説の鬼平がいたあたり、相撲の北の湖部屋、大鵬部屋、春日山部屋。永代橋沿いにある食糧ビル。

それら全部はしょるとしても芭蕉庵だけは見逃せない。

清澄庭園を五分で出て、裏道を行くと、右側にバレー

ボールの名門校中村学園女子校があり、校庭で練習をしていた。そのつきあたりはアサノセメントの工場で、情趣ある町並がガラリと変る。セメント工業発祥の碑。

そのさきは隅田川で、川沿いに平賀源内エレキテル実験の碑。源内がここでエレキテル実験を一般公開したんだって。

いろんなものがごちゃまぜになっている町だ。おもちゃ箱みたいな町だね。

隅田川沿いにちょっと歩くと清洲橋で、倉庫を曲ると広重の浮世絵でおなじみの万年橋。吉良上野介の首をとった赤穂浪士一行は、この橋を渡って泉岳寺へガイセンした。

万年橋を渡ったところ、左側に深川芭蕉庵の跡があった。

「古池や蛙とびこむ水の音」

の一句を詠んだ芭蕉庵は、その後武家屋敷となってなくなったが、大正六年の大津波のとき、庵にあった遺愛の石の蛙が出てきた。芭蕉庵の跡は、小さな祠となって、芭蕉庵稲荷神社となっていた。祠の下に蛙石のレプリカが置かれていた。

蛙石の本物は、そのさきの芭蕉記念館にある。ざらついて、表面が鋼鉄のように見えるなかなかの石刻りだ。重量感がある。芭蕉記念館は蛙石のほか、芭蕉短冊や書状、画像など芭蕉に関する資料を展示している。入館料一〇〇円。

酒と夕食どきになった。

どこにするか、楽しみつつも迷う。

深川と言えば、どの案内書も桜なべのみの家かどじょうの伊せ㐂とある。みの家のさくら肉（馬肉）なべはヒビーンといななく味で、馬さしは駈けだしたくなる嚙み心地。

この二店は、たしかに上等だ。ぼくも何度となく行っている。

しかし、そこに住んでいる人が行く隠れた名店を捜すのがぼくの愉しみだ。

一軒は、清澄通りと新大橋通りの交差点にある山利㐂。やきとり屋である。

そしてもう一軒、地下鉄門前仲町駅のはす向いにある魚三《うおさん》酒場である。深川不動の前にあたる。

魚三酒場に入ったのは午後四時十五分であった。

ところが、一階のカウンター五十席は、すでに超満員であった。一席のあきもない。二階へ入って、一番すみの席に坐った。

カウンターは細長いコの字型が連続してつながっている。年期が入ったテーブルだ。

「古池や……」の句を詠んだ芭蕉庵跡の稲荷神社

量、味、値段とも文句ない「魚三酒場」

金盃の樽酒が開いている。サービスということで最初のます一杯は無料。酒の肴が百種類以上ある。一番安いのは、あら煮で、五〇円。これがじつにディープな味。五〇円ですよ。こはだ酢一五〇円。きらきらしている上等のこはだである。文句なく上等品。

あんまり安いので夢を見ている気分だ。つぎからつぎと客が入ってきて、四時半には二階カウンター五十席も満員だ。客は、はしから順番に坐るのがルールだ。

前に坐ったハンチング姿の爺さんが生ウニを頼んだのでぼくも注文した。箱ごと出てきて六二〇円。魚屋で買うより安い。

エビ塩六三〇円が魚三酒場で一番高い品だ。中トロ六二〇円。あわび三七〇円。ブリ照り焼き三七〇円。ウニクラゲ一三〇円。タラチリ四八〇円。焼き蛤（三つ）三七〇円。

いずれも新鮮で量がたっぷりで文句ない。帰る爺さんにオカミさんが、

「おじさん、今年もがんばるのよォ」

と声をかける。おじさんの代金は五〇〇円。

店を出て仲町の交差点へ向かうと、左側に昔ながらの末廣菓子店があり、ここのつぶあん茶まんじゅうはメロドラマの甘みがある。ふっくらとしたこげ茶色の大ぶりの茶まんじゅうであった。

◎深川……その後のこと

六衛門の深川丼は小鉢二品と漬物と味噌汁付きのセットで一〇〇〇円。じわりとしぶとい江戸の味。深川不動尊は立派な内仏殿ができていた。中にはいるとスロープやベビーベッドがある、バリアフリーな寺院である。二階には四国八十八箇所の寺の砂が透明アクリルの筒に入っており、これを順にくるくる回して霊場巡りとする。富岡八幡宮の横綱力士碑は右側いっぱいが埋まり、六十六代若乃花で終わりかと思いきや、裏に回ると武蔵丸と朝青龍があった。深川江戸資料館は三〇〇円。町並みのセットの上にいる作り物の猫がばかでかい。清澄庭園は入園料一五〇円。芭蕉庵稲荷神社は右側隅に記帳用ノートが入った箱がある。ここで一句書き付けて、つぎに訪れたときにもう一度その句を見るのが秘かな楽しみ。芭蕉記念館は入館料一〇〇円。門前仲町駅まで戻って、永代通り沿いの魚三酒場へ向かうと、五時過ぎから混み合っている。席に座ってビールを注文。オカミさんが「生ものとってね」というので、八五〇円のウニと二三〇円のまぐろぶつぎりを頼む。ウニはやはり箱ごと出てきて、箸ですくって食べるとズドーンと鼻の奥に磯の波しぶきが飛び散る。あなご蒲焼き三八〇円。酢だこ二八〇円。あら煮五〇円。コップ酒をぐいぐい飲んで、ふと後ろを振り向くと客がすでに並んでいる。席を立ちたくないなぁと思いながらも、ぽーんと店を出てしまえば、まだまだ町は宵闇で涼風が吹いていた。

谷中・千駄木・根津

山手線日暮里《にっぽり》駅を降りると、あたりが一望のもとに見渡せる。日暮里駅は日本一電車が多く通過する駅で、行きかう電車をつつみこむように町の家々がよりそっている。

そのひしめく家並に江戸の余韻があり、江戸ッ子の息づかいが電車の音に乗って伝わってくる。

（ああ、住んでみたいなあ）

と思う。

いい家に住みたいというよりも、いい町に住みたいと思うようになった。谷中《やなか》は、住んでみたい町のひとつである。

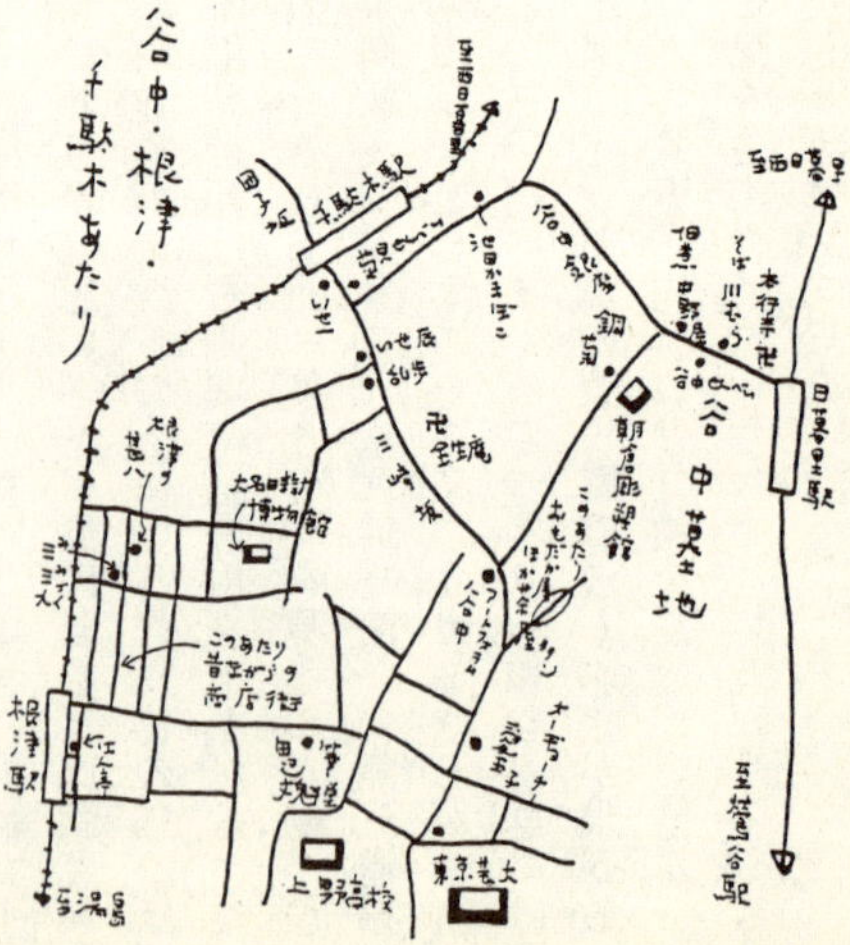

日暮里駅を谷中方面に出ると、御殿坂《ごじきさか》の上に月見寺で知られる本行寺。江戸城を築城した太田道灌が、この場所に物見塚を造った。寺の境内に物見塚の碑がある。

境内に、山頭火の句碑もあり、

「ほっと月がある　東京に来ている」

と自筆で彫られている。丸まった文字を見て、専太郎が、

「下手だねえ。小学生の俳句みたい」

とあきれかえった。山頭火以外の人が作ったらどうってことはない。その横に、一茶の、

「陽炎《かげろう》や道灌どのの物見塚」

がある。これは名句である。〈道灌どのの〉がいい。切れ字の句は「陽炎や」で一度息をきって、そのイメージを胸にふくらませて五秒ぐらいたってから下の七五を鑑賞するのがよい。声を出して読んでみると、腹にひびく骨太い音律がある。

冬のしだれ桜が雨に濡れている。

山頭火をけなしつつ、隣りのそば屋川むらに入った。百年の歴史を持つ老舗だ。他人をけなすとビールがうまい。六〇〇円のカツ煮を注文して三人でわけた。

ヒロ坊が天ぷらそば（八〇〇円）、専太郎がとろろそば（七五〇円）、ぼくはカキそば（一〇〇〇円）を注文。寒い日は汁そばに限る。カキそばは三陸の生ガキをオイル焼きし

たものが、熱いそばの上に載っている。焼きカキがとろりととけて、そばとうまくあっている。シャレた味。チリーンと喉の鈴が鳴るような江戸流のだし汁が極上の加減である。

店を出て御殿坂を下りると甘味あづま家、和菓子日暮、佃煮の中野屋。はぜの佃煮が一〇〇グラム四二〇円。谷中七丁目を左へ曲って歩くと、金物を売る銅菊。

銅菊の古びたショーウインドーのなかに、玉子焼き鍋と親子丼を煮る銅鍋が飾られている。銅鍋を見ていた専太郎が、

「カルメラ焼きに使えそうだな」

と言うと、店から出てきたおばさんが、

「あんた、ほんとにバカだね、近ごろの人は何もしらない、ああ、おそろしいよ。やだやだ」

と文句を言った。性格のきついオカミだと一目でわかるが、そのひねくれたところが、幸田露伴の小説に出てきそうな一途の勢いがある。

ふてくされた女のイチャモンもなかなか捨て難い。

銅菊の前は朝倉彫塑館で、その裏が露伴や白秋の旧居跡だ。朝倉彫塑館は、日本のロダンといわれる朝倉文夫のアトリエと住居を彫塑館として展示しており、入館料三〇〇円。館の入口は黒塗りの西洋館で、江戸川乱歩の小説に出てきそうな殿堂である。入口の屋上に不気味な彫刻があり、怪人二十面相が逃げていくように見える。乱歩はこの地に住ん

でいたから、参考にしたのかもしれない。

彫塑館の中に入ると、住居は日本建築で、中庭の池に鯉が泳いでいる。自然の湧水を利用した庭で「五典《ごてん》の水庭《すいてい》」という。

アトリエには太田道灌像などの像が約七十点ほど展示されている。

朝倉彫塑館から山の道を下ると、周囲は寺ばかりである。あと、やたらとセンベイ店が目立つ。坂のつきあたりに、バーがあった。

バーを横目で見ながら谷中墓地へ向かって歩いた。道ばたの駄菓子屋で、墓地案内を売っている。案内図を見ると、あるわあるわ、横山大観、獅子文六、澁澤栄一、初代円遊、牧野富太郎、澤田正二郎、上田敏、といった著名人の墓が多い。明治七年に造られた三万坪の共同墓地である。墓地内は桜並木でタクシーが休憩している。

長谷川一夫の墓はまだ新しく赤土が盛られている。ファンからの生花が飾られ、澤田正二郎の墓には新国劇の名刺入れ、と往年のスターは死してなお人気がある。

公衆便所の横に高橋お伝の墓。お伝は男を殺害し三十歳で処刑された毒婦として知られ、ぼくは昔からずーっとあこがれている。死刑に

朝倉彫塑館内の池にある大石

あこがれの女、高橋お伝の碑

処せられた身なのになぜ墓があるのか、と不審に思ってよく見ると、墓ではなくて碑であった。裏へ廻って碑文を読むと、明治十四年三回忌に仮名垣魯文が世話人になって寄進したことがわかった。

ハハーン、なるほど、とうなずけた。魯文は「高橋お伝」の話を書いて儲けたからね。魯文のほか和同開珍社、いろは新聞社といった版元、歌舞伎役者の勘弥、菊五郎、左団次、落語の円朝、柳枝の名が見える。みんな毒婦お伝に儲けさせてもらった連中ばかりだ。いまの新聞社や週刊誌も、記事で儲けさせてもらった凶悪犯の碑を建てなきゃいけない。

「さしづめ、ダレダレとダレダレ」

三人で近代凶悪犯の名をあげながら墓地を歩き廻った。墓地の道沿いにある茶屋は、いずれも古い木造建築だ。春の桜のときのにぎわいは、さぞかし妖しいだろう。生きているうちは街の繁華街が盛り場だが、死ねば共同墓地が盛り場となる。

墓のにぎわい。

墓地の中央に五重塔の跡がある。

この界隈は寺が多く、そのくせ不気味な感じがしないのは、住人が死者をあつく弔ってきたからで、生きてる連中が死んだ連中と一緒になってワイワイ楽しんでいるふしがある。死してなお墓地下の大ホールで宴会をしている。名士の地下舞踏会。

首ふり坂の名がある三崎坂《さんさきざか》を下りていくと寺の間に人形屋や駄菓子屋があった。駄菓子屋をのぞくと、エビセン、紙風船、ピストル百連発に混ってちびまる子ちゃんスナックが売られている。駄菓子屋のはす向いは、塩小売所の看板がある伊勢五酒店。古い造りである。

柳亭痴楽の落語に、映画館放送のマネで、

「谷中初音町《はっねちょう》の藤田様、おもてで狐が待ってます」

という一節があった。町の遊楽的なたたずまいがそういった昔のモダニズムを喚起させる。歩いているだけでうきうきしてくる。

酒屋の隣りの永久寺前の歩道に盆栽植木がずらりと百以上並んでいる。鉢はヤカンや古鍋が使われていて、ところどころに、標語、

「飼い主の人格を知る犬の糞　亜禅坊」

なんてのが立ててある。

寺の前はジャズダンス場で、住んでいる人が暮らしを楽しんでいる様子がよくわかる。

坂の真中に江戸千代紙のいせ辰。木版刷りの千代紙や

江戸小物を売っている。ぼくは豆本とレターセットを買った。

ヒロ坊のカメラの電池がきれたので、店の女主人に電気屋の場所を尋ねた。女主人は、電気屋の場所を教えてから、

「うちの自転車使いなさいよ。ボロだけど」

と言う。あっけらかんと言う。その言い方のきっぷがいい。親切が普通に出る。このポーンとした庶民性が谷中の真骨頂だろう。

ヒロ坊を待っているあいだ、あれこれと一万六〇〇〇円ぶん買ってしまった。この手の店は、民芸調になりがちだが、いせ辰の品はそれがない。江戸の粋を売っている。

いせ辰の隣りは喫茶店乱歩。江戸川乱歩がこのあたりに住んでいた。いせ辰から、銭湯朝日湯をすぎてちょっと下ると、三崎坂は団子坂となる。三崎坂は台東区で、団子坂は文京区だ。区の境いめ。

団子坂に入ると格子戸の菊見せんべい店があり、あっ、と思い出した。

江戸川乱歩に「D坂の殺人事件」という短編小説があり、格子戸が謎をとく鍵になっている。D坂とは団子坂のことであった。ソーカ、ソーカと嬉しくなって（たいしたことじゃないけど）せんべい一袋を買った。せんべいの横にアンパンや甘食も並べられている。

団子坂の下に伊勢一。この店はいせ辰と姉妹店で江戸人形を売っている。小さい雛人形

と江戸双六を買う。今回の散歩はやたらと買物が多い。気が浮いている。

伊勢一の前の路地を入れば魚料理のせとうち。店へ入る細い路地にC50型機関車をはじめ列車時刻版や旧国鉄関連の標識や信号がびっしりと並んでいる。汽車マニアならヨダレが出るだろう。JR払い下げ道具屋横丁といった按配だ。

不忍通りをこして団子坂を下れば菊人形ゆかりの地をへて白山にいたるが、夕闇が近づいてきて、酒を飲みたくなり、千駄木駅前から不忍通りを左へ折れて根津へ向かった。

根津の裏通りは湯屋が多い。商店街の店に灯りがつき、魚屋から威勢のいいかけ声がかかる。日が暮れる寸前の町のにぎわいは、いっそう下町の吐息が濃くなって、買物へ来た奥さんのスカートつまんだまま、その家へ上りこみたくなる。

〈そんなことしちゃいけませんや〉と一人ごとをつぶやくと、

「おや、いま、なんか言ったかい」

と専太郎がぼくの顔をのぞきこむ。

夜になっちまえば気が落ちつくのだが、なるちょっと前というの

「せとうち」の鉄道関連コレクション

江戸の粋を売る店「いせ辰」

は、心がざわざわする。軀のなかに湯気が出る。

湯気をさましつつ言問《こととい》通りを上っていくと右側に筆の田辺文魁堂。この店の先代田辺松蔵は筆作りの名人で、ホアン・ミロが筆を買いに来た。ミロが使ったのは、白馬の尾で作った筆で、白扇馬毛という。狭い店内にはミロが使った筆が飾られていて、

「ミロ先生揮毫の筆」

としてその由来が記してある。その筆跡がやたらと下手くそなのが愛嬌だ。

店のウインドーには先代が作った筆があった。十三歳の娘の毛髪で作った筆から三十五歳の奥さんの毛髪を使ったもの。他に胎毛筆というのがあるが、いったいどこの部分の毛なのであろうか。

細筆を買ってから、串揚げのはん亭へ行く。木造三階のたたずまいである。肉、魚、野菜を揚げたのが三十一串。

微酔で店を出てバースナック三三九《みみずく》へ行きお湯割り焼酎を飲んだ。この店のジャガイモオムレツ（六〇〇円）は頭がなでられるようなこそばゆい香りがある。店の奥の暗がりに坐って、この日買った千代紙

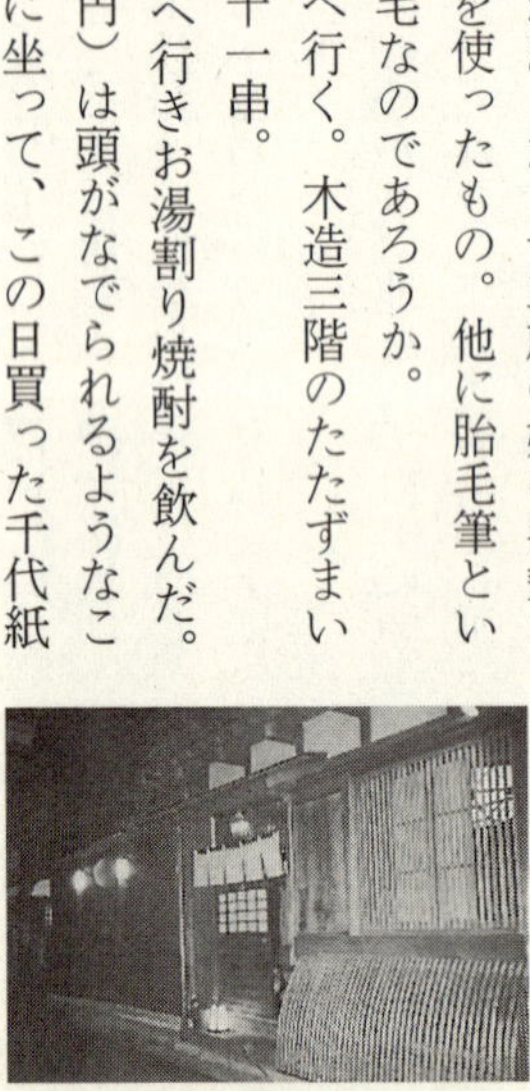

串揚げの「はん亭」。木造三階建てだ

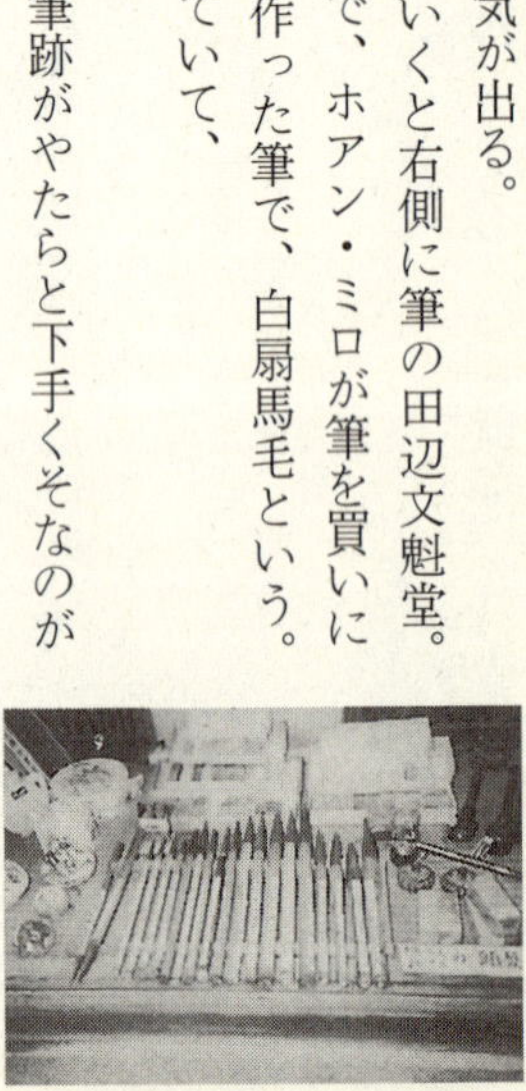

「田辺文魁堂」にある女性の髪で作った筆

や江戸双六を紙袋からとりだして、ゆっくりとながめた。買ったものひとつひとつのなかに、町の活気と粋と遊び心がしみついている。いい町というものは、時間と手間をかけて、じっくりと作られていくんだなあ。

◎谷中・千駄木・根津……その後のこと

この一帯は通称・谷根千《やねせん》でとおっており、町歩きの格好の場所として、いっそう有名になった。川むらはカツ煮七〇〇円、天ぷらそば一〇〇〇円、とろろそば八五〇円、カキそば一二〇〇円。地酒が四〇種類ほどある。中野屋のはぜの佃煮一〇〇グラム五〇〇円。朝倉彫塑館は四〇〇円。谷中墓地に向かう道の駄菓子屋はなくなったようだが、墓地案内は花屋で売っている。高橋お伝碑の隣りはオッペケペ節で知られる川上音次郎の碑。戦中の金属供出で像は取られてしまい、台座のみとなった。伊勢五酒店は芋焼酎が豊富で鹿児島の兵六があった。いせ辰は豆本をもう売っていないが、本にする前の台紙がある。伊勢一はその屋号ではなく、いせ辰の支店となっている。せとうちはマンション一階の店舗となったが、鉄道標識があれこれ置かれているのに変わりはない。はん亭は最初のセットが二七〇〇円。以後、六本ずつのセットが一三〇〇円。三三九はあるたいと名を変えた。アルタイポテト六五〇円。根津にありながら、アジアの雰囲気が漂う店である。

本郷

東大赤門前の喫茶店ルオーで待ちあわせた。コーヒーとトーストを注文した。遅れてやってきた専太郎がセイロンカレー・セットを注文したから、ひとさじ貰ってトーストの上にカレーと、つけあわせの紅ショーガを載せて食べた。

紅ショーガが赤門に見えてくる。

このあたりは、やたら赤門とつく名の店が多く、古美術赤門、うどん赤門、赤門ビル、赤門不動産、赤門美容室、赤門アビタシオンなんてのが目に入る。赤門もち、赤門ステーキなんてのがある。

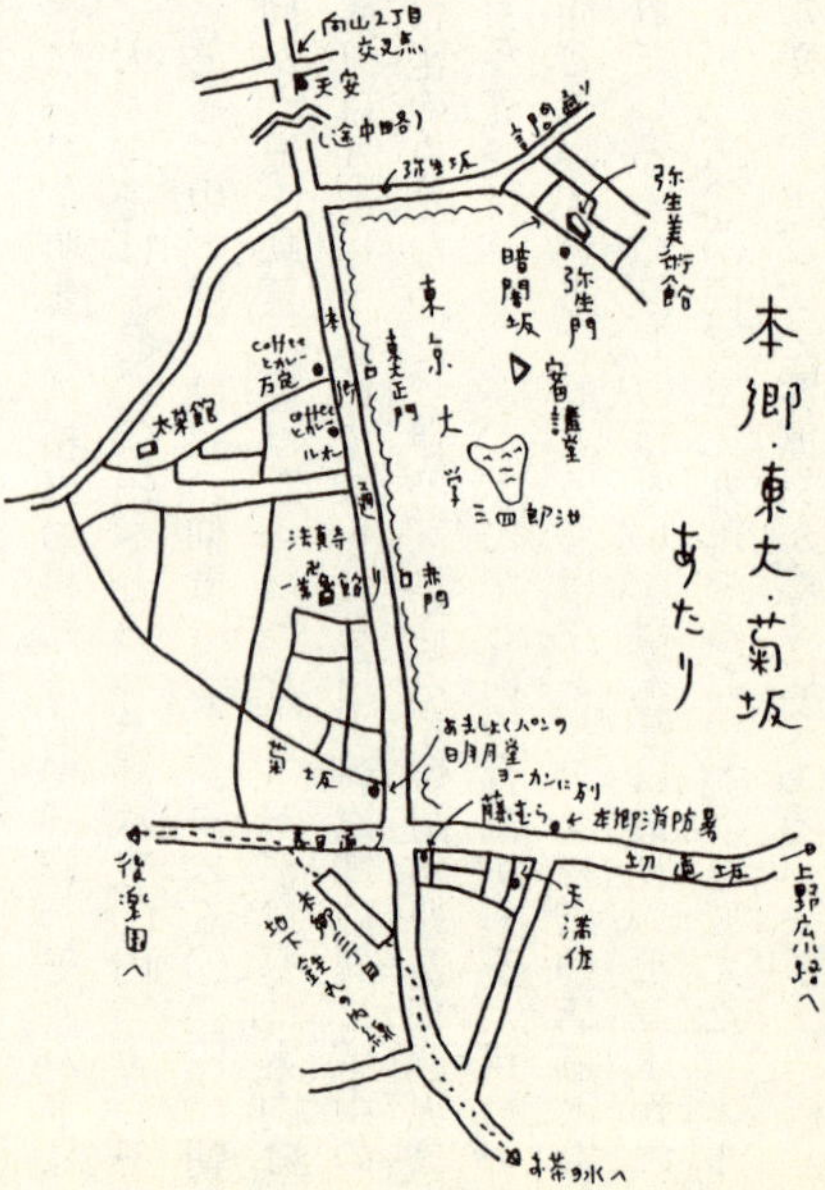

だから、やなんだね。もちからうどんまでが赤門ブランドで、もともといい町なのに、教養主義が浮遊している。二流校の者は赤門もちを食べちゃいけない感じ。

本郷は文人の町で、古きよき東京の面影を濃く残しているのだが、そこに東大の影がのしかかっている。東大を受験して落ちたわけじゃないから、べつにうらみがあるわけではないが、本郷へ来ると、東大の重みに睨まれ、足が硬直してしまう。うつむいちゃうの。

喫茶ルオーに入ると、コーヒーの香りがたちこめ、古い木の椅子があり、チャイコフスキーの曲が小さく流れている。入口にルオーの絵が一枚。ガラス窓ごしに東大の校舎が見え、本郷通りを行きかう自動車に反射した光がさしこんでくる。

コーヒーを飲みつつ、ぼくら三人は決意をしている。東大構内に入るのには、プールに飛びこむ前のような決意がいる。どこかで自分の過去と闘っている。ヒロ坊が、東大のレンガ壁を見ながら、

「牢獄のようだね」

とケチをつけて立ち上った。なかの建物は要塞に見える。威圧と秘密と確信がある。

赤門ビルの横丁に法真寺があり、そこへ立ちよった。この寺の腰衣観音は、樋口一葉が「腰ごろもの濡小仏」と書いているものだ。口が小さくて色っぽい観音様。

「腰が太いから、多情な感じね」

「三越の内覧会へ来る金持ちの奥様」

「意地が悪いのが魅力の老舗の娘」

三人でいろいろと批評し、お賽銭をあげようとしたら賽銭箱がないの。

そのかわり、本殿の前に赤いポストがあるから、ポストがそうなのか。寺の奥は一葉会館で、そこにもポスト。ポストもまた赤門のつもりなのだろうか。寺の掲示板に一葉忌のポスターが貼ってあった。

赤門ビルのふたつさきには、野瀬という古い旅館があって、そこは、雑誌の編集者のころよく行った。写真入稿のときは畳の部屋が便利なのだ。捜してみると、野瀬はもうなくなって、ビルが建っていた。

古い記憶が風に吹かれて飛んでいく。

きれいなおかみさん、どうしたのかなあ。

古本屋が何軒か立ち並んでいるが、神田にくらべて活気がない。古い小さいビルが何軒かある。赤門ビルには「少年社」の看板。大理石造りの郁文堂はドイツ書出版だ。

東大正門は人民公社野菜部入口、といった趣だ。正門の横にタテカンがあるが、ひところのにくらべて小ぶりである。一つは「ブッシュ大統領は戦争をやめろ」(自治会)で、もう一つは「日本政府は憲法を守れ」(職員労組)。スローガンに迫力がない。タテカンの文字も小さくて弱々しい。

　正門をくぐっていちょう並木へ入ると、二十二年前の記憶が一気によみがえった。一九六九年、安田講堂に学生がたてこもって、機動隊とやりあった。ぼくは雑協記者の腕章ひとつを頼りにして、封鎖された構内へ入って取材した。それ以来、じつに二十二年ぶりに東大構内へ入るのだ。

　正門くぐってすぐ左が工学部列品館のクリーム色の建物で、ここが最初に陥落した。陥落直後、列品館内へ駆け登ると、催涙弾のにおいが充満していた。

　そのにおいがよみがえってくる。

　いちょう並木から見える安田講堂は、新しいレンガ色で、時計台は巨大な墓を思わせる。時計台の前へお賽銭を投げようとしてヒロ坊に止められた。

　時計台の下にある生協へ入った。オールドパーやレミーマタンが売られている。ちかごろの学生はぜいたくになった。

　いちょうマークの東大グッズが並んでいる。東大印Tシャツ、東大

東大正門。赤門は工事中だった

三四郎池。美禰子が立っていたのはどこかな

印エプロン、東大印キーホルダー。万年筆入れ、財布、定期入れ、ペン皿、タオル、ビニール袋、手ぬぐい、ハンカチ、時計、とすべて東大マーク。東大グッズで身を固めた学生なんて、想像するだけで薄気味が悪い。

生協の横は食堂で、いわしフライ、ハスひき肉揚げ、味噌汁、ライスのB定が三〇〇円。ハンバーグのC定が三六〇円。一番高いポークカルビが四九〇円。学生に混って、灰色作業服の労務者も食事をしていた。

食事アンケートという用紙があり、まずいと書かれた質問表に、食堂からの「お答え」が書かれて貼られている。変なところが民主的である。

漱石の小説『三四郎』で有名な三四郎池は、安田講堂に向かって右側のこんもりとした林のなかにある。池はよどみ、二月の日射しがにぶく光っている。子どもたちが池のゴミをすくっていた。池の横のサザンカの枝にニワトリが二羽留って、鳴き声をあげていた。

東大構内を歩いて気がつくのは、学生が湿っぽい、ということだ。建物が暗いし、地面も、空気も、学生の表情も暗い。学問の砦だから暗くたっていいのだが、大学の構内というものは、ロックの練習をするのが聞こえてきたり、運動部員が走っていたり、自治会が看板を書いたり、演劇部が発声練習していたり、どこか明るい部分がある。楽し気なハツラツとしたところがある。青春のまぶしさがある。

東大構内には、陰々たる空気がたまっている。

「めざめよ東大生、バカになれ、と看板を書こうか」

と専太郎が言った。負けおしみの気分。

ヒロ坊も足早に歩き、早くこの構内から逃げたい様子である。正門から裏の弥生門まで約三十分で通過した。これを裏口出学という。

以後、ぼくの経歴には、平成二年東大通過、と書くことにしようか。

東大弥生門を出ると弥生美術館がある。昭和五十九年に出来た美術館で、竹久夢二、高畠華宵のコレクションが充実している。伊藤彦造展をやっていた。館の入口で夢二や華宵の絵ハガキを売っている。夢二の絵がついた手廻しのオルゴールを買った。

このあたりは弥生時代の土器が最初に発掘されたところで、弥生美術館から言問通りに向かう坂の途中に、「弥生土器名称由来地」の看板がある。教育委員会が作ったもので、ガラスケースのなかに土器のレプリカが陳列されてい

る。

東大の塀沿いに本郷通りへ歩くと、黒いくすの木が風に揺れてザーッと音をたてた。古本屋をのぞくと、ペスタロッチ全集と、東大百年史がひもにくくられて並べられている。

「薄利多売」の看板をかけた店もあるが、買いたい本はなく、つまり、いい古本屋が少ない。

ビールを飲みたくなり万定《まんさだ》へ入るが、フルーツパーラーだからビールはなかった。万定は大正三年に出来た店で、ハヤシライス（六五〇円）に定評がある。店内は、古いカフェ様式の丸いカウンターがあり、近くに住んでいた宇野浩二や木下順二が来た店である。

「ビールを出してみたが月に十本しか売れなかったよ」

と店の主人が言う。

「昼からビール飲む人いないものね」

と女性があいづちをうった。

そうなのだ。この地はマジメな土地がらなのだ。ぼくは、お坊ちゃん気分でオレンジ天然ジュース（三五〇円）を注文。純情な味だった。

東大正門前の森川郵便局のかどを曲ると、つきあたりがつたや旅館。道なりに右に曲れ

ば太栄館旅館。上京した啄木が下宿していた蓋平館《がいへいかん》跡である。太栄館の前に、

「東海の小島の磯の白砂に　われ泣きぬれて蟹とたはむる」

の句碑。啄木は二階三畳の間に住み、そこからは富士山が見えた。啄木は創刊された『スバル』の編集名義人だから、白秋、杢太郎、吉井勇らがこの三畳の間に集まった。すぐ近くに徳田秋声邸や万太郎の墓（喜福寺）もある。つたや旅館の手前を左に曲ると菊坂通りに出る。

菊畑があった菊坂は、近代文学にゆかりが深い一帯で、樋口一葉のほか高山樗牛、上林暁が住み、菊富士ホテルは、尾崎士郎、宇野千代、正宗白鳥、谷崎潤一郎、広津和郎らが仕事場にしていた。

坂に一葉が通った伊勢屋質店の土蔵がある。解説文に「一葉が二十四歳で死んだとき質屋主人は香典を払った」と書いてあった。

菊坂を上って本郷通りにぶつかると、宇野千代が女給をしていた燕楽軒レストラン（文京センタービル）。美貌の宇野千代に会いに、菊池寛、久米正雄、芥川龍之介らがやってきて文学論を語りあった店

弥生美術館。夢二や華宵が充実している

啄木が下宿していた「太栄館」（旧蓋平館）

だ。本郷はこのころの時代が一番元気がよかった。

明月堂パン屋で甘食を買い、藤むらへ行って羊羹を買う。藤むらの羊羹は、漱石の小説『吾輩は猫である』に出てくるブランド羊羹店である。ぼくは二十年来、この店のファンである。熟練の職人が練りあげた逸品だ。主人の藤村昌弘さんと会ってアイサツした。羊羹二十本を宅配便で注文。

夕食は天安。昔はサカナ町と言ったが、いまは向丘二丁目の交差点。ゴマ油で揚げた江戸前で、この店も二十年来のひいきにしている。天丼が好きなのだが、夜だから一番値がはる上定食にした。

ピカピカのエビ揚げのつぎに三〇センチ大のアナゴが出てくる。このアナゴが、もう、きしっとした江戸の味で文句ない。とどめはでかいエビのかき揚げだ。

ムシャムシャ食べていたら、見た顔の人が店へ入ってきた。本郷西片町に住む姉の京子さんで、今年はじめてのお目通り。ヒヤ汗をかきつつ嬉しかったよ。

近代文学のにおいがする菊坂

◎本郷……その後のこと

ルオーのコーヒーは、三八〇円、トースト三三六円、セイロンカレーセット九五〇円となるが、常連客が朝コーヒーをたのしむ風情は変わらない。万定はハヤシライスが八五〇円と値上がりしたがオレンジジュースの値段は据え置きで、フルーツパーラーの心意気を見せる。両店ともすがすがしく、寝ぼけ顔の東大生はバチッと眼がさめる。東大安田講堂下生協は、焼酎とワインに人気がうつる。東大ワイン赤白箱入り五〇〇〇円、土佐のゆず酎八四七円。店のまえには銀行のＡＴＭがならんでいる。中央食堂Ｃ定食のＭ五一〇円、Ｓ四五〇円。Ｓはライスが半分で、天丼、冷奴とみそ汁。赤門ラーメン三六〇円。構内で見たタテカンは二枚きりとなる。「武力による国際管理に反対します。教育学部学生有志」もうひとつは、東大職員組合の過重労働への抗議であった。羊羹の藤村は内装工事のため休業中、向丘天安は閉店し、跡地にビルが建設中であった。

日本橋

日本橋の交差点に白木名水《しらきめいすい》がある。埋め立て地であったこの一帯の水は塩分が多くて味がおちるため、大名諸侯のため掘りあてた名水である。点茶用に使われた。白木名水前で会う約束をしたが、早くついてしまったので地下鉄京橋で降り、地下鉄への階段沿いにある明治屋スナック・モルチェでビールを立ち飲みしていたら、なんのことはない、専太郎とヒロ坊もそこにいた。みな考えることは同じだ。

明治屋地下レストランのモルチェは戦後できたハイカラな造りで、昭和モダンの色香を漂わせている。テーブル席五十ほどで、奥に大理石のカウンターがあ

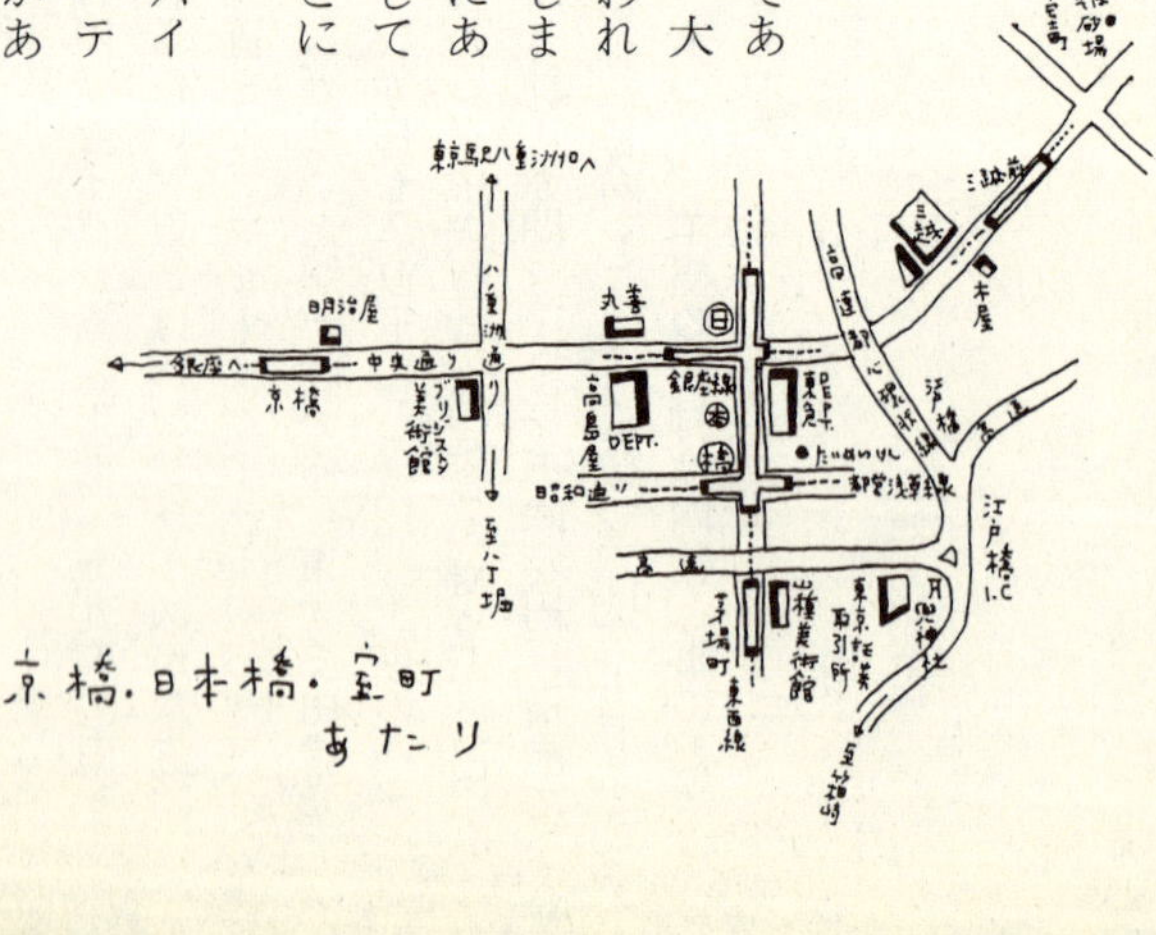

る。一八〇〇円のビーフシチューの評判がよい。

ぼくはこの地下食堂の立ち飲み席が好きで二二〇円のコーヒーを飲んだ。あとホットドッグ一〇〇円、ゆで玉子六〇円。くわえ煙草でカウンターに立つと私立探偵の気分になる。ロンドンの古いカフェに似ている。

モルチェでビーフシチュー食べるのをガマンしたのは、昼食はたいめいけんのボルシチと決めていたからだ。一皿五〇円の名物ボルシチだ。それと九〇〇円のステーキ丼。

地上へ出て御影石の明治屋ビルを見あげると、紺地布に白ヌキで明治屋と染めぬかれている。店構えに東京の粋と新風がある。

日本橋は、明治屋、丸善、三越といった老舗がガンコに律儀に構えていて、上等な背広が似合う町だ。町に力があり、そのぶんひいている余裕がある。

たいめいけんは二階は高級レストランだが一階は安い洋食屋。東京洋食店のベスト五に入るだろうこの老舗は、ボルシチと酢キャベツが一皿五〇円の出血サービスでつとに有名だ。ラーメンも格別の味だ。

二階の店は日本の洋食十八品を少しずつ出してくれる小皿料理が名物。最初の膳に、エスカルゴ、枝豆、エビフライ、サーモン、あわび酒蒸し、ムール貝、かき塩辛、小エビカクテル、ヒラメ刺身の小皿。二つめの膳にホタテ貝、アスパラ、ローストビーフ、クリームスープ、カニコロッケ、チキンコキール、タンシチュー、果物。十七品がちょっとずつ出てくる。で最後にラーメンが出て六八九〇円、嬉しくなっちゃう。

一階は満員だったから五分待って、着席するやボルシチと酢キャベツを注文した。これだけですませば一人一〇〇円だ。ライスを頼めばこれで立派な昼食だが、せっかく来たんだからコロッケ（八〇〇円）、チャーハン（八〇〇円）、ステーキ丼、カツサンド（二二〇〇円）を注文。伊丹十三が映画でこの店を撮影したときのたんぽぽオムライス（一五〇〇円）も注文した。ラーメンも一杯注文して三人でわけて食べる。たいめいけんのラーメンは、チャーシュー・メンマ・ネギ・サヤエンドウが載っている。ステーキ丼は、ほかほかの飯の上にのりときざみネギをまぶし、その上にステーキ、かいわれ大根と赤かぶスライス。いや、どれもこれも完璧なゴチソーだ。

腹がいっぱいになったところで、三越裏の日本銀行へ行き建物を拝んで一礼。

東京証券取引所こと東証に行くのは気が重い。株で損をしたからだ。大した額じゃないが、損は損で、東証が悪いわけじゃないのにアーアと溜息をつく。

東証のビルは白亜の殿堂で、巨大な船艦を思わせる。ドーンとした重量感は、日本経済の威厳そのものだ。見学者入口で見学証をもらって長いエスカレーターに乗り三階まで昇る。賭場の殺気が流れている。

ガラス窓ごしに売買立会場が見える。取引ポストの周囲を紺の背広姿の男たちが動いている。手のひらを自分に向けたら買いで、相手に見せたら売りだ。テレビで見なれた光景だが、実際に現場に接すると市場という怪獣の吐息がヒリヒリと伝わってくる。

売買をする男たちは上から見物するとアリの群れのようだ。人気株のカウンターは砂糖で、そこに紺色の背広のアリがむらがっている。カジノである。劇場である。白ワイシャツがチカチカと目にしみた。合法の賭場の熱気と冷徹と諦観が、激しい動きの底に流れていく。銭の磁場だ。

見ているうちにたちまち三時となり、タンタンターンと鐘が鳴りベルが響いて、この日の取引は終了した。

東証を出て、すぐ裏の兜神社に参拝する。高速道路の真下にある兜神社は明治十一年の東証設立と同時に造られたもので、境内に兜石がある。義家が兜をかけて戦勝を祈願したという石で、ぼくら三人も財布をのっけて貧困から脱するよう祈願した。

祈願してから、財布の百円玉がそこらに落ちやしないかと心配する

「たいめいけん」の一階は安くても立派なゴチソー

日本橋のたもとにある道路元標

のもなさけないが、通りかかったＯＬに山種証券の場所をきいてビルのからっ風をひゅーっと浴びる。

日本橋から兜町にかけては証券会社がずらりとあり、ビルのすきまで迷子になる。ビル街でさまようのは、東京特有のめまいで、自分の立っている場を見失うのは、ぼうっとする快楽だ。都市でもつれる。

山種証券ビル九階に山種美術館がある。重文の速水御舟『炎舞』ほか千八百点を蔵するコレクションだ。昭和通りをへだててあるブリヂストン美術館とともに、この一帯の底力を見せつける。銭と文化は隣りあわせだ。山種美術館は奥村土牛特別展を開催中。特別展を五分間で見る。背中を時間がツンツンと押していき、だらだらと見るんじゃねえぞ、と無言の圧力がある。

それは日本橋を流れていく特有の時間で、時間が銭なのだ。時間はなまみの生き物で、文化はそれについてくる。この地においては、文化は銭に隣接しつつ反目している。反目と合意が男女の情愛のようにからみあう。

山種証券のエレベーターは、奥村土牛を観賞する婦人たちと、相場の戦士たちが乗りこみ、奇妙なバランスをもって上下する。

山種ビルの下にある書店ウインドーには、投資、店頭株、為替、ファンドの経済書に混って予言本が並べられていた。山種美術館八階には立礼《りゅうれい》の茶席があり、お薄をサービス価格で飲める。

丸善へ入って洋書を見てからカバン売場を見物しアートブックバザールへ行く。五百点の美術古書と稀覯本が展示即売されていた。大英博物館『アフローディア』のレプリカが売られていた。日本橋丸善は、書籍のほか、こういった美術品や、背広、茶器、食料まで売られており、なかを歩くだけで、ちょっとした外国旅行。「本の図書館」もある。地下の文具売場でアメリカ製の狩猟用パチンコを買ってしまった。玉も一袋買った。

日本橋は国道一号線の日本橋川にかかる橋である。家康が五街道（東海道、中山道、甲州街道、日光街道、奥羽街道）を制定したとき、この橋が起点となった。

ぼくが生まれたのは静岡県中ノ町だが、中ノ町は、日本橋と京都を結ぶ東海道のちょうど真中だから中ノ町という名がある。

日本橋は橋の上を高速道路が走り、工事の音がジリジリ

ジリーンと響き、工場通路のようである。日本の中心なんだから、もう少しどうにかならないか。橋げたはルネッサンス様式で、獅子が東京のマークを踏んづけている。橋の中央にはキリンと龍をかけあわせたような奇獣がいて、高速道路の暗がりのなかで道ゆく人々をうかがっている。東京のホラー映画を作るなら、この奇獣が主役となるな。

東京都道路元標があり、横浜二九キロ、京都五〇三キロ、鹿児島一四六九キロとある。道路元標はマンホールのふたのような丸い鉄製で、コンクリートで埋めこまれているが、「複製」と彫られている。本物はどこかの博物館にしまっちゃったんだろうか。

白木名水がどこにあるか見当らず、うろうろしたあげく東急百貨店の館内入口にあることがわかった。白木名水を掘った白木屋はすでになく東急になっている。

刃物の老舗木屋に入って缶切りを買う。あとは携帯用キャンプ用品一つ。

ビジネス街を一歩裏道に入ると、佃煮屋やかつおぶし屋、海苔店があり、江戸の名残りが煮しめられたままだ。天ぷら屋、鳥鍋屋、中華料理屋、洋食屋が立ち並び、店開きの準備をしている。このあたりの店は、しゃんと背すじがのびて東京のダンディズムをしょっているが、そのわりに値が安い。ブルーの食堂大勝軒のシューマイは五コ四九〇円。洋食店ロートレックのハヤシライス（七〇〇円）も気骨がある。

三越本店の前には二頭のライオンのブロンズ像。待ちあわせに使われる場所だ。ロンドン製のライオンは、横から見ると馬みたいに大きい。体長二・七メートル。たてがみがなびく威厳ある表情で、さわると、ひやりと冷たい。気品と勇気と度量を有したライオンは、大正三年に客の守護神として設置した、と説明にある。

「必勝祈願の像として、誰にも見られず背中に乗ると受験合格します」

と書かれていて、よく見ると背中がこすれていて人が乗った跡がある。この町では、ライオンや奇獣や兜石が守護神である。

店内に入ると中央フロアをぶちぬいたドームに飛天像があり、マイクを持った薬師寺副住職が法話をしている。ケサ姿の高僧がデパートでマイクを持つ図は、日本橋ならではのものだろう。銭と宗教もまた隣りあわせだ。法話の横で金飾品のセール。

ビル街の迷路を歩くと、一周してまた同じ場所に出る。映画を途中から観て一廻りして話がつながったときの嬉しさに似ている。ああ、そういうことだったのか、と納得する。

ぶらぶら歩いてから室町のそば屋砂場へ行くと、満席で、運よく一

三越のライオン。乗ってみますか？

東京のダンディズムを感じさせる店が多い

席だけあいていた。

菊正宗で飲みはじめる。品がきに書いてあるのを、天ぷらだけのぞいて全部注文してしまった。とりわさび、やきとり、玉子焼き、酢のもの。のり。もずく。わさびかまぼこ。小田巻むし、茶碗むし。柱わさび。あさり煮。おすすめはあさり煮で、これを肴に菊正を飲めば一人前の東京オヤジとなる。砂場で酒を飲む男女二人連れが、理想のカップルといえよう。テーブルの上にこれだけ並ぶとゴーセイで、酒がぐびぐびとすすむ。

最後は五〇〇円のもりそば。そばの実の中層部を使っているので黒い。つゆの味が抜群で、これぞ東京の粋だ。地方のコーシャクたれるそば屋が増えたが、そばだけは東京がピカイチだなあと悦にいった。

◎日本橋……その後のこと

明治屋地下のモルチェはビーフシチュー一八九〇円。コーヒー二三〇円で、事実上値上がりしていない。青豆（一五〇円）といりこ（一五〇円）をつまみにビール（三五〇円）を二杯飲むと、ちょうど一〇〇〇円。うかれてしまう安さである。たいめいけんではボルシチ五〇円。ライス三〇〇円はしっかり以前のまま。ラーメン六五〇円。コロッケ八〇〇円。たんぽぽオムライス一八五〇円。二階の小皿コース七五〇〇円。こちらも、きわめて価格変動が少ない。近くの東証では株価が乱高下しても、この一帯の価格はひたすら安定している。その東証では売買立会が一九九九年に閉鎖された。いまは、株価表示がクルンクルンとまわっている電光掲示板の下で、コンピュータ相手にカタカタ仕事している様子が見学できるが、見ていてちっとも熱くならない。山種美術館は北の丸近くに移転した。東急百貨店はコレド日本橋という商業施設に変わり、白木名水の跡を示す碑が中庭みたいなところに建っている。大勝軒もロートレックも安値安定。そば屋の砂場はもりそば五五〇円。どの店をとっても、値段の移り変わりに町のしぶとさを見る思いであった。

早稲田

高田馬場駅前には人の渦がある。

学生と予備校生と商売人がいったいとなってワイワイやっている。学生街特有の熱気に町の人の温度がからまっている。オモチャ箱みたいに年がら年じゅう工事をやっている。

道路工事の音に混って、革新団体の街頭演説が響き、パチンコ屋の軍艦マーチ、ゲームセンターのヒュンヒュンなる音楽が重なり、駅前の甘栗屋の匂いが漂う。駅前にＢＩＧ　ＢＯＸというビルがあるが、これを見るとアメリカ人は赤面する。ＢＯＸというのは女性性器のスラングであるからだ。巨大なる性器。ブカ

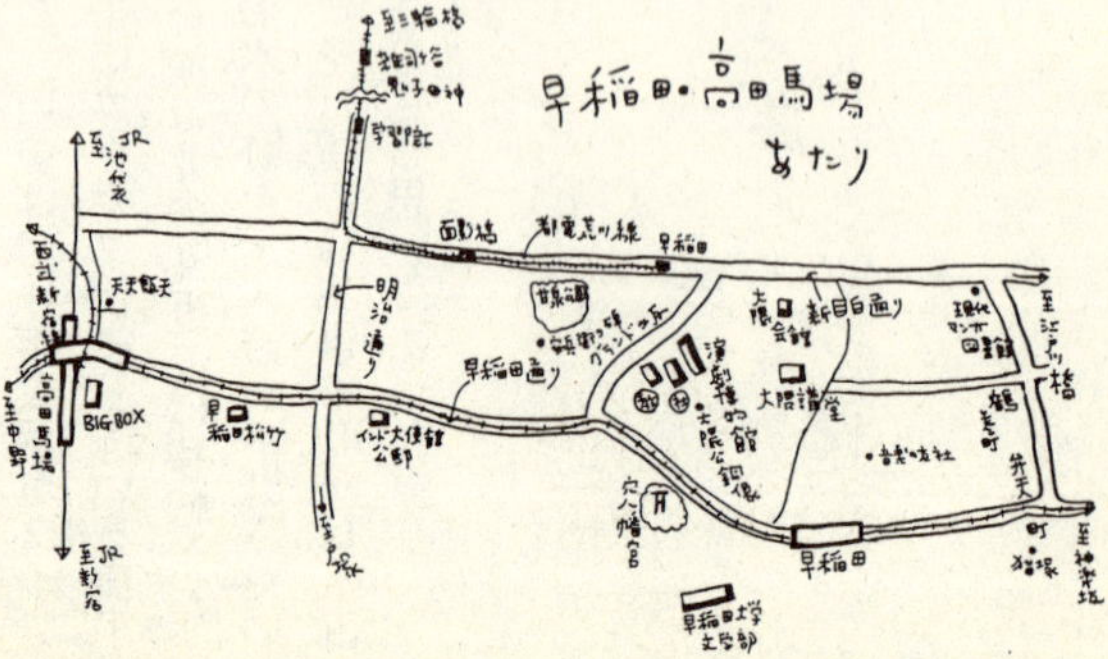

ブカで日本人にはあわねえや。

ＢＩＧ　ＢＯＸの前に日赤のテントがはられ「献血会場」の看板があり「十五分で終ります」と係員がアナウンスしている。その周囲を「アパマン情報」のチラシを持ったアルバイト学生がうろうろし、早大正門前行きの都バスがひっきりなしに通る。予備校生や専門学校生の姿も多い。演説中の学生がパトカーに乗せられて行った。

雨が降って寒いので、天天飯店のワンタン（一〇〇〇円）を食べに行った。土鍋に入ったワンタンで煮えたぎりながら出てくる。自家製の三角形の皮の歯ざわりがよく、中の肉がすけて見える。店へ入って注文したら品切れで、しかたなくフッーのラーメンにした。ほしえびの入ったスープがこってりと舌にからみつき、さくっと食べた。

早稲田通りはラーメン店が多く、昔味ラーメン、九州ラーメン、野菜ラーメン、地獄ラーメンといったものや、やたら量の多さを自慢するものまで、かなりの種類がある。ラーメンは、学生が多い街ほど競争が激しいから、学生街で食べるに限る。

通りの両側には大衆酒場、マージャン屋、古レコード店、美容院、花屋、甘味喫茶店、焼肉屋が立ち並ぶが、ムカシあった木造の懐かしい店は少なくなっている。そんななかでも映画館の早稲田松竹はムカシのままだ。入口に赤や黄の豆電球がつき、ハリウッド映画全盛時の名残りがある。

そのさきの明治通りとの交差点にフルヤ万年筆店があった。手づくり万年筆を売る小さな店で、ぼくは十年前、うるし塗りのぶっとい万年筆を買った。律義な老職人がいてこの万年筆店のことは椎名誠も書いている。ひさしぶりだから立ちよるのを楽しみにしていたが、いくら捜してもその店がない。

交差点をうろうろしたあげく、角の印章屋に尋ねると、隣りにある花屋がそのあとだと教えてくれた。いまどき手づくりスポイト式万年筆を使う人もいないし、あとつぎもないまま、店の主人は、軀をこわして店を閉めてしまった、という。

アオギリの並木に雨が降りそそぐ。

早稲田通りを進むと古本屋が多くなる。木造尚文堂書店の二階の軒下の物干しに下着がずらりとかかっていて、濡れるんじゃないかと心配になった。

印度大使館公邸の古い館が雨で黒くしめっている。古い建物は雨とのおりあいがいい。雨をはじくのではなく、雨を吸引する力があり、濡れると風格を増すようだ。雨のほうからすりよってくる。

交差点を渡った古いしるこ店のウインドーをのぞくと、しること、あんみつのロウ細工料理サンプルが時間にさらされてコットウ品だ。チキンライスなんか茶褐色に変色してモグラみたい。ロウ細工が飴色で、ラーメンのナルトはそりかえり、ノリはバンソーコー、シナチクはワゴムですな。味で勝負だから料理サンプルなど古くてもよく、ようするに、見栄がない。ここまで古くなったんだから、町内文化財として長く展示してもらいたい。

古本屋にはドストエフスキー全集が並べられ、古本感謝市のポスター。UFOの図案が描かれており十万冊がBIG　BOX六階で売られる、とある。

古本屋の軒先に『群像』のバックナンバーが揃えてあり一冊一〇〇円だった。のぞきこむと、軒の蛍光灯がチカチカカッとついた。貧乏性だがそのぶん純文学だ。いい匂いがツーンと鼻をかすめ、なんだろうと振りむいたらそば屋の出前が歩いていた。

コピー一枚七円の貼紙がある。

写真館には「プロがとらえるたしかな写真」の看板があり、角帽をかぶって卒業証書を手にした写真が額に入れられて飾ってある。美男、美女である。

「こういうの、恥ずかしいだろうね」

と言うとヒロ坊は、

ムカシのままがんばっている早稲田松竹

写真館のウインドーに飾られていた卒業記念写真

「いや、いまの学生は嬉しいらしいよ」

と言う。写真屋のウィンドーに出るのは、いまやエリートの代表で名誉のことらしい。

不動産屋の案内板を見たら、

「和室七畳二食つき七万二〇〇〇円」

「四畳半二万一〇〇〇円」

と記してあった。

一番高いのは六畳三室マンションで一二万五〇〇〇円。三畳一間一万六〇〇〇円というものもあり、この一帯は東京都心なのに破格な安さだ。純学問の街である。

不動産屋を通りすぎると穴八幡で、八幡山を下りれば早稲田大学文学部だ。寛永十八年（一六四一）に宮守の庵を造っていたところ、神穴が出現して、穴八幡の名が生まれた。虫封じの御利益がある。神社境内に家光が奉納した布袋《ほてい》像があり、一見するとオランウータンに似ている。食パンのミミが供えてあり、布袋の顔がぺっしゃんこだ。

「ほてい様がお金でこすられて痛い痛いと泣いています。お金でこすらず手でなでるようにして下さい」

と〈謹告〉があった。

神社は工事中で、仮社殿の壁に、

「学問に近道なし」

という貼紙がある。

「寄り道はあるよね」

と専太郎がつぶやいた。

境内の裏道を下りると早大文学部で、入試のため一般人の立ち入りは禁止になっていた。裏道からいってもやっぱりダメか。

早稲田大学は門のない大学である。

正門前というバス停はあるが正門らしきものはない。

ワセダOBのヒロ坊は、茶房という喫茶店を捜してうろうろする。井伏鱒二が看板を書いた店で、昔の文学学生の溜り場だった。

大学入口には「学費値上げ反対」のタテカンがあり、総長団交のビラが貼ってあった。学生会館食堂はカツサンド一二〇円、ハンバーグサンド一三〇円、コロッケサンド一一〇円。看板にはサービスカレー一七〇円と書いてあったが、実際には二三〇円

だった。そのほかワセダランチ三五〇円。

学生会館地下食堂には、タテカンや演劇舞台装置が並べられ、ここに漂っている青く苔むした吐息は、ぼくが学生のときとおなじだ。

汗をかきながらヒロ坊が走ってきて、

「茶房は五年前になくなった、って」

という。時間がポロポロと崩れていく。

政経学部は合格発表の紙が貼ってある。1番、7番、32番……と見ていったらムカシのことが思い出された。

校内をブラブラ歩いていくと、三人とも学生気分に戻っているのに、よそから見ると受験生の父親と間違えられた。いつのまにかそんな年齢になってしまった。

演劇博物館へ入って歌舞伎舞台図案や、築地小劇場の写真を見た。三世尾上松緑の大根図から松井須磨子のカツラまで、演劇に関する厖大な資料がある。昭和三年に坪内逍遙の古稀とシェイクスピア全集完成を記念して建てたものである。木造廊下を昇っていったらアメリカ映画ポスター展をやっていて、グレン・フォード主演『暴力教室』の

虫封じの神様、穴八幡宮

政経学部では合格発表が行なわれていた

ポスターに見入った。そういや、ワセダもかつては全共闘で「暴力教室」だったなあ。

演博を出て生協へ行く。ワセダ角帽だのミニチュアだのが並び、大学グッズが多いのは他の大学と同じで、校章の入ったボールペン、レポート用紙、財布、ペン入れ、ネクタイピン、Tシャツの類がずらりと並んでいる。大隈侯ミニ銅像は一三万八〇二〇円だった。

夕方の五時になると大隈講堂の時計盤に灯が入った。大学周辺の商店街も活気づいてくる。商店街を通って新目白通りに出ると都電の早稲田駅がある。東京でただ一カ所残っている都電で、早稲田〜三ノ輪橋間を五十分間で走る。

クリーム色に緑色のラインの入ったワンマンカーだ。

「早く乗って下さーい。発車しますよー」

と運転手が声をあげる。きちんと制帽をかぶっている。ドアが閉り、グオーンと地響きをたてて、電車が走り出した。ラッシュアワーでかなりの混みようだ。クリーム色のつり革につかまると、雨にぬれた夕宵の街が、モノトーンで車窓にうつる。

都電の早稲田駅。三ノ輪橋まで五十分

最初に止った駅が面影橋。いい名前だなあ。白黒名作劇場の映画のなかにいる気分だ。都電は貸切り一万二一〇〇円だというアナウンスがある。詳しくは都交通局荒川営業所まで問いあわせる。

学習院下をへて三つめの鬼子母神前で降りて、左へ曲るとケヤキ並木の参道がある。

鬼子母神の堂では護摩をたいて拍子木を叩く音が聞こえる。鬼子母神は子育ての神様である。護摩の音を背にして振り返ると、池袋サンシャインビルが雨に霞んでいる。雑司ヶ谷の家並の後方にゆらりと立つ様子は、平成のシンキロウだ。サンシャインビルの窓に電灯がついてビルが影に見える。

鬼子母神下の人形店音羽屋で、雑司ヶ谷鬼子母神名物のすすきミミズクを売っている。ガラス戸をのぞくと、奥のこたつですすきの穂を編んでいるおばさんの姿が見えた。

ケヤキ参道沿いに、小さな飲み屋があった。〈酒の店・つかさ〉とある。初めて入る店だが、たたずまいがいいので入ってカウンターに坐った。お通しのアサリヌタがいい。

酒の店「つかさ」のたたずまい

雑司ヶ谷の鬼子母神

シマアジの刺身と焼きアナゴで一杯やる。主人が手ぎわよく肴を作り、奥さんとムカシ話をした。

東京の下町ならどこにでもあるフツーの店だが、味に親身がある。ふらりと入った店でこうやって酒を飲むのは散歩の楽しみで、ぜいたくな時間がゆっくりとくれていく。

◎早稲田……その後のこと

高田馬場は鉄腕アトムの町化しており、ＪＲの駅の発車放送までアトムの歌だ。ガード下には手塚マンガの壁画がある。天天飯店はラーメン七三五円。ワンタン一一五五円。早稲田通りはラーメン激安地帯となって、三〇〇円台のラーメンがどっと増えた。明治通りを越えると、古本屋の街並み。不動産の貼り紙を見たら、いまだに三畳一間の物件あり。大学入口の学生会館はなくなり、構内のタテカンも少なくなった。大隈庭園脇の学生食堂へ行くと、カフェテリア風で明るい。カレーライス（Ｍ）二五〇円、大隈ランチ四八〇円。小鉢は納豆四〇円。ひじき七〇円。演劇博物館は無料で、廊下を歩くたびに板のきしむ音が響く妖気漂う空間。鬼子母神に向かうと、ひっそり閑としている。つかさは煮込み六〇〇円。ケヤキ並木のこのあたりは、相変わらず闇の気配がふんわりと身を包みこむようである。

築地

築地市場に行くときは胸が騒ぐ。

市場通りの最初の路地を入って竹籠を二ツ買う。これがないと場内、場外ともに大手をふって歩けない。

最初に場内へ行くことにした。午前十時半はぼくらにとっては早すぎるが、セリは午前九時に終っている。市場場内へは新宿ゴールデン街で飲み屋「しん亭」を経営しているしんちゃんに案内を頼んだ。しんちゃんは、築地市場で九年間働いていたから詳しい。

場内は卸売専門で素人は入りにくい。正門へ

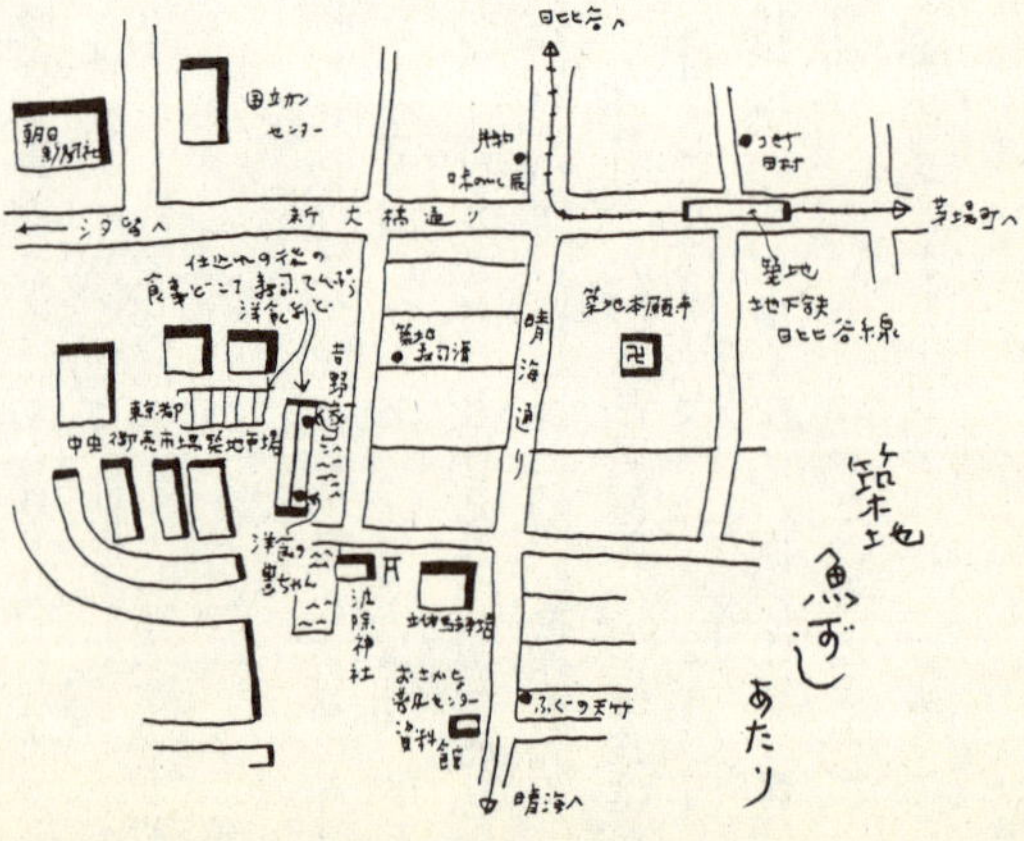

はブルーの海幸橋を渡って入る。橋のたもとで大判焼き屋の赤い旗が揺れ、そのうしろに朝日新聞社の茶色いビルが見える。

市場はちょっと見た目は工事現場あるいは体育館のようだ。橋の中央に看板があり、

「タクシー入場禁止　東京都」

と記されている。

一日の入場者は六万人。このうち買い出し人は四万三千人だ。これはもう都市である。早朝のセリをめがけて一万八千台のクルマが築地にやってくる。世界有数の市場である。市場は終りかけているが、電動小車のターレットが動き廻っている。手押し小車もいるから要領よく歩かないとぶつかってしまう。ゴム長靴が必要だった。

裸電球がぶらさがった市場にはイキのいい魚が並んでいる。店は三分の一ほどは閉める準備を始め、それでも威勢のいい声があちこちであがっている。かけ声が魚のウロコにあたってビーンとはねかえる。気分がシャキッとする。

市場は劇場だ。

かけ声に活気があり、水しぶきがあがり、包丁が光り、見たこともない魚が並んで、舞台装置は申し分ない。うす暗い通路に裸電球がぶらさがって、ゴム前かけをつけた業者がたち廻る。ぴちぴちはねる魚を見ているだけでうずうずしてくる。夢の袋小路をさまよう

快感がある。

こんな一角が銀座の真裏にある。銀座がメンコの表絵なら、築地はメンコの裏である。

カツオがころがっている。活フグの店がある。魚を包む油紙の袋を帽子にして頭に載せた業者が伝票をつけている。

しんちゃんは細い通路をどんどん進み、マル宮という店へ入って手ぎわよく注文している。マグロ、シラコ、ホタテ、サヨリ、ナマコ、タイラガイ。注文した品はハッポウスチロールの箱につめこまれ、その日のうちに新宿の店まで宅配される。しんちゃんは、いつもは電話で注文している。ぼくは活ダコ（三キロ）をしんちゃんに頼んで買って貰った。あと、マグロを見ていたら、カマトロのところをタダでくれた。

気前がいいなあ。

場内を歩くと、

「ヨオ」

と声がかかる。言葉つきは荒いが心はあたたかい。マグロを斬る包丁で日本刀みたいに長いのがあってびっくりすると、もっと長いのを持ってきて、

「これは二メートルだァ」

と自慢された。市場で働く連中が仕事を楽しんでいるのがわかる。

通路に非常電話がある。

数年前、築地魚市場が火事になった。そのときはカツオがいぶされてタタキになった、と言いふらした人がいる。言いふらしたのはぼくだが、実際はホースの水で泥だらけになった。

築地は、明暦大火で出た焼け土を利用して埋め立てたところで、火事にはもともと縁がある。四年に一度は店舗の場所を変える。クジで決めるのだが抽選のときは白装束で来る店主もあり、これも芝居がかっている。

魚市場は大物（マグロ）、近海（アジなど）、遠海もの（カツオとか）、特種（スシダネ）、活魚（泳いでいる魚）、干物などの店が点在し、その間をぬって野菜市場へ行く。

野菜の店はぼくが知りあいの大祐だ。大祐は高級野菜を海外から空輸販売している店で、この店の店主は日本一の野菜通である。出版社で新野菜の特集をくむときは、ほとんどが大祐の主人に相談する。

大祐は場内だが素人にも売ってくれる。店につくとあいにくと主人がいなくて専務がいた。大つぶのマッシュルーム一キロ五〇〇円だ。

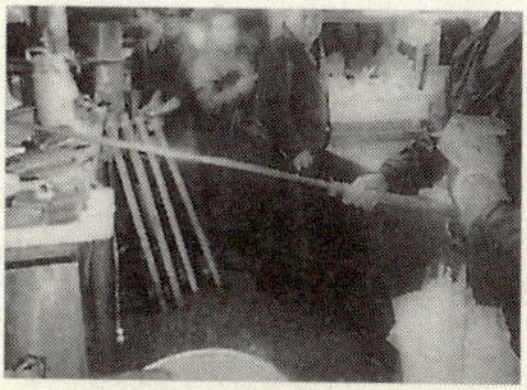
マグロをおろす二メートル余の包丁

海幸橋を渡って、いざ場内へ

アーティチョーク（あざみ）、カタスリーフ（サボテン）、ビーツが並んでいる。野菜がきらきらしている。

ぼくはベルギー直輸のチコリとマーシュ（タンポポの葉一八〇円）、食用ホーズキ（二〇〇円）、黒ピーマン（一箱二〇〇〇円）を買った。この店ではピーマンに五色ある。緑、黄、赤はよくあるが白（ウエディングベル）と黒（チーレニグロ）が珍しい。青山フランス料理店のシェフがぼくの横で黄色いズッキーニを手にとっている。いまやフランス料理店は野菜が勝負なのだ。一輪一八〇円のマーシュが店に出るとけっこういい値段になる。あと、パクチー（一八〇円）とディール（一五〇円）を買いたすと、専太郎がヤレヤレという顔をする。買いすぎて、竹籠に入らなくなった。

で昼飯は場内の洋食店豊ちゃんへ行く。豊ちゃんの三軒隣りにある中栄の印度カレー（三五〇円）も捨てがたいが、豊ちゃんのオムハヤシ（九三〇円）はなお捨てがたい。これはオムライスの上にハヤシルーがかけてある一品で、豊ちゃんじゃないと食べられない。ゴーカですよ。築地が誇るキテレツ洋食だ。ヒロ坊と専太郎はアジエビフライ定食（九八〇円）。アジフライとエビフライが両方ついている。しんちゃんはメンチカツ定食。でかいメンチカツ二つの上にハヤシルーがかかる。いずれも心がわくわくする。

豊ちゃんと中栄の間には寿司屋とラーメン屋。その並びにピザ、牛丼屋、ダンゴ屋が並んでいる。どの店も安い。市場の食堂だものね、味に力と工夫がある。

食堂街の向いは船具屋で網、ロープ、灯油、長靴を売っている。魚の骨をとかす洗浄剤もある。

コーヒーの木村屋へ入って濃いのを注文すると、横の客が話しているのがきこえた。ケンカの話だった。あと刺青の話。ちょっとヤバいが、場内のコーヒー店できくと、かっこいい。すんなりと聞き流せ、ここが男の職場であることがわかる。

市場場内を出ると波除《なみよけ》稲荷神社。魚を祀っている河岸の神様だ。境内にすし塚、活魚塚、あんこう塚、海老塚の碑がある。

境内に大獅子像があり、災難をこの獅子が呑みこんでくれる。災難除けの御利益。

おみくじを引いたら十六番吉で、「漁業、豊漁なり」と記されていた。嬉しくなって海幸橋入口で宝くじを買った。

波除神社から市場通りへ向かう左側は築地場外市場で、

嵐山、仕入れの後ホクホク顔で豊ちゃんへ向うの図

小売店が六百軒ひしめいている。場内にくらべると三割ほど高いが市価よりは三割安い。ぼくらが魚を買うなら場外でないと無理だ。コーフンして目が充血してしまう迷路である。

魚がしラーメンをすぎてダンゴの福茂を右へ曲ると人気の寿司清。夕方になると行列ができる店だ。包丁の有次《ありつぐ》をすぎて左側にある珍味屋で一ビン一二〇〇円のイリウニを買う。ウニをいってコナにしたものだ。

路地を入って杉本刃物店で柳包丁を買い、市場通りに出た。場外は昼すぎでも客がごったがえしている。人気のラーメン井上の前には客が並び、道路のテーブルで客が立ち食いしている。ラーメン屋の隣りの食器店に看板が立ち、

「そば屋さんの前に並んで下さい。食器店の前には並ばないで下さい」

とある。狭い店が多いから、ラーメン店に客の行列ができると食器屋へ客が入れなくなる。ぼくらは、そのさきのスタンドきつねやで牛煮込みで一杯ひっかけようとしたが、店を閉めるところだった。鍋で

場内市場の飲食店アーケード

ゴム長靴は市場歩きの必需品である

ぐつぐつ煮えるのをうらめしく見た。

ならば、と向いの共栄会ビル地下にあるいし辰へ行く。この店のいし辰丼（一五五〇円）は、大きな赤椀にカツ、エビフライ、カキフライ、エノキ、シメジ、シイタケが載っている。築地ならではのゴーカ丼だ。イワシフライもいける。マグロのナカオチを洋芥子つけて食べるのがしゃれている。マグロの刺身には、ワサビよりも洋芥子があうんですな。

共栄会ビルはムカシの狭い店が立ち並んでいたところで、晴海通り沿いの場外市場もいつかはこういったビルに変るんだろうか。ビルの中には、メガネ屋、電気屋、歯科、カバン屋が入り、ムカシの店は少なくなっていた。

ビル一階の壁に「落し物」の貼紙があり、

「数珠（紫）お預りしております」

とあった。

そうか、市場のはす向いは築地本願寺だった。三島由紀夫の葬儀に参列し、そのあと境内でニナガワ野外オペラを観たっけ。ぼくが三島

ナカオチのうまい「いし辰」は共栄会ビルの地下

「杉本刃物店」で包丁を買った

由紀夫自決の臨時ニュースをきいたのは共栄会ビルの前だった。二十年以上ムカシのことになる。古い記憶が魚の干物のにおいに混って交錯する。

築地本願寺は古代インド様式のモスクを思わせる建物だ。入口に花まつりのポスターがあり「激辛インドカレー早食い競争」の告知がある。築地のお寺だもの、オシャカ様もガンバレガンバレと声援するはずだ。

本堂に入ると大シャンデリアが六コさがっている。大殿堂だ。外国人向けの案内パンフレットがあり、椅子席の背に白いカバーがかけられているのは、大正時代の活動写真館を思わせる。線香の匂いがうっすらと伽藍に充満していた。

お参りをすませて、本願寺前でタクシーをとめた。竹籠二つぶんの荷物がずしりと重い。タクシーの運転手に、

「カゴを席におくなよ。席が汚れるから」

と注意されつつ、あっという間に銀座四丁目交差点をこしていった。

◎築地……その後のこと

築地はここしばらく、市場の移転問題で揺れている。通りを歩けば、「移転反対」のポスターが目に付く。市場場内は素人がおいそれと入れる場所ではないが、午前の遅めの時

間なら、そそくさと紛れこむことができた。多くの店は片づけた後だが、薄暗い市場のなかに商売の余熱がジーンと伝わってくる。マル宮はあいにく終わっていたが、青果の大祐にはなんとか間に合った。旬のアメリカンチェリーがつやつやと赤黒く光って、一キロ三〇〇〇円。二〇〇グラム分をとりわけてもらった。場内の商店街、食堂街へ行くと以前より観光客がめっぽう増えた。大和寿司はとんでもないほどの客の行列である。豊ちゃんはオムハヤシ一〇二〇円。これを食べるとたまらなく満腹になるのに、もっと他にも食べたくなる魔性の一品。アジエビフライ定食一〇八〇円。メンチカツ定食九九〇円。三軒隣りの中栄はインドカレー四〇〇円。とびきり安くて、千切りキャベツの大盛りがたまらない。カウンター席だけの店で、混み合っているのに、店の人の対応がじつに気持ちいい。場外に出ると、新しくできた寿司屋がやたらと目立つ。二十四時間営業の店もある。ラーメン井上、スタンドきつね屋とも昼めし時の勤め人でにぎわっている。いし辰はいし辰丼が一六二五円で、事実上値上がりなし。春秋と夏冬で丼の具が変わる。築地は人を惹きつけてやまない迷宮で、ここが失われてしまうと、もう二度とこんな街はできはしないだろう。

大島

東京には火山がある。

伊豆大島である。

大島へはエアーニッポンが一日三便出ている。ＹＳ11のプロペラ機だ。ムカシは船のたちばな丸で往復した。船はいまも運航していて、片道四時間半かかる。

羽田空港内の書店で大島のガイドブックを捜したが、置いてなかった。東京都地図を買うと、地図の左下にワクで囲って伊豆七島があり、大島は豆つぶぐらいであった。

ＹＳ11機のプロペラがブンブン廻ると、ヒコーキはぐらりと舞いあがり、窓の下にのり養殖や白波をひく汽船の群れが見える。セメント工場のジャリ穴が蟻地獄みたい。

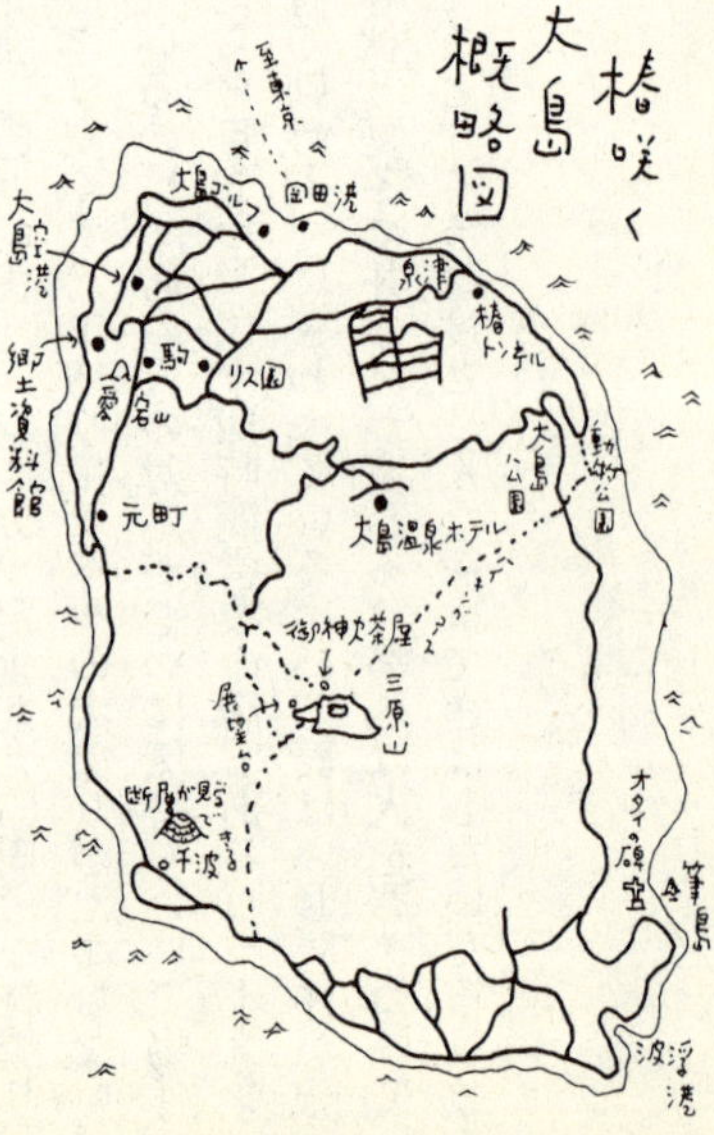

雲とすれちがい海面にプロペラ機の影が見えたかと思うと、たちまち大島空港に到着した。あっというまの三十分。

空港の空地に牛がいましたよ。

とっくりやしが植えられた道路を進むと大島一周道路に出る。シュロの並木が風に揺れ、葉がさらさら音をたてる。島を包む光は南国のぬるさがあって、ぼーっとなった。

大島桜が五分咲きだ。

大島桜は花よりさきに葉が出る。山桜であるが花が白いから、新芽の上に薄雪がつもったように見える。白と緑の桜。桜が上品である。うっすらとした悲しい色あいで、そのくせりんとした風格がある。

桜の山のあいだで樹々が新芽をふき、菜の花が揺れ、すみれ、水仙、椿が咲いている。島では「花いっぱい運動」が進められており、空地は春の花があふれている。

道路は舗装され、三原山爆発による道路破壊はほぼ復旧されている。観光に生きる島である。サイクリングコース沿いの菜の花がひときわ光り輝いている。

道路を走る自動車は品川ナンバーだ。この地がまぎれもなく東京であることがわかる。

昼食を元町手前の駒の里でとった。かやぶきの郷土料理店で、明治時代の村役場など古い五軒の建物を改造したものだ。軒下に金目鯛の干物がぶらさがっている。

島の魚（メジマグロの刺身）。さざえ壺焼き。くさや。伊勢エビ塩焼き。エビ天ぷら。とこぶし煮付。ただし、あしたばごまあえはまずい。手ごろな値段だから島の人たちも食べに来る。

おすすめは金目鯛のひらきで、島の芋焼酎もいける。くさやを食べながら、ヒロ坊がくさやのカンザシの話をした。

「ムカシは島へ嫁に来る娘は、島の生活に順応するという意思表示でくさやのカンザシをしたのである、と本にあった」

ウソにきまってる。

三原山が爆発したのは一九八六年の十一月のことだった。あれから五年たった。噴煙がのぼり、溶岩のしぶきがあがり、溶岩は火口壁をこえてあふれてきた。

連日、テレビの前でくぎづけになった。島に住む人の安否を気づかう反面、火山爆発のすさまじいパワーに目をみはった。赤い溶岩流が元町寸前まできた。溶岩は元町火葬場の手前でとまった。地面をゆるがしてマグマが噴出した様子がまだ記憶に焼きついている。

島にはまだその余韻が残っている。

元町へ流れ出た溶岩が道路をふさいでいる火葬場前へ行った。さすが、この溶岩をどかして道路を復旧するのは無理である。怪獣の血のようであった溶岩流は、固まって黒いカサブタの川となっている。

カサブタの上を歩くとかさこそと音がする。溶岩は見た目よりは軽くコークス状になっていた。溶岩の川の周囲は焼けて枯れた木が林立しているものの、岩の間からはハンの木が生え新芽を出している。おどろくべき生命力である。

一〇〇〇度C以上もある溶岩が山火事をおこさないのは、溶岩が酸素を吸いすぎて周辺に燃えうつらないためである、とタクシーの運転手が説明してくれた。タクシーの運転手は、火山見物客相手の説明がうまくなっている。

海水を真水にする装置がある脱塩浄水場の水が噴火作用で六一度になったこと。プールの水が五一度になったこと。元町に温泉ができたこと、と話の要領がいい。三原山爆発は大島に災害をもたらしたが、その後は重要な観光資源になっている。島から脱出したあとは東京で何をやっていたかと訊くと、退屈ですることがなくパチンコ屋へ行っていたそうである。

溶岩のカケラをひとつ拾って記念に持ち帰ることにした。

いろいろな形の溶岩を売っている

郷土料理の「駒の里」。見事なかやぶきだ

「すべすべっとした溶岩が高いよ。もう、ほとんどとっちまったけど」

と運転手が言う。

元町へ出ると、そのつるつるに光る溶岩が売られていた。形によって滝壺や鶴亀にみたてられ、大きいのは何万円もする。ぼくは一番小さいのを一つ買った。ヘンリー・ムーアの彫刻みたい。専太郎のはジャコメッティ。

元町港は東京行きの客船かめりあ丸が出航するところだった。紙テープが舞い、都はるみの歌が流れるのはムカシのままだ。

ブルーのラインが入った白いかめりあ丸が波しぶきをあげて右へ旋回していった。時代がかっているのが映画のシーンみたい。

大島は、かつては日活の小林旭主演渡り鳥シリーズのロケ地になったところで、島全体が映画がかっている。テレビに映し出された三原山爆発と島民脱出シーンも、大スペクタクル映画のようだった。この島は東京の夢と虚構を背負っている。東京の幻光の島である。

桜と椿の島は蒼ざめた海面に囲まれ、花びらを散らし、風のなかに都はるみの歌が舞う。夢と虚構の風景は、三原山というナマの活火山をかかえており、快楽と危険が背中あわせである点でまぎれもなく東京なのだ。

三原山爆発でできた温泉が浜沿いにあった。長根浜公園にある町営元町浜ノ湯で、海が一望のもとに見える露天風呂である。一時から七時までの営業で回数券があるから町の人が入りに来るのだろう。なかに入って湯に手を入れると、ちょうどいい湯かげんだった。

値段をノートに書きつけていると、券売場のおばさんがとんできて、

「あんたら、税務署の人かね」

と訊かれた。

花見だから朝っぱらからビールと焼酎ばかり飲んでいる。昼酒の酔いは風景がぼうっと霞んで幻視がまざる。

伊豆七島のうち若い女性は新島である。三宅島や八丈島も若い女性である。それに対し大島は家族むきである。だから動物園やリス園がある。リス園では、放し飼いのリスにやるエサを一皿一〇〇円で売っている。

リス園は遊園地ふうの音楽が流れて、人工的な空間だが、これも大島の観光という面から考えれば納得がいく。

三原山外輪山へ向かう道路はいたるところに噴火の傷あとが残って

道路が溶岩でふさがれていた

三原山。黒い筋のように見えるのが溶岩

いる。アスファルト道路の裂けめは復旧されているが傷がついている。新しい噴火口は十一個あり、ざらついた丸鉢の穴を風にさらしている。

外輪山火口茶屋へ向かう道は途中、溶岩でふさがれていた。天皇陛下臨幸之跡の碑が立っている。そこでタクシーを降りて溶岩の山を歩いて登った。

焼けた木が卒塔婆のように立ち、斜面を歩くと岩がざらっと崩れ落ちるが、道になっていて柵が造られていた。

そこを進むと外輪山のふちに出る。噴火のとき無人カメラが設置されていた地点であった。噴火口から煙が立ち昇り、黒雲となっている。

大島へ最初に来たのは高校一年のときで、裏砂漠まで馬に乗った。学生服の乗馬姿の写真がアルバム帳に貼ってある。そのつぎは二十三歳のときだった。そのときも馬に乗った。今回は三度めだった。

火口茶屋あたりの馬小屋には人影も馬影もなかった。道の両側の売店はすべて閉められていた。火口を見渡す地点にある火口茶屋外輪店へ入ると、運よく女主人がいて、町役場の人と話をしていた。

「まあ、よく来たね」

と女主人は言い、馬も土産物屋も午後一時に閉ると教えてくれる。船の時間の関係で団体客はそれ以後は来ないそうである。

ビールを注文すると、ゆで落花生とさんま丸干しが出てきた。気前のいい女主人で、取材に来たテレビ局報道陣の態度をあれこれと話した。おばさんの採点はきついよ。

三原山火口への道は途中で溶岩でふさがれている。そこの地点までは馬が行く。店にあった望遠鏡でゆきどまり地点を見物した。火口近くに赤い屋根の三原神社の建物が見える。あたりは一面の溶岩なのに三原神社のみが残った。神の霊力を感じるのはこういうときである。大爆発の火の滝を浴びてなお、神社だけが残っているのだった。

「火口へ飛びこんだのはいままで三千人」

と女主人。

「自殺未遂の人が馬ひきしてましたね」

と訊くと、客の一人が女主人に、

「奥さんは赤木圭一郎にふられてやってきたんだよね」

と言った。年代がわかる。

アブナイ冗談だが、活火山の噴煙を前にすると、こうい

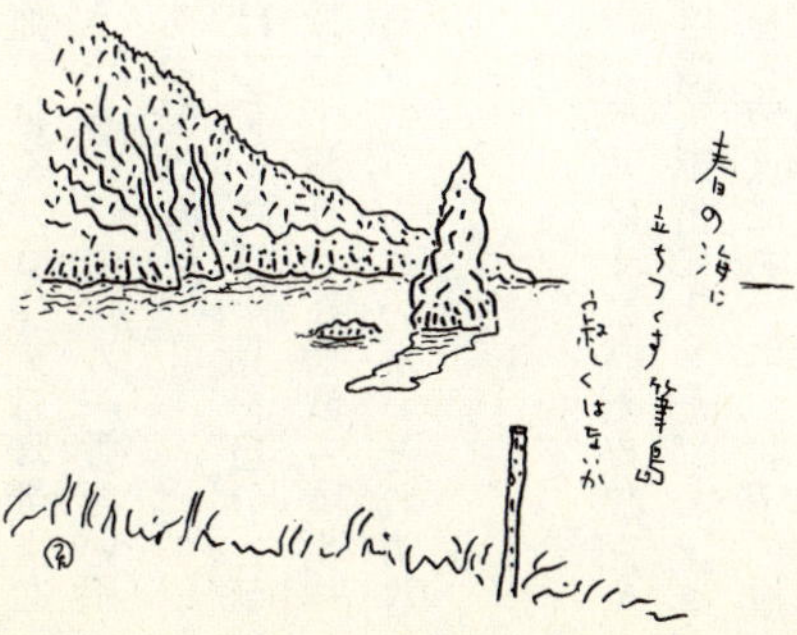

う話が酒のサカナになる。ここは東京一の景観だものなあ。血が騒ぐ。女主人は爆発して避難命令が出る最後の最後までこの地点に止まっていたというから、この世の一番凄い風景を命がけで見た人である。こんな経験はそうざらにできるものではない。

その日の泊りは外輪山の大島温泉ホテル。夕食は椿油で揚げるテンプラ。具を自分でテンプラに揚げる。隣りの大広間の団体客がカラオケで大声で歌っており、新宿飲み屋街へ入ったようだ。カラオケの団体客も火山効果で血が騒ぐのだろう。うるさいが、それも許せる夜の時間だった。


大島温泉ホテルは午前十時がチェック・アウトだった。都市ホテルは十二時だが旅館や観光ホテルはチェック・アウト時間が早い。出発前にもう一度露天風呂に入った。

このホテルの露天風呂は三原山外輪山が一望のもとに見渡せる地点にあって、眺望の雄大さはピカイチだ。だが植込みがよくない。風呂の前に植込みがあるため、風呂へ入るとせっかくの景色が見えない。

ホテルの売店で、椿の花柄ハンカチを買った。椿の絵の下に「光三郎」というサインがある。十枚買ったのは、

「オレが自分で作ったハンカチだぜ」

と自慢するためである。

ホテルから岡田港へ向かう道沿いに椿が咲いている。椿の幹に傷があるのはリスがかじったあとだ。リスは椿の実を食べる。

アスファルト道路に椿の花が散っている。椿の花は散ってなお優美だから、車輪で踏みつけるのがこわい。椿をリスがあらすため、リスを退治してシッポを農協へ持っていくとなにがしかのお金が支払われる。生けどりにしたリスはリス園が六〇〇円でひきとる。

大島は明治十一年に東京都になった。それ以前は静岡県だった。伊豆七島という名からすれば静岡県のイメージが強い。

島民は一万三百人。

やや減少の傾向にある。島を廻って気がつくのは子どもを見かけないことであった。若い人が島に残らないのだろうか。

やぶ椿の林に、

「メジロ・ウグイス狩猟は犯罪です」

の看板がかけてある。

大島は野鳥の島でもあるのだ。椿の花の受粉媒介をするのは野鳥と

火口茶屋外輪店。溶岩の山を歩いて登ってきた

椿のトンネル。樹齢二百年の古木がつづく

ミツバチである。花が多いぶん野鳥も多いのだ。

岡田港でつりをする人が一人。

つりのシーズンにはまだ早いが、釣人はのんびりと釣糸をたれている。南画に出てくるような風景だ。半島の丘には新緑と桜と椿が入り混って咲き、ゆるやかな春の日射しをあびている。時間がやわらかいの。

このあたりはダイビングの名所で、初心者講習会が行われていた。海水は濃い紺色で、ダイバーがあげる水しぶきがまぶしい。

大島公園に椿園がある。

椿のトンネルだ。

椿のさかりは一月から三月だが、四月になっても花が咲いている。二月から三月にかけては旅行はシーズン・オフである。他の観光地がシーズン・オフのときが一番の観光シーズンとなる。大島に椿を植えた人は先見の明があった。

椿のトンネルを歩くと、清純な香りにつつまれる。気分がすがすがしい。樹齢二百年になる大木もある。五弁の赤椿だ。椿の幹はかちんと固く、すべすべとしている。

専太郎は樹の専門家で、

「椿は性格がおだやかです。やさしい木」

と説明した。

他の樹をおしのけずにひっそりと咲く。大島の椿は赤いやぶ椿が多い。椿園へ入ると、白やピンクやぼかしの品種も見られる。白地にピンクの縦絞り、まだらな小絞り、吹きかけ絞り、紅色がにじむ白覆輪とさまざまな模様がある。一重、ラッパ型、筒咲き、牡丹咲き、唐子《からこ》と花弁の種類も多い。

椿の花は群れをなして咲いていても一輪一輪が孤独である。気高い淋しさがある。そこのところが一団となって幽界へ誘う桜とちがう。花弁をのぞくと、濃い闇があって、自立した気品をたたえている。

公園の椿資料館には、さまざまな椿の花が花ビンに入れて飾られていた。七十種ほど。どの花もほんの少しずつ自分を主張している。

資料館売店で、一本一〇〇〇円で椿の苗を売っていた。ヒロ坊が二本買って宅配便で送った。専太郎が、

「椿は毛虫がつくぞ」

と言ったがすでにおそい。買ってしまったあとだった。ぼくは買う前だったから、寸前でやめにした。椿は好きだが毛虫はいやだ。

椿は性格がやさしい木だという

ひとくちに椿といっても種類はさまざま

椿資料館の前の海がかすみ、つがいのカラスが飛んでいる。タクシーに乗りこんで海沿いに椿の並木をつっ走った。タクシーのラジオから、

「わたしゃ大島一重の椿、八重に咲く気はさらにない……」

と曲が流れてくる。一重のやぶ椿は十月から翌年四月まで咲きつづけるから半年間もつのだ。

常春の島である。

タクシーは行者峰をこえて一気に海に出た。目の前に筆島があった。海中から筆の穂先をつきたてたような三〇メートルの岩根が立っている。この岩根は噴火口のあとだ。このあたりは岩がきりたっており二〇〇メートルの絶壁がつづいている。磯釣りの名所でもある。海水浴場でもある。

この筆島も噴火のテレビ報道で全国的に知られるところとなった。筆島で噴火がおこれば水蒸気爆発となる。紺青の海が赤く染ったため噴火が心配された。

筆島の碑の横にコンクリートの巨大な土管がある。退避壕だった。風光明媚な地点には似合わぬが、かえって緊張感がある。こんな退避壕でまにあうのか、という気もするが、入ってみるとけっこう頑丈だった。

筆島を左手に見ながら丘を下りると十字架がある。キリシタン大名小西行長が朝鮮半島

から連れ帰った「おたあ・ジュリア」が、改宗しないため大島へ流された。キリシタン殉教の碑である。

大島は、赤穂浪士の墓や役《えん》の行者の窟もあり歴史が古い。さらにさかのぼれば縄文時代の住居跡まであるのだ。古代から島の人々は火山と歴史をせおって生きてきた。

「三日遅れのたよりをのせてェ……」

ヒロ坊が「アンコ椿は恋の花」を口ずさんでいる。

「フネーがァ、ゆーくうゆーく」

波浮《はぶ》の港である。

歌謡曲ではおなじみだが、実際の波浮港はしんとしずまった小さな漁港だ。海が細長く袋小路となって入りこんでいる。三原山噴火による爆裂火口の跡が入江となった。

波浮の港を見下すベンチへ坐って、近くのみはらし休憩所からラーメンを出前してもらった。醤油がグリッ、と鼻をくすぐる東京のラーメンであった。

六〇〇円。

専太郎は名所ではカレーを食うのを家訓としているがあいにくとカレーはなく、チャーハンでがまんする。

港のふちに白壁と赤屋根の民家が肩をよせあっている。大島南高校水産科の大島丸がゆっくりと湾に入ってきた。

人間が生活している。

ひっそりと、したたかに、元気に生活している。のんびりと暮らしている。その様子はごくあたりまえの風景なのだが、あたたかく胸がジーンとなる。島へ来ると、人と人がともに生活する姿が、根源のナマミとなってそこにあるのだった。

坂を下って港へ下りると波浮比咩命《はぶひめ》神社があり、お参りをするとリスが木の枝を飛びこしていった。港の船頭たちの安全を祈願する神社である。

河岸には水あげされたばかりの金目鯛がぴちぴちとはねていた。港には野口雨情の、

「磯の鵜の鳥や、日暮れにゃかえる……」

の詩が碑に刻まれている。

磯の前で三人で合唱し、合唱し終ってから拍手した。拍手が波にはねかえる。

港の裏に旧港屋旅館がある。木造三階で屋根瓦に風格がある。かつて波浮の港が栄えた

ときの旅館で、いまは大島町が管理をしている。玄関をあがると突如、案内の放送が始まり奥の部屋にロウ人形が並んでいた。

この旅館は、川端康成『伊豆の踊子』の旅芸人一座が演芸を持って廻ったところだから、それにちなんで、旅芸人一座のロウ人形を置いてあるのだった。ロウ人形九人の宴だが、膳の上には金目鯛の塩焼きがあった。イカ天、ナス天、刺身、サザエとたくあん二切れ。あとは酒徳利。

飲みたくなったが帰りのヒコーキの時間が迫っていた。

ヒコー場に行く途中、道路わきに地層の断面がある。大島三原山は百数十回の爆発をくりかえし、そのたびに火山灰とスコリア（黒い軽石）が重なった。切り通し道路を造ったため、百五十万年の地層がしま模様になってあらわれた。

地層は火山灰とスコリアが幾重にも重なり波をうっている。小学校六年生の理科の教科書に地層として出てくるのはここの写真である。巨大なバームクーヘンを切ったみたい。大学の先生と助手がシャベル片手に調査をしていた。地層があらわれた道から海をふりかえれば、

旧港屋旅館。旅芸人一座のロウ人形なり

百五十万年の地層のしま模様

新島、三宅島が霞んで見えた。

大島があることによって、東京はひろがりを持った。新宿高層ビルは天へのび、大島によって海へのびた。

東京は小さなクニである。

ある部分は人間がひしめき、ある部分はすたれ、ある部分はのんびりと浮かんでいるのだった。

大島空港にはひときわ大きい文字で、

「東京都大島空港」

と書かれていた。

◎大島……その後のこと

大島へは航空便が一日二本出ている。駒の里は数年前に閉店となった。浜ノ湯は料金四〇〇円。男女混浴のため水着着用である。浜ノ湯の先に御神火《ごじんか》温泉という施設ができた。料金は一〇〇〇円。土曜は早朝六時半からはじまるので、金曜発の夜行フェリーで着いた人には便利だ。一風呂浴びて休憩所で休むのがおすすめ。リス園のエサは一〇〇円のままで、広大な芝生が気持ちいい。三原山火口への元の道は溶岩で閉ざされて、左側に新道が通るようになった。火口茶屋からの馬での周遊も廃止されてしまった。飼っていた最後の一頭が死んでしまい、そのままになっている。大島温泉ホテルは椿油のテンプラのコース以外にも海鮮料理がメインのコースもできた。ムロアジのくんせい入り釜飯が鼻の奥をくすぐる。椿資料館もその前にある動物園も無料。きょん（小型のシカ）が放し飼いされていて、よく人になついている。波浮港のみはらし休憩所前の食堂は明日葉ラーメンが六〇〇円。旧港屋旅館ではロウ人形のお膳の品がずいぶんと減っていた。地層切断面はいまも鮮やかである。百五十万年ものの巨大バームクーヘンは、たかだか十数年で変わることはない。

解説

大島一洋
（元『ダカーポ』編集者）

本書に登場する「ヒロ坊」は、私のことです。「東京旅行記」を『ダカーポ』に連載した際の担当編集者であります。

ちなみに「ヒロ坊」はもうひとりいて、こちらは嵐山光三郎氏の近著『日本全国ローカル線おいしい旅』（講談社現代新書）の担当編集者、岡本浩睦氏である。さしずめ二代目ヒロ坊といったところであろう。

初代ヒロ坊の私が一九九〇年、今から十四年前、『ダカーポ』誌上で「東京旅行記」の連載を担当することになったのは、本書に登場する専太郎氏の発案であった。専太郎氏は今や散歩の達人として有名な坂崎重盛氏である。

嵐山氏と専太郎氏と私は、以前から親しく、よく一緒に酒を飲んでいた。この連載企画も酒場での雑談中に出たと記憶している。

連載をスタートするにあたり、嵐山氏が「まえがき」で書いているとおり、ルールを決めた。ひとつは、単なるガイドブックにしないこと。もうひとつは、店には取材であることを知らせず、普通の客として入り、現金で払うこと。大きな約束ごとはこの二点である。『ダカーポ』は、月二回刊行の雑誌だから、月に二回はどこかへ出かけなければならない。だいたい午前十一頃に待ち合わせ、夜まで歩きまわる。その後数日内に嵐山氏が原稿を書き（四〇〇字十五枚）、専太郎氏がイラストを描き、私が撮影した写真を選んで入稿する。これを月に二回行なうのは、けっこうハードであったが、濃密な日々でもあった。

取材終了ごとに、次回の場所や、三人の空いている日などを確認して進行していった。

第一回目は「東京旅行記」だから、まず東京タワーにでも昇って、上から東京を見てみましょうか、という単純な発想でスタートしたが、以後は、次回はどこ、その次はどこ、というようにアバウトに決めていった。といっても明確な関連意識があったわけではなく、次はあそこへ行きたい、あの店をのぞいてみたい、といった程度の気ままな選択であった。時には、当日になって場所が変わることもあった。目次を見るとそれがよくわかる。なんの脈絡もない歩き方である。

ただ一ヵ所だけ、嵐山氏が行くのをしぶった街があった。原宿である。ガキばっかりが集まるくだらない街という印象があった。しかし当時は、ホコテンバンドの絶頂期であり、今行って見ておかないと、そのうち消えてなくなる（現実にそうなった）と私は考えたので、嵐山氏を説得して出かけた。結果は本文をお読みいただきたい。

私はひとつの街の旅が終ると、東京都地図のその部分を、赤いマーカーで塗り潰していった。主な場所は抑えたつもりだったが、両国が抜けていた。それで今回の文庫化にあたり、両国界隈を追加取材したのである。

「東京旅行記」は、その街の空気を吸いに行く旅であり、その土地の匂いを嗅ぎまわる旅だったと思う。その街には独得の風が吹いていたし、固有の匂いを放っていた。

十四年たった今、当時のような街の個性はかなり薄まり、東京全体が均一化の方向に加速しつつあるが、まだまだ捨てたものではない。人の行く裏に道あり花の山、である。

「東京旅行記」の取材で、嵐山氏と私が変わった一番大きなことは「歩くこと」である。専太郎氏は散歩の達人だから、しょっちゅう歩いていたが、嵐山氏と私は、少し距離があるとすぐタクシーに乗ってしまう生活が続いていた。百メートル歩くのもめんどうな体質だった。しかし、この取材では、歩かざるを得ない。タクシーで移動したのでは、何も見えないからだ。ぶらぶら歩きつつ、道端に小さな碑を発見したり、古い家屋や路地を見つける。ガイドブックに載っていない大衆食堂に入ったりもする。

最初は、この歩くことが、かなりきつかった。歩き慣れていないから、腰に疲れが来るのである。「もうダメ、クルマに乗ろうよ」と嵐山氏と私が弱音を吐くと、専太郎氏が「クルマはなし、少し休んでから歩こう」とたしなめるのだった。

やがて歩くことに慣れ、歩くことの楽しさも知った。嵐山氏はA5判のノートに観察や感想をメモし、私は写真を撮りながら歩く。専太郎氏は案内人風で何もしていないように見えたが、あとから上がって来たイラストや地図を見ると、こっそり下描きをしていたことがわかる。

もうひとつ、この連載が、肉体的に私を変えたのは体重である。二キロ増えたのだ。月にたった二日とはいえ、約一年半にわたり、よく食べたのである。街によっては、昼食二軒という日もあり、夕食はいつも二〜三軒。夜はバーに一、二軒寄った。本文に記載されていない店が何軒もある。

とにかく食べた。当時私たちは四十代の半ば過ぎで、まだまだ元気だった。いくらでも食べられ、飲める自信があった。

まず店に入ると、メニューを見て五、六品注文する。取り皿をもらい、三人でそれぞれの料理を自分の皿に取って食べる。全員が注文品を味わうのである。これが私たちの食事法の原則であった。

嵐山氏がメニューをいちいちノートへ書きうつすのを見て、あるイタリアンレストランでは、私が労の多さを見かねてメニューを盗んでカバンに入れてしまったことがある。もうその店はないし、時効だろう。

また、あるそば屋では、メニューの一番端にある天ぷらの部分だけ手で隠し、このあと全部ください、というバカげた注文をしたこともある。もちろん私がやったのだが、今思い返すと恥ずかしい。

買い物もずいぶんした。細かくは本文でお読みいただきたいが、印象に残っていることをひとつだけ書いておくと、神田古書店街で、嵐山氏が浮世絵を買った時のことである。

本文中では、十五万円くらい買ったと記し「あまり詳しく教えたくないが、反面自慢したくもあり、ムズムズする」とある。なぜムズムズするかというと、実は百万円近く浮世絵を買った（と私は推測する。カードで払っていたから正確には分からないが）からだ。いくらなんでも浮世絵百万買いました、とは原稿に書けない。読者がシラケてしまう。更に伝え聞くところによると、宅急便で自宅へ送ってもらったその浮世絵を、そのまま自宅倉庫に放り込んで、開けてもいないという。好奇心が強く、いったん夢中になると止まらないが、飽きると見向きもしなくなる嵐山氏の性格をよく現しているエピソードだ。

本書はガイドブックではないが、ガイドブックとして利用しようと思えばできる。実際に読者の中には、『ダカーポ』を持って同じ街を訪ねる人がけっこういた。

だが、私が注目してほしいのは、嵐山氏のさりげない文章や言いまわしである。この部分を読みとばすと、本書の味わいが薄れて、もったいない。例えば次のような部分——。

▼「神楽坂」の章。〈坂の裏道を迷路のように這っている路地へ入りこめば、この町の小骨にめぐりあう。〉

神楽坂のあの迷路のような路地を知っている人は「小骨」という表現に納得するはずだ。

▼「根岸・入谷」の章。〈花の気配も侘び住まいだ。植木がヘンクツ。「自然が人工を模倣する」と言ったのは、堀辰雄だが、町の植木や花は、「物言わぬダンナ衆」で、けっこう伝統としきたりを重んじる。町の風情を、植木や鉢植えの花がしきっている。〉

▼「東京ドーム」の章。〈あいかわらずダフ屋がうるさくつきまとい、ふと、「人生の切符を売るダフ屋」という小説を思いついた。結婚の切符、離婚の切符、入学の切符、就職の切符。いろいろ切符を売りつけていく違法のサギ師にとって、そいつ個人の切符は、いったいどこにあるんだろうか。〉

▼「大島」の章。〈椿の花は群れをなして咲いていても一輪一輪が孤独である。気高い淋しさがある。そこのところが一団となって幽界へ誘う桜とちがう。花弁をのぞくと、濃い闇があって、自立した気品をたたえている。〉

まだいくらでも引用できるが、こういう表現を見落さずに読んでいただくと、この旅行記の、街や人や物への思いの深さが、より強く伝わってくるはずである。

最後に、十四年前の旅行記で買った物の中で、今なお私の手元にあるものを三つ紹介しておきたい。

まずは「湯島天神界隈」の章。骨董屋で買ったマネークリップ。本文では専太郎氏が五〇〇〇円で買ったことになっているが、私が更に一〇〇〇円足して専太郎氏からまきあげた。幅三センチもある大ぶりのマネークリップで、中南米ぽいデザインがほどこしてあるが、どこ製か不明。多分メキシコあたりのものだろう。私は財布を持たないので、十四年間愛用し続けている。

二つ目は「神田古書店街」の章。山田ハケ・ブラシ店で買った飴色のプラスチック製丸ブラシ。髪を洗う時に頭をガリガリこするやつである。これも今だに愛用している。

三つ目は、「大島」の章。椿資料館で一本一〇〇〇円の椿の苗を二本買った。宅急便で自宅へ送り、庭に植えた。当時、膝下くらいの小さな苗が、今では私の背丈をはるかに超えて成長し、毎年、赤と白の重い花を咲かせている。

「東京旅行記」の連載は、それまで私が知らなかったことをたくさん教えてくれた。東京に長年住んでいても、意外に東京のことを知らない人が多い。東京は広い。奥が深い。ガイドブックに出てくる街や店は、東京の表の部分である。ちょっと大通りをはずれて、横道や路地に入っていくと、ずんずんと東京の芯に近づいていくような気がする。胸騒ぎがし、時には怖いこともあるが、蠱惑《こわく》的な吸引力がある。

本書をきっかけに、そんな体験を、みなさんも、どうぞお楽しみください。

本書は『東京旅行記』（一九九一年／マガジンハウス刊）を加筆修整のうえ、「両国・柳橋・浅草橋」の章ならびに各章末の「その後のこと」を新原稿として加えて再編集したものです。新原稿分は、二〇〇四年三月から五月にかけて執筆されたものです。本書掲載の店名・施設名・役職名・商品名・価格・地図・写真などは、元本分および新原稿分とも、取材当時のものとしています。新原稿分につきましては、二〇〇四年四月の消費税法改定による総額表示の移行期にあたっておりますが、価格は取材時の各店の表示に従いました。その後の価格変更などがありうることを、予めご了承ください。（編集部）

知恵の森文庫

東京《とうきょう》旅行《りょこう》記《き》

嵐山光三郎《あらしやまこうざぶろう》

2004年6月15日　初版1刷発行
2004年6月30日　　　2刷発行

発行者―加藤寛一
印刷所―凸版印刷
製本所―ナショナル製本
発行所―株式会社光文社
〒112-8011　東京都文京区音羽1-16-6
電話　編集部(03)5395-8282
販売部(03)5395-8114
業務部(03)5395-8125
振替　00160-3-115347

落丁本・乱丁本は業務部でお取替えいたします。
ISBN4-334-78297-3 Printed in Japan

お願い

この本をお読みになって、どんな感想をもたれましたか。「読後の感想」を編集部あてに、お送りください。また最近では、どんな本をお読みになりましたか。これから、どういう本をご希望ですか。

どの本にも誤植がないようにつとめておりますが、もしお気づきの点がございましたら、お教えください。ご職業、ご年齢などもお書きそえいただければ幸いです。

東京都文京区音羽一・一六・六
（〒112-8011）
光文社〈知恵の森文庫〉編集部
e-mail:chie@kobunsha.com